Das verdrehte Leben der Amélie

India Desjardins, geboren 1976, schreibt am liebsten für Jugendliche. Die Kanadierin war Redakteurin beim Jugendmagazin »Cool«, bevor sie mit ihrer Reihe »Das verdrehte Leben der Amélie« in Kanada und Frankreich große Erfolge feierte. Der Stoff wurde bereits fürs Kino verfilmt.

India Desjardins

Das verdrehte Leben der Amélie

Sommerliebe

Aus dem Französischen
von Maren Illinger

KOSMOS
bei CARLSEN

FSC www.fsc.org
MIX
Papier aus verantwortungsvollen Quellen
FSC® C083411

Veröffentlicht im Carlsen Verlag
Oktober 2016
Mit freundlicher Genehmigung des Franckh-Kosmos Verlages

Originaltitel: Le journal d'Aurélie Laflamme,
Un été chez ma grand-mère!

Umschlagbild: Carolin Liepins, München
Umschlaggestaltung: formlabor unter Verwendung des Entwurfs
von init.büro für gestaltung, Bielefeld
Innenillustrationen: Josée Tellier
Corporate Design Taschenbuch: bell étage
Druck und Bindung: CPI books GmbH, Leck
ISBN 978-3-551-31527-4
Printed in Germany

Für Jeanne und Marie-Anne,
meine Großmütter

Mai

Erst mal Gras drüber wachsen lassen

Sonntag, 7. Mai

Hallo, ich heiße Amélie Laflamme, ich bin 14 Jahre alt, bald 15, und ich bin ein Schokoholic.
Ich habe im Wörterbuch nachgeschlagen, der Begriff existiert nicht. Dass ich extra ein Wort erfinden muss, um mich treffend zu beschreiben, liefert den hunderttausendsten Beweis, dass die menschliche Spezies und ich absolut nichts gemeinsam haben.

Seit einiger Zeit bin ich verrückt nach Schokolade. Nicht, dass ich früher keine mochte. Ich mochte schon immer Schokolade. Aber neuerdings übersteigt diese Vorliebe jedes vernünftige Maß. Schokolade essen ist für mich zu einer Art Gewohnheit geworden (man könnte auch sagen, zur Sucht).
Und schuld daran ist nur Ostern! Weil man da so viel Schokolade geschenkt bekommt (was nicht heißen soll, *zu* viel). Schokolade spielt in unserer Gesellschaft eine wichtige Rolle (genau wie in meinem Bauch). Mmmh … Schokolade ist soooo gut! Und am besten ist sie nicht im Bauch, sondern im Mund, kurz vorm Runterschlucken. Wenn ich an einem Stück Schokolade schnuppere, vergesse ich alle meine Probleme. Der Duft steigt mir in die Nase. Es ist ein einzigartiger Duft, genauer kann ich ihn

nicht beschreiben. Eben der Duft nach Schokolaaaaa-aaaaaaade! Wenn ich genug geschnuppert habe (bis ich nichts mehr rieche), stecke ich das Stück in den Mund. Ohhhhhhh! Die reine Ekstase. Es ist, als tanzten die Geschmackspapillen auf meiner Zunge. Als hätten die Geschmackspapillen kleine Arme, die sie in die Luft werfen und dabei rufen: »Zugabe! Zugabe! Zugabe!«

15:32

Hmm. Die Vorstellung von Geschmackspapillen in Menschengestalt verstört mich irgendwie. Vor allem, weil sie in meiner Vorstellung nur *halb* menschlich sind, dicke rosa Kugeln mit Kulleraugen, unförmigen rosa Armen, ohne Hände, ohne Finger, aber mit Daumen. Ich frage mich, was meine Bio-Lehrerin, Schwester Rose, zu meiner Vorstellung von Geschmackspapillen sagen würde. Aber jedenfalls weiß ich, dass meine Geschmackspapillen in diesem Moment glücklich sind, ich esse nämlich gerade Schokolade … Mjamm, mjamm, mjamm!

15:37

Ich: »Mamaaaaaa! Telefooooooon!«
Meine Mutter kommt in die Küche. Sie nimmt mir das Telefon aus der Hand, deckt den unteren Teil des Hörers ab und flüstert mir zu: »Amélie, brüll den Leuten nicht so ins Ohr, das ist unhöflich. Drück die Stumm-Taste.« (Sie nimmt die Hand wieder weg.)
»Ja, hallo? Hallo? Hallo? Halloooooooo?«
Ich: »Ich *habe* die Stumm-Taste gedrückt.«

Meine Mutter (die keine Miene verzieht, sich aber bestimmt schlecht fühlt, weil sie mich zu Unrecht angeschnauzt hat) drückt auf die Taste und spricht mit meiner Tante Louise, ihrer Schwester. Das Gespräch klingt etwa so: »Bla bla bla, mecker mecker …« Ich gehe dann mal in mein Zimmer.

15:38

Es gibt einen Spruch, den ich nicht mehr hören kann (und der meiner Meinung nach aus dem Sprichwortschatz dieses Planeten gelöscht werden sollte). Meine Tante hat ihn gerade zitiert, bevor ich auf die besagte Stumm-Taste gedrückt habe: »Einen verloren, zehn gefunden.«
Ich weiß nicht, wie viele Erwachsene mir schon mit diesem Spruch gekommen sind, seit Nicolas mit mir Schluss gemacht hat. Als würde mir das irgendwas bringen. Als wäre das ein Trost. Als wäre mein Liebeskummer total sinnlos und als könnte dieser Spruch alles wieder einrenken. Als würde ich mir an die Stirn schlagen und sagen: »Ach ja, na klar! Daran habe ich ja gar nicht gedacht! Ein Glück, dass Nicolas Schluss gemacht hat! Endlich ist in meinem Leben Platz für zehn andere Idioten! Ich werde mir zehn Typen anlachen, die alle *nicht* Nicolas sind, und mit diesen zehn Jungs werde ich suuuuuuuuuuperglücklich werden!« Wenn man ihnen Glauben schenkt, dann wollen die Erwachsenen anscheinend, dass ich was mit ZEHN JUNGS GLEICHZEITIG ANFANGE!!!!!!!!!!!
Was für eine bescheuerte/hirnrissige/absurde Idee!

Kat ist mir zum Glück noch nicht mit diesem Spruch gekommen. Das wäre auch unter der Würde einer besten Freundin. Vor allem, weil sie selbst nur zu gut weiß, wie schrecklich Liebeskummer sein kann. (Auch wenn ich nicht ganz verstehe, warum, denn ihr Ex, Jean-David Hammond alias Ham, ist ein wirklich total bescheuerter Typ. PS: Diese letzte Information nicht durchsickern lassen. Also nicht zu Ham, sondern zu Kat. Ähm ... na, zu Ham besser auch nicht.) Kat weiß genau, dass man aus den Erwachsenen, die einen solchen Spruch bringen, am besten Hackfleisch machen sollte.

Also ... es ist ja hoffentlich klar, dass ich ein pazifistischer Mensch bin, und natürlich werde ich aus *niemandem* Hackfleisch machen. Es wäre wohl leicht übertrieben, wenn ich aufgrund eines unschuldigen kleinen Spruchs (ich könnte mir ja auch die Ohren zuhalten oder einen laut knuspernden Erdnussriegel essen, dann müsste ich ihn nicht hören) plötzlich übermenschliche Kräfte entwickeln (vor lauter Wut und Frustration) und die Person, die es gewagt hat, diesen Satz zu sagen, zu Hackfleisch machen würde.

Außerdem habe ich letzte Woche beschlossen, erwachsen zu werden. Jemanden zu Hackfleisch zu machen kommt mir nicht sehr erwachsen vor. Seit einer Woche gucke ich die Nachrichten im Fernsehen, um mich zu informieren, was im Rest der Welt vor sich geht (nichts Erfreuliches, muss ich sagen), ich lerne für die Schule (ich hab auch keine Wahl, meine Noten sind krass abge-

stürzt: kawumms!) und ich sage wichtigtuerische Sätze wie: »Es ist höchste Zeit, dass wir uns um das Wohlergehen unseres Planeten kümmern!« (Wenn ich diesen Satz sage – bislang erst einmal –, stelle ich mir vor, dass ich eine Brille trage, das wirkt noch seriöser.)
Erwachsen zu sein macht jedenfalls nicht so viel Spaß, wie man denken könnte. Also esse ich Schokolade. Denn das macht wirklich, wirklich, wirklich, wirklich Spaß! Mein einziges Vergnügen. Ich habe die ganze Schokolade, die ich zu Ostern bekommen habe, heimlich in meinem Zimmer gelagert. Wann immer mir danach ist, ziehe ich mich hierher zurück (in mein frisch kirschrot-hellrosa gestrichenes Zimmer) und mache mich über meinen Vorrat her. Dadurch erlebe ich ganz außerordentliche euphorische Anfälle (das ist zum Beispiel eine dieser erwachsenen Formulierungen, auf die ich nur komme, weil die Schokolade meine Gehirnzellen auf Hochtouren bringt) und ich verspüre ein namenloses Glück (hahaha! »Namenloses Glück« ist echt ein bescheuerter Ausdruck). Dank der Schokolade freue ich mich über die kleinen Dinge des Lebens, wie eben die Formulierung »namenloses Glück«.

15:48

Das Glück heißt weder Robert, Jean oder Guy: Es hat keinen Namen! Hahahahahahaha! (Seufz.) Ich muss mir eine Träne aus dem Augenwinkel wischen, so sehr habe ich gelacht.

16:00

Meine Mutter hat ihr Telefongespräch beendet. Sie beschwert sich:

»Loulou hat gesagt, du hättest einfach aufgelegt.«

Ich (verdrehe die Augen): »Ich habe nicht einfach aufgelegt, ich habe die Stumm-Taste gedrückt, genau wie du es immer verlangst!«

Meine Mutter: »Ja, aber du hast nicht ›einen Moment‹ dazu gesagt.«

Ich: »Na, wenn am anderen Ende nichts mehr zu hören ist, kann sie sich doch wohl denken, dass nach ›einem Moment‹ wieder jemand spricht. Und wenn wirklich die Verbindung weg wäre, müsste sie doch bloß noch mal anrufen. Also, so oder so muss sie doch nur ›einen Moment‹ warten, ohne dass es ihr jemand ausdrücklich sagen muss. Ist doch logisch!« (Für sie anscheinend nicht. Sie glaubt schließlich auch, es wäre ein Trost, mit zehn Typen gleichzeitig was anzufangen … Tsss!)

Meine Mutter: »Amélie, also wirklich! Ich weiß nicht, was mit dir los ist, aber ich finde dich in letzter Zeit etwas überreizt.«

Und das sagt ausgerechnet meine Mutter! Die nach dem Tod meines Vaters fünf Jahre lang wie ein Zombie herumlief, bis sie vor ein paar Monaten ihren Kleiderschrank ausgemistet und das Haus neu gestrichen hat. Und sich nach diesem Großputz (den sie einen »Energiewechsel« nennt) auch noch einen neuen Freund zulegte, François Blais, einen der nervigsten Menschen auf diesem Planeten. Ganz zu schweigen davon, dass meine Mutter France heißt und ihr Freund François. Pfff! Das ist ja, als wäre ich mit einem Typen zusammen, der, keine Ahnung … Amélius heißt! So ein Schwachsinn! Und das ist noch nicht das Allerschlimmste. Das Allerschlimmste ist, dass meine Mutter (France) und ihr Freund (François) diesen Sommer einen Monat in … Frankreich verbringen! Ein Glück, dass es Schokolade gibt, sonst wäre das Leben vollkommen absurd.

16:32

Meine Schoko-Exzesse sind übrigens nur möglich, weil meine Mutter vergessen hat, dass ich tonnenweise Schokolade zu Ostern bekommen habe (totaler Alzheimer) und daher auch nicht weiß, dass ich sie in meinem Zimmer verstecke. Meine Mutter glaubt nämlich, Süßigkeiten führen zu schlechten Leistungen in der Schule! Pfff! So ein Blödsinn! Letzte Woche habe ich überhaupt nur dank der Schokolade (und der Vorfreude darauf) die Schule überlebt. Der Unterricht war so langweilig, dass ich mit offenen Augen geschlafen habe, während die Lehrer redeten (ehrlich wahr, das ist möglich, vor allem in Mathe)!

16:34

Im Internet finden sich 35 000 Treffer zu dem Wort »Schokoholic«. Ich bin gerührt. Das ist das erste Mal, dass ich mich einer Gemeinschaft zugehörig fühle.

20:01

»Namenloses Glück.« Hahahahahaha! Allein der Ausdruck bereitet mir eines (ein namenloses Glück, meine ich)! Das Leben kann doch ganz schön sein, wenn es von Schokolade und seltsamen Formulierungen versüßt wird.

Montag, 8. Mai

Der Vorteil daran, dass ich auf eine Mädchenschule gehe: Ich kann dort wenigstens nicht meinem Ex über den Weg laufen. Wenn ich mich von jetzt an nur noch in der Schule und zu Hause aufhalte (in der Schule, weil irgendein Gesetz es so will, und zu Hause, weil ich da wohne), beträgt die statistische Wahrscheinlichkeit eines zufälligen Treffens 0 %. Und das ist gut so.

Heute bin ich seit genau einem Monat nicht mehr mit Nicolas zusammen, dem Jungen, den ich M.A.A.A.D.W. mag (mehr als alles auf der Welt!). Es war seine Idee, dass wir Schluss machen (eine schlechte Idee, finde ich). Nur, weil mein Kumpel Tommy mich geküsst hat. Dabei hatte das echt nichts zu bedeuten! Und es geschah total gegen meinen Willen! Aber … dummerweise standen wir dabei gerade vor dem Studiofenster von *MusiquePlus*. Die ganze Szene wurde gefilmt und war im Fernsehen zu sehen! Allerdings nicht mehr der Teil, als ich Tommy weggeschubst habe. Inzwischen habe ich Tommy verziehen. Aber Nicolas hat mir nicht verziehen. Er sagt, er fühle sich zu sehr »gedemütigt«, weil er immer wieder darauf angesprochen wird, dass seine Freundin im Fernsehen mit einem anderen geknutscht hat ...

Mein Lebensziel: Eine große Wissenschaftlerin werden und die Zeitmaschine erfinden, um in die Vergangenheit zu reisen und den Erfinder des Fernsehens daran zu hindern, das Fernsehen zu erfinden.

Mein Lebensziel – korrigierte Version: Eine große Wissenschaftlerin werden und die Zeitmaschine erfinden, um in die Vergangenheit zu reisen und Tommy daran zu hindern, mich zu küssen (wenn ich es recht bedenke, wäre es vielleicht doch nicht so praktisch, die Erfindung des Fernsehens zu verhindern ...).

8:17

Ich komme in der Schule an. Kat steht vor ihrem Fach und kramt darin. Um sie herum liegen jede Menge Bücher und Zettel.
Als ich ihr neulich verkündet habe, dass ich den Sommer bei meiner Großmutter verbringe, hat sie nicht besonders emotional darauf reagiert, obwohl ich erst nach ihr aus den Ferien wiederkomme. Ich finde, sie ist ein biss-

chen zu sehr im Pferdefieber, seit sie weiß, dass sie den ganzen Juli auf einem Reiterhof verbringen wird. Als ich Tommy davon erzählt habe, meinte der nur, er werde ohnehin die ganzen Ferien bei seiner Mutter verbringen und ich würde mich ohne ihn bestimmt einsam fühlen (pfff! Der hat echt keine Probleme mit seinem Selbstbewusstsein, das steht fest!). Wir werden alle drei an einem anderen Ende der Welt sein. Ich hoffe, meine Großmutter hat Internet, damit ich ihnen schreiben kann. Meine Freunde werden mir so fehlen! (Vielleicht hat Tommy doch ein bisschen recht ...)

8:18

Ich nehme die Bücher aus meinem Fach, die ich heute Vormittag brauche, und betrachte Kat in ihrem Chaos.
Ich: »Was suchst du?«
Kat: »Mein Erdkundebuch.«
Ich: »Willst du meins haben?«
Kat: »Es ist heute, oder?«
Ich: »Äh ... ja, ich habe heute auch Erdkunde, aber du kannst mir das Buch in der Pause zurückgeben.«
Kat: »Nein, ich meine ... es ist heute einen Monat her, das mit Nicolas, oder?«
Ich: »Ja.«
Kat: »Wollen wir nach der Schule was zusammen machen?«
Ich: »Hmmm ... meine Mutter will nicht, dass ich nach der Schule noch was unternehme, weil ich lernen soll. Ich lebe wie in einer Militärdiktatur!«

Kat: »Weißt du, das geht vorbei.«
Ich: »Die Militärdiktatur?«
Kat: »Nein. Der Liebeskummer. Ich denke eigentlich gar nicht mehr an Ham.«

Das wurde aber auch Zeit!

8:21

Ich hole mein Erdkundebuch aus dem Fach und gebe es Kat. Dann stecke ich mein Französischbuch in die Tasche.
Kat: »Und dann fährt deine Mutter noch den ganzen Sommer nach Frankreich. Du musst ganz schön deprimiert sein.«
Ich: »Quatsch. Ich freue mich TOTAL, dass meine Mutter nach Frankreich fährt!«
Kat verdreht die Augen.
Ich: »Was?«
Kat: »Das machst du immer!«
Ich: »Was?«
Kat: »So tun, als ob dich etwas nicht stört, und dabei stört es dich doch.«
Ich: »Meine Mutter hat ein Recht auf ihr Glück, und ich freue mich für sie!«
Kat: »Ja, klar!« Sie beugt sich in ihr Fach. »He! Schau mal, was ich gefunden habe!« (Sie zeigt mir ein altes klebriges Maoam.) »Willst du?«
Ich: »Bäh!!!«

Kat denkt, ich bin deprimiert, aber das stimmt nicht. Und selbst wenn es so wäre (immerhin ist es heute einen Monat her, es wäre also verständlich), würde ich niemals so durchdrehen wie sie!

8:31

Französisch.

Ich kann mich einfach nicht darauf konzentrieren, was Madame Claude sagt, dabei ist sie eigentlich eine meiner Lieblingslehrerinnen. Noch dazu im sogenannten »Begabtenkurs«, wo ich jede Menge Luft nach oben habe, um mich zu verbessern.

Allerdings müsste ich mich dafür konzentrieren. Vor einer Woche hat Madame Claude mich gewarnt, sie werde ein Auge auf mich haben. Das habe ich mir wohl selbst eingebrockt. Ich hatte in der Stunde davor ein selbst geschriebenes Gedicht vorgetragen und bin dann mitten im Unterricht aus der Schule gestürmt. Allerdings mit gutem Grund! Ich hatte meiner Mutter gesagt, ich wolle nicht, dass sie mit François Blais nach Frankreich fliegt, und sie wollte daraufhin die Reise absagen. Aber dann tat es mir leid. Ich bin aus der Schule direkt zu meiner Mutter ins Büro gerannt und habe ihr gesagt, dass sie doch fahren soll. Ich mag François Blais zwar nicht besonders, aber ich finde, meine Mutter hat ein Recht auf ein neues Leben und ein bisschen »Glück«. Meine Mutter hat unserem Schuldirektor, Monsieur Beaulieu, zwar alles erklärt, aber Madame Claude hat mich trotzdem nachsitzen lassen. Ich musste hundertmal mein eigenes Gedicht abschreiben. Total bescheuert (und nicht gerade umweltfreundlich)! Und dann hat sie mich auch noch gewarnt, dass sie ein Auge auf mich haben werde. (Pfff, echt unsensibel!)

8:34

Madame Claude spricht von einem Buch, das wir lesen und analysieren müssen. Aber da ich am Fenster sitze, wandert mein Blick nach draußen und meine Gedanken fliegen zu Nicolas, statt auf die Worte meiner Lehrerin zu achten. Etwas mehr Konzentration bitte. Kon-zen-tra-tion!

8:35

Es stimmt, was alle sagen: dass die Zeit die Wunden heilt. Die Zeit hat alles geheilt. Ich denke fast gar nicht mehr an Nicolas. Man könnte sogar sagen, er ist nur noch eine ferne, verschwommene Erinnerung.

8:36

Ich schiebe diskret eine Hand in meine Tasche, breche ein kleines Stück Schokolade ab und stecke es mir in den Mund. Mhmm … ich lasse es langsam auf der Zunge zergehen, dann habe ich länger was davon. Und dann kann ich mich auf das konzentrieren, was Madame Claude sagt.

8:37

Ich denke *heute* an Nicolas, aber nur, weil er genau vor einem Monat Schluss gemacht hat. An den anderen Tagen ist es, als hätte es ihn nie gegeben.

8:38

Falls ich *ganz zufällig* doch mal an ihn denke, dann nur an die schönen Dinge. Daran, wie wir geknutscht haben. Oder an seinen guten Geruch nach Weichspüler und Melonenkaugummi. Schließlich bin ich jetzt erwachsen.

8:39

Autsch! Gerade muss ich daran denken, wie mir ein Vogel ausgerechnet in dem Moment auf den Kopf kacken musste, als Nicolas mit mir Schluss gemacht hat.

8:40

Nicht weiter schlimm. Ich bin erwachsen. Und gelassen wie ein Buddha. Ommmmmm. Ommmmmm.

8:41

Ich bin überzeugt, dass Nicolas in diesem Augenblick über mich lacht. Ich bin sicher, er sieht die Szene genau vor sich, wie ich plötzlich Vogelkacke im Gesicht habe! Bestimmt sagt er gerade zu seinen Freunden: »Alter, und dann habe ich mit ihr Schluss gemacht und HAHAHAHAHAHAHAH! genau in dem Moment hat ihr ein Vogel auf den Kopf gemacht! HAHAHAHAHAAHA! und die Kacke HAHAHAHAHA! lief ihr übers Gesicht!«

8:42

Also, natürlich lacht er nicht *jetzt in diesem Augenblick* über mich, er ist ja auch in der Schule. Aber ich bin überzeugt, dass er *im Allgemeinen* mit seinen Freunden über mich lacht. Obwohl, vielleicht denkt er auch jetzt gerade an die Szene und lacht im Stillen über mich? Oooooh neeeeiiiiiin!

8:45

Ehrlich gesagt finde ich es nicht sehr nett von Nicolas, sich vor seinen Freunden *und* in seinem Kopf über mich lustig zu machen! Der ist echt kein Gentleman! Absolut uncool!

8:47

Ich schlage die Beine übereinander und fange an, mit dem rechten Fuß zu wippen.

8:48

Also echt, so was von uncool und mies, sich derart über jemanden lustig zu machen!

8:49

ICH WERDE IHM MAL SAGEN, DASS MANCHE LEUTE GLAUBEN, VOGELKACKE AUF DEM KOPF BRINGT GLÜCK! O.K.?

9:02

Madame Claude: »Den Rest der Stunde könnt ihr frei

arbeiten. Ich weiß, dass ihr jetzt zum Ende des Schuljahrs genug zu tun habt.«

Madame Claude ist echt nett. Sie ist wirklich meine Lieblingslehrerin, sie und Schwester Rose. Und ich bin absolut in der Lage, meine Arbeit zu machen, ohne an ... was anderes zu denken. Das geht viel leichter, als einem Lehrer zuzuhören.

9:03
Ich öffne mein Französischbuch.

9:05
Mein Fuß, mit dem ich die ganze Zeit gewippt habe, rutscht an der Wand lang und macht ein komisches Geräusch (ein Furzgeräusch, um genau zu sein) und alle Mädchen in der Klasse drehen sich zu mir um. Ich sage: »Ähm ... das war mein Fuß ... an der Wand. So.«
Ich versuche, das Geräusch noch einmal zu machen, aber es geht nicht. Die meisten Mädchen wenden sich wieder ihren Büchern zu, aber einige kichern. Da sagt Madame Claude: »Meine Damen, Pupsen ist menschlich! Jetzt aber an die Arbeit.«
Wenn ich die Macht hätte, Leute mit den Augen in Brand zu stecken, so wie das Mädchen in dem Film *Carrie*, dann würde Madame Claude jetzt brennen. Leider habe ich diese Macht nicht. Dafür aber Schokolade, und davon genehmige ich mir jetzt ein großes Stück. Oh! Erleichterung pur!

Vermerk an mich selbst: Versuchen, meine unkontrollierten Gewaltfantasien einzuschränken.

Vermerk an mich selbst Nr. 2: Ganz einfach. Mjamm, mjamm. Nämlich mit Schokolade. In dem Film *Carrie* hätten sie dem Mädchen, das alle Leute angezündet hat, einfach nur Schokolade geben müssen. Pech, dass sie da nicht draufgekommen sind. Sehr gute Lösung. Mjamm, mjamm. Keine Lust mehr, mjamm, mjamm, irgendjemanden anzuzünden, mjamm, mjamm, was auch immer er getan hat. Mjamm, mjamm.

18:00

Beim Abendessen.
Meine Mutter: »Wie war dein Tag?«
Ich: »Hmpf. Normal.«
Meine Mutter: »Ich hatte einen wirklich schönen Tag! Und weißt du was? Meine Kollegen im Büro kriegen so langsam mit, dass ich mit dem Chef zusammen bin.«
Ich: »Aha.«
Meine Mutter: »Vor allem seit deinem Besuch. Das spricht sich rum …«
Ich: »Aha.«
Meine Mutter: »Aber bei der Arbeit stellen wir nicht zur Schau, dass wir zusammen sind.«
Ich (in meinem Kopf): »Wäre schön, wenn das hier auch so wäre.«

Meine Mutter: »Möchtest du noch etwas Lasagne?«
Ich: »Mhm.«
Meine Mutter: »Also, du hast heute keine kleine Anekdote aus der Schule für mich?«
Ich: »Na ja, doch … eine. Mein Fuß ist an der Wand langgerutscht, es gab ein komisches Geräusch, und alle haben gedacht, ich hätte gefurzt.«
Meine Mutter: »HAHAHAHAHAHAHAHAHAHAHAHAHAHAHAHAHAHAHA!«
Ich: »Ich will doch keine Lasagne mehr. Ich gehe in mein Zimmer.«
Meine Mutter: »Ach so? Warum denn?«
Ich: »Weil ich hier sonst gleich ein Feuer lege.«

19:10

Meine Mutter klopft an die Tür und öffnet, bevor ich »Herein« gesagt habe. Zum Glück bin ich mittlerweile ziemlich schnell darin, meine Schokolade zu verstecken.
Meine Mutter: »Ist alles in Ordnung, mein Floh?«
Ich (hebe den Daumen und lächle gezwungen): »Super!«
Meine Mutter: »Du kannst mit mir reden, wenn du willst.«
Ich: »Nicht nötig.«
Meine Mutter: »Aber … wirklich? Bist du sicher?«
Ich: »Ja, o.k.?«

Dienstag, 9. Mai

Ich habe gestern Abend (beim Schokoladeessen) beschlossen, die ganze Sache positiv zu sehen. Ich muss den Sommer bei meiner Großmutter Laflamme verbringen, weil meine Mutter beschlossen hat, mit ihrem neuen Freund nach Frankreich zu fahren und mich nicht mitzunehmen. Aber das ist gar nicht schlimm, weil ich so 1. einen anderen Teil Québecs besser kennenlerne und 2. mehr Zeit mit meiner Großmutter verbringen kann. (Vermerk an mich selbst: erfreulichere Gründe finden.) Immerhin hat meine Großmutter eingewilligt, dass ich Sybil mitbringe. Sie hatte allerdings auch keine Wahl. Ich habe meiner Mutter gesagt, dass ich ohne Sybil nirgendwohin gehe. Kommt gar nicht infrage, dass ich mich für zwei Monate von meinem Kätzchen trenne!

Erst wollte meine Mutter mich zu meinen Großeltern Charbonneau schicken, die jeden Sommer in ihrem Wohnwagen durchs Land fahren (ich hasse Camping!). Aber die wollten nicht, dass Sybil mitkommt. Ich ohne Sybil?!? Niemals! Also hat meine Mutter meine Großmutter Laflamme angerufen und die war einverstanden, dass meine Katze und ich den ganzen Sommer bei ihr bleiben (yes! Kein Camping!). Sie kann es kaum erwarten und ruft alle zwei Tage an, um mich zu fragen, was ich gerne essen will, was Sybil braucht usw. usw. Ich sage ihr (nicht genau in diesen Worten), sie soll mal relaxen, denn wenn sie jetzt schon anfängt einzukaufen, ist das Essen im Juli vergammelt, wenn ich komme. (Ich glaube, die Erwachsenen in meiner Umgebung haben alle ein Problem mit logischem Denken …) Das Einzige, was ich bei meiner Großmutter brauche, ist ein Internetanschluss.

Seit mein Vater tot ist, habe ich meine Großmutter nur noch selten gesehen. Bei der Beerdigung hat sie meiner Mutter ihre Hilfe angeboten, doch die hat sich mehr an ihre eigene Familie gehalten. Aber sie fand es immer wichtig, dass wir meine Großmutter wenigstens ein- oder zweimal im Jahr besuchen. Weil ich die einzige Person bin, die meine Großmutter an meinen Vater erinnert, da mein Großvater schon vor Jahren gestorben ist und sie keine weiteren Kinder hat.
Abgesehen von ihren Pfannkuchen, die die besten im Universum sind, habe ich keinen besonderen Draht zu ihr. Ich weiß nie, worüber ich mit ihr reden soll. Wenn meine Mutter da ist, geht es noch. Aber ein ganzer Sommer mit ihr allein, uff! Ich will es mir gar nicht vorstellen. Das stresst mich total.

13:15

Trotz dieses minimalen Stressfaktors finde ich es, wie gesagt, super, dass meine Mutter nach Frankreich reist. Den ganzen Sommer lang. Mit ihrem Freund. Der gleichzeitig ihr Chef ist. Sie werden sich dort auch mit möglichen Geschäftspartnern treffen. Also ist das Ganze auch noch super für ihre Karriere und so.

13:16

O.k., o.k. Ich finde das alles gar nicht »super«. Sagen wir mal, ich finde es in Ordnung.

13:17

»In Ordnung« trifft es vielleicht nicht ganz. Ich finde es ... ein Synonym von »in Ordnung«, das etwas weniger positiv ist (falls ein solches Wort existiert).

13:18

Zum Kotzen?

Top-Secret-Vermerk an mich selbst: Ich habe immerhin noch zwei Monate Zeit, um meiner Mutter zu beweisen, dass François Blais der Teufel ist, für den ich ihn halte. Dann wird sie die Reise absagen. Und den Sommer mit mir verbringen. Vielleicht in einem kleinen Häuschen an einem See oder etwas in der Art.

Vermerk an mich selbst Nr. 2: Wenn das nicht klappt, besteht noch die Möglichkeit, dass sie die Reise abbrechen müssen, weil ich bei meiner Großmutter in Lebensgefahr gerate ... wegen Passivrauchens. Meine Großmutter qualmt wie Lucky Luke, bevor er den Strohhalm entdeckte!

13:50

Autsch! Ich war so in Gedanken, dass mich ein Ball fest gegen den Arm getroffen hat. Das ist das Problem mit Völkerball im Sportunterricht: Man kann einfach nicht in Ruhe seinen Gedanken nachhängen. Man muss die ganze Zeit aufpassen.
Es zwiebelt und ich reibe mir den Arm.
Die Sportlehrerin bläst in ihre Pfeife und sagt (das Echo der Turnhalle verstärkt ihre Stimme so, dass alle sie hören): »Musst du ins Krankenzimmer, Amélie?«
Ich: »Nein … geht schon.«

Frage medizinischer Natur: Hat die Schulkrankenschwester auch ein Mittel gegen gekränkten Stolz?

Mittwoch, 10. Mai

Bio. – Nachdem Schwester Rose uns zum x-ten Mal erklärt, wie wichtig die doppelten Vorhänge im Bioraum sind (während ich Sternchen in meinen Taschenkalender kritzele), sagt sie etwas, das meine Aufmerksamkeit erregt:
»Das Geruchsgedächtnis hat eine längere Speicherdauer

als jedes andere Sinnessystem. Das liegt daran, dass es anders funktioniert als das visuelle oder das auditive Gedächtnis. Es überdauert nicht nur besser die Zeit, es speichert auch den sensorischen und emotionalen Kontext.«

Oh, oh, oh! Sehr interessant! Denn, wie gesagt, ich denke *überhaupt nicht mehr* an Nicolas. Aber wenn ich den guten Weichspüler rieche, nach dem seine Kleider rochen (ich weiß immer noch nicht, welche Marke das war), oder Melonenkaugummi (seine Lieblingssorte), kann ich nicht verhindern, ein kleines bisschen, ähm … emotional zu werden. Aber nach Schwester Rose ist das etwas, das sich leicht beheben lässt (indem ich nämlich den Kontakt mit dem Geruch von Weichspüler oder Melonenkaugummi meide). Und von Schokolade kriege ich zum Glück einen anderen Geruch in den Kopf (bzw. in die Nase).

11:15

Schwester Rose fährt fort: »Der Geruchssinn ist das älteste und primitivste Sinnessystem. Seine Verbindung zum Gehirn ist die direkteste und kürzeste. Schaut hier« (sie zeigt mit ihrem Stock auf einen Bereich des Gehirns auf einem Plakat mit einem menschlichen Schädel), »über den Riechkolben direkt zum Paleocortex. Mehrere Studien haben gezeigt, dass es für das menschliche Gehirn viel schwieriger ist, ein Geräusch oder ein Bild im Langzeitgedächtnis abzuspeichern als einen Geruch.«
Ich muss daran denken, wie Schwester Rose irgendwann

mal gesagt hat, als sie uns den Blutkreislauf mit einem Vergleich zum Straßenverkehr erklären wollte: »Und das ist der Beweis dafür, dass die Biologie unser ganzes Leben bestimmt.« Jetzt gerade hätte ich Lust, aufzuspringen und sie zu umarmen. (Aber wenn ich das täte, wäre ich für meine Mitschülerinnen erledigt.)

Ich habe Nicolas also längst vergessen. Nur meine *Nase* ist dazu einfach nicht in der Lage, weil ihr Gedächtnis ausdauernder ist als das meiner anderen Sinne! Da bin ich aber erleichtert!!! Echt, ausnahmsweise habe ich mal das Gefühl, dass die Schule mir wirklich etwas bringt.

Donnerstag, 11. Mai

Nach dem Matheunterricht zeigt Kat mir eine Liste mit Eigenschaften, die ihr nächster Freund haben sollte.

Ich: »Hast du die Liste in Mathe gemacht?«

Kat: »Ja. Ich dachte, ich werde die Liebe jetzt mal … mathematisch angehen.«

Ich: »Mathematisch?«

Kat: »Ja. Ich habe also in Mathe Mathe gemacht. Liebes-Mathe, sozusagen.«

Ich: »Hä? Was du redest, ergibt überhaupt keinen Sinn!«
Kat: »Weißt du, neulich habe ich daran gedacht, wie du gesagt hast, als dein Vater … äh … gestorben ist, habe es dir das Herz gebrochen, aber es habe dir gutgetan, dich wieder Gefühlen zu öffnen, auch wenn das neue Schmerzen bedeutet. Dass man sich nur so lebendig fühlt. Die Sache mit Ham hat mir sehr wehgetan, aber ich glaube, ich bin bereit, mich wieder zu verlieben. Und ich will, dass mein neuer Freund bestimmte Eigenschaften hat.«
Sie wedelt mit der Liste. Ich überfliege sie.
Ich: »Du willst echt, dass er … Sushi mag?«
Kat: »Äh, ja … habe ich letzte Woche zum ersten Mal probiert. Ist echt lecker.«
Ich: »… und dass er Sponge Bob gut findet?«
Kat: »Das ist symbolisch gemeint. Wenn er Sponge Bob gut findet, zeigt das, dass er kein Snob ist. Also das Gegenteil von Ham.«
Ich: »Clever. Und er muss gut klettern können?«
Kat: »Ich habe so eine Doku gesehen über Jungs, die klettern. Die hatten echt coole Muskeln. Und außerdem könnte man sich dann vielleicht verkehrt herum küssen. So Spiderman-mäßig.«
Sie beugt den Kopf nach unten und macht den Kuss von Spiderman und Mary Jane nach, während ich ihre Liste weiterlese.
Ich: »Er soll aussehen wie David Desrosiers von *Simple Plan*?!?«
Kat: »Na ja, manche Kriterien sind nicht zwingend. Ich bin nur … von meinem Ideal ausgegangen.«

Ich: »Ach so. Aber ich verstehe immer noch nicht, was das mit Mathe zu tun haben soll.«

Kat: »Macht nichts!«

(Ich sehe sie fragend an.)

»O.k., o.k., ich habe im Unterricht Blödsinn gemacht. Man tut, was man kann!«

Ich: »Aha.«

Kat: »Mach doch auch eine Liste!«

Ich: »Spinnst du?!?!!! Bevor ich noch mal was mit einem Typen anfange, kriegen Schweine Zähne! Ich wollte mich doch gar nicht verlieben! Nicolas war ein … Ausrutscher!«

Kat: »Schweine haben sowieso Zähne.«

Ich: »Ach ja?«

Kat: »Der Spruch heißt ›… kriegen *Hühner* Zähne‹.«

Ich: »Schweine haben Zähne? Das ist ja komisch, es sieht nämlich so aus, als wäre ihr Mund ihre Nase. Also haben sie Zähne in der *Nase*?«

Kat: »Ihr Mund ist unter der Nase. Das ist nur … dicht beieinander.«

Ich: »Ach ja?«

Kat: »Hör mal, ich bin keine Schweineexpertin! Ich weiß nur, dass man sagt, ›eher kriegen Hühner Zähne‹! Jetzt mach doch auch so eine Liste.«

Ich: »Och nö …«

Kat: »Komm schon! Nur zum Spaß!«

Ich: »O.k., also gut … ich will, dass mein nächster Freund … äh … gerne … Wasserrutschen mag.«

Kat: »Aha. Weiter?«

Ich: »Na, das ist alles. Wenn er Wasserrutschen mag, wäre das schon super.«
Kat: »Also echt! Du nimmst das nicht ernst! Dabei versuche ich doch nur, dich auf andere Gedanken zu bringen.«

19:23

Tatsächlich: Schweine haben Zähne! Ich habe bei Google »Schweinezähne« eingegeben und es wurden jede Menge Bilder von Bauern angezeigt (ich nehme mal stark an, dass es Bauern waren), die ihren Schweinen die Schnauze aufhalten, damit man die Zähne sehen kann. Ich bin ja nicht total ungebildet, ich verbringe nur einfach nicht mein Leben damit, Listen anzufertigen, welche Tiere wohl Zähne haben und welche nicht!

19:25

Ich gucke mir immer noch die Schweinefotos an.
Echt komisch, dass es Leute gibt, die sich fotografieren lassen, während sie ihrem Schwein die Schnauze aufhalten. Echt komisch.

19:30

Ich habe Sybil das Maul geöffnet, um mir ihre Zähne anzuschauen, aber dabei habe ich nicht das Bedürfnis verspürt, mich dabei fotografieren zu lassen. Außerdem hat Sybil diese Aktion nicht gefallen. Ich frage mich, ob Schweine auch so eine Einstellung ihren Herrchen/Frauchen gegenüber haben (merke: einen Bauern danach fragen, falls ich jemals einen treffen sollte).

20:00

So, genug herumgegammelt. Ich muss für Französisch das Buch »La promise« von Raymond Payeur lesen.

»Estebal de Galec warf sich geschwind auf sein treues Ross. Zurück ließ er eine Staubwolke, die im Rhythmus des Galopps dem wolkenlosen Himmel zustob. Er konnte den edlen Hengst kaum an der Kandare halten. Mit der Spitze seines Säbels musste er das blutrünstige Monster entleiben; dies war die Mission, die ihm sein Stamm übertragen hatte. Am Rande der verfluchten Grotte entflammte ein glimmendes Holzstück, das dem tapferen Recken wie ein heiliges Zeichen den Weg zum Widersacher leuchtete.«

Häh?!? Was???? Ich kapiere gar nichts!

20:12

Riiiiiiiing!

Ich (zu meiner Mutter): »ICH GEH DRAN! Ja, hallo?«

Tommy: »He, Laf! Was treibst du?«

Meine Mutter: »Hallo?«

Tommy: »Hallo … hier ist Tommy.«

Ich: »Das ist für mich!!!«

Meine Mutter: »Oh, Pardon! Tschüss, Tommy!«

Tommy: »Tschüss, Madame Charbonneau!«

Meine Mutter: »Du kannst mich ruhig France nennen, Tommy.«

Ich: »Mamaaaaa, leg auuuuuf!«

Meine Mutter legt auf.

Tommy: »Also, was treibst du?«
Ich: »Ich lese ein blödes Buch.«
Tommy: »Welches denn?«
Ich: »La promise.«
Tommy: »Das ist echt gut!«
Ich: »Ich verstehe gar nichts.«
Tommy: »Was verstehst du nicht?«
Ich: »Den … Anfang.«
Tommy: »O.k., aber welchen Teil des Anfangs?«
Ich: »Die ersten fünf Zeilen.«
Tommy: »Ein Ritter muss einen Drachen töten.«
Ich: »Echt?!? Aber warum sagt der Typ das nicht einfach?«
Tommy: »Na … das ist halt der Stil des Autors. Ich finde das gut. Lies weiter, du wirst sehen, es gefällt dir. Am Ende wird der Ritter von dem Drachen getötet und dann kommt ein besserer Ritter, so 'ne Art Top-Ritter, um den Tod des ersten Ritters zu rächen, weil der so beliebt war und jetzt das ganze Dorf sauer ist. Aber dieser Ritter …«
Ich: »Welcher jetzt?«
Tommy: »Der neue, der die Ehre des anderen rächen soll! Der verliebt sich in ein Mädchen, das von den Drachen aufgezogen wurde. Also zögert er, die, na ja, Familie der Frau umzubringen, die er liebt. Und er stellt fest, dass der Drache nur das Mädchen beschützen wollte.«
Ich: »Hm ja, klingt nicht schlecht. Und dann?«
Tommy: »Und dann was?«
Ich: »Na ja, was passiert dann?«
Tommy: »Lies doch das Buch.«

Ich: »Ja, aber du erzählst es so gut.«
Tommy: »Der Ritter …«
Ich: »Welcher?«
Tommy: »Immer noch der gleiche, der zweite, der andere ist doch tot! Auf jeden Fall, der Ritter stellt fest, dass das Mädchen … in einen Drachen verliebt ist. Und das bricht ihm das Herz.«
Ich: »Das Mädchen ist IN EINEN DRACHEN VERLIEBT? Puh! Das ist ja krank.«
Tommy: »Na ja … das ist eine Metapher. So nach dem Motto *Die Schöne und das Biest.* Auch eine unmögliche Liebe. Jedenfalls, der Ritter tut so, als hätte er den Drachen getötet, aber in Wahrheit findet er einen sicheren Platz für sie, an dem sie heimlich ihre Liebe leben können, denn wenn das Dorf herausfindet, dass das Mädchen einen Drachen liebt, wird man sie der Hexerei bezichtigen und auf dem Scheiterhaufen verbrennen.«
Ich: »Ist sie denn eine Hexe?«
Tommy: »Nein, aber das Dorf könnte es glauben, weil es halt nicht so üblich ist, einen Drachen zu lieben.«
Ich: »Also, das Buch scheint echt nicht schlecht zu sein.«
Tommy: »Hmm … jetzt habe ich schon viel zu viel verraten. He, hast du Lust, morgen Abend was zu machen?«
Ich: »Eigentlich … würde ich lieber zu Hause bleiben. Statistisch gesehen ist dann die Wahrscheinlichkeit kleiner, … äh … bestimmten Leuten über den Weg zu laufen.«
Tommy: »Ich schwöre dir, wenn wir Nicolas über den Weg laufen, werde ich dich rechtzeitig ablenken.«

Ich: »Den habe ich doch gar nicht gemeint! Ich meinte … äh … na, irgendwen halt. Jemanden aus meiner Schule.«
Tommy: »Ach komm schon! Wir gehen ins Kino!«
Ich: »Na gut, o.k. Aber unter einer Bedingung: Wir sehen keinen Mittelalterfilm. Mit dieser Rittersprache kann ich nichts anfangen. Leute, die sich in Drachen verlieben, meinetwegen, aber komisch ist es schon.«
Tommy: »O.k., in Ordnung. Bis morgen. Ich rufe nach der Schule an.«
Ich: »Ich frage Kat, ob sie mitkommt. Bis morgen. Ciao!«

21:23

Ich lese weiter, aber Tommy hat die Geschichte wirklich viel besser erzählt als der Autor. Sybil kommt und legt sich auf das Buch.
Ich (während ich ihr die Ohren kraule): »Du hast recht! Ich lese morgen weiter. Heute Abend ist mir nicht mehr danach, mich auf ein verkorkstes Mittelalterepos einzulassen.«
Sybil schnurrt und ich schnappe mir einen Manga. Ah! *Das* ist gute Literatur. Schade nur, dass es nicht zur Pflichtlektüre in Französisch gehört …

21:31

Meine Mutter (aus dem Wohnzimmer): »Amélie! Schlafenszeit!«

Kein Kommentar.

PS: Natürlich ist es Nicolas, dem ich nicht über den Weg laufen will. Ich kann nicht das Risiko eingehen, ihn zu riechen. Das würde meinen Paleocortex total durcheinanderbringen.

Freitag, 12. Mai

Es ist superschön! Und fast schon ein bisschen heiß. Es riecht so richtig nach Frühling. Eine Mischung aus feuchter Erde, trockenem Asphalt und sprießenden Blättern. (Diesen Geruch muss ich unbedingt in meinem Geruchsgedächtnis abspeichern.)

10:50

In der Pause demonstrieren die Mädchen aus der Elften schon wieder gegen die Schuluniform. Sie haben ein neues Argument: Sie sagen, die Uniform sei bei dem Wetter zu warm (seufz).

11:11

Ha! Beim Blick auf die Uhr fällt mir ein, was ich neulich in der *Miss* gelesen habe:

Miss Magazin

WÜNSCH DIR WAS!

Du findest, in deinem Leben gibt es noch Optimierungsbedarf, und das, obwohl du die ganze Zeit schuftest? Dann wünsch dir doch zur Abwechslung einfach mal was! Wer einen Wunsch formuliert, besinnt sich darauf, was ihm in seinem Leben gerade wirklich wichtig ist. Das ist schon ein Schritt zum Erfolg. Und wer weiß, vielleicht ist an manchen Ritualen ja doch etwas dran? Bei folgenden Gelegenheiten kann ein Wink an den Schicksalsgott sicher nicht schaden:

✶ Wenn du eine Sternschnuppe siehst.
✶ Wenn dir eine Wimper ausfällt.

… und blablabla, das ganze bekannte Zeug, das sowieso höchst selten mal passiert, bis auf …

✶ Wenn du um 11:11 auf die Uhr guckst.

Das ist doch was! Die Gelegenheit lasse ich mir nicht entgehen!

Liebe 11 Uhr 11, bitte mach, dass die Mädchen aus der Elften keinen Erfolg haben. Ich habe nicht genügend Klamotten, um jeden Tag den Look zu wechseln. Ich müsste immer die gleichen Sachen tragen und das könnte meiner Hygiene schaden und dann würden die anderen vielleicht sagen, dass ich stinke. Außerdem … weil es noch nicht 11:12 ist, habe ich noch eine kleine Bitte. Bitte mach, dass mein Gehirn wieder funktioniert. Ich halte mich nicht für blöd, aber Tommy, der nicht mal im Französisch-Begabtenkurs ist, hat ein Buch verstanden, bei dem ich absolut nichts kapiere. Irgendetwas stimmt da nicht!

19:27

Im Kino mit Tommy und Kat.

Kat, Tommy und ich stehen vor der Kasse und diskutieren, welchen Film wir sehen wollen. Ich will einfach nur, dass wir uns schnell für etwas entscheiden, weil ich Angst habe, Nicolas zu begegnen. Ich fühle mich noch nicht bereit, ihn zu sehen (nicht, bis ich mein Nasenproblem gelöst habe).

Kat: »Frauen in der Überzahl. Wir gucken einen Liebesfilm!«

Tommy: »Nein, einen Actionfilm. Laf muss mal auf andere Gedanken kommen.«

Kat: »Nenn sie nicht immer Laf! Sie heißt Am.«

Ich: »Er hat recht, Kat. Du wolltest auch keine Liebesfilme sehen, als Ham und du … Du hast dir Pferdefilme ausgeliehen, schon vergessen?«

Kat: »Ja, aber das mit euch ist doch jetzt schon einen Monat her.«

Ein paar Jungs kommen ins Foyer. Einer ruft etwas und schwenkt seine Eintrittskarte.

»Desrosiers! David! Wir sind hier!«

Kat packt mich am Arm.

Ich: »Aua!!! Was ist denn?«
Kat: »Hast du nicht gehört? David Desrosiers ist hier!!!«
Ich: »Wo?«
Ich halte nach den Musikern von *Simple Plan* Ausschau, aber ich sehe niemanden von der Band.
Tommy: »Das ist nur irgendein Typ, der zufällig ebenfalls David Desrosiers heißt. Das ist nicht euer David Desrosiers.«
Ich (zeige auf Kat): »*Ihr* David Desrosiers.«
Tommy: »Und auf wen stehst du?«
Ich: »Auf niemanden. Ich mag nur ihre Musik.«
Tommy lacht skeptisch. Wieder einmal würde ich ihn gerne mit meinen Augen in Brand setzen, wenn ich das könnte.

Vermerk an mich selbst: Ernsthaft versuchen, telekinetische und/oder andere übersinnliche Fähigkeiten zu entwickeln.

19:29

Kat: »Wir gucken einfach den gleichen Film wie die!«
Tommy: »Spinnst du?!? Das Poster ist doch total bescheuert!«
Kat: »Das nennt man Kom-pro-miss!«
Ich: »Na gut! Wir gucken den Film, den Kat sehen will.«
Kat: »Wow! Wenigstens einmal hältst du zu mir. Deiner besten Freundin, übrigens.«
Ich: »Schon gut, schon gut, du hast gewonnen, musst nicht auch noch nachtreten.«

Kat sieht Tommy an, zeigt mit dem Daumen auf ihr Herz und sagt: »Bes-te Freun-din.«
Tommy sieht Kat an, zeigt mit dem Daumen auf sein Herz und sagt: »Pfer-de-fres-ser.«
Kat: »Blödmann! Amélie, sag *deinem* Freund, wenn er so weitermacht, darf er nichts mehr mit uns unternehmen!«
Tommy: »Ich habe Laf eingeladen, also bist du es, die was mit *uns* unternimmt.«
Ich: »Hört auf, euch zu streiten, wir müssen jetzt zum Einlass. Wir wollen doch nicht noch irgendwen treffen, den wir gar nicht, äh … treffen möchten.«

20:43

Keine Chance, sich auf den Film zu konzentrieren. Kat hat die Plätze vor David Desrosiers 2 und seiner Clique gewählt, dreht sich dauernd zu ihnen um und flüstert mir Kommentare ins Ohr.
David Desrosiers Nr. 2 hat absolut keine Ähnlichkeit mit dem echten David Desrosiers. Er hat kurze blonde Haare, trägt ein Basecap, eine Jacke von irgendeiner Sportmannschaft (Baseball, glaube ich), ist ziemlich dünn und garantiert jünger als wir. Außerdem scheint er es lustig zu finden, Leute mit Popcorn zu bewerfen (was ich persönlich absolut bescheuert finde). Aber Kat, getreu ihrer Gewohnheit, das Hirn auszuschalten, wenn sie sich für einen Typen interessiert, lacht jedes Mal, wenn Popcorn durch die Luft fliegt. Dabei ist der Film total ernst und dramatisch und die anderen Zuschauer zischen immer wieder »pssst!«. Echt peinlich.

21:51

Nach dem Film reden und lachen David Desrosier 2 und seine Clique extrem LAUT. Da Kat mit ihnen lacht und nur noch Augen für den Typen hat, der zufällig so heißt wie ihr Idol, spricht David sie schließlich an.
David: »Hi.«
Kat: »Hi.«
David: »Das war cool, als wir Popcorn geworfen haben, was?«
Kat: »Ja, hihi!«
David: »Cool.«
Kat: »Ja, cool, hihi!«
Tommy und ich wechseln einen verzweifelten Blick, während Kat und David Telefonnummern austauschen.

21:55

Kats Vater holt uns vom Kino ab. Als er kommt, hört Kat endlich mit dem Kichern auf, aber sie grinst übers ganze Gesicht, sodass ihr Vater vermutet, wir hätten eine Komödie gesehen. Kat erwidert: »Ja! Eine … Liebeskomödie!« Ich verdrehe nur die Augen.

Samstag, 13. Mai

Selten trifft man im Leben einen Menschen, der einem so auf die Nerven geht, wie mir François Blais. Vor dem Essen habe ich ferngesehen. Und er hatte nichts Besseres zu tun, als mir über die Schulter zu gucken und mich mit Fragen zu löchern.
F.B.: »Was guckst du?«
Ich: »Einen Film.«
(Sieht man doch!)
F.B.: »Und was für einen?«
Ahhhhh! Was soll diese ewige Fragerei?!? Er muss doch nur das Fernsehprogramm lesen, so wie ich.
Manchmal hätte ich wirklich Lust, ihm rundheraus zu sagen, was ich von ihm denke, aber das wäre nicht sehr nett. Also halte ich den Mund. Jetzt zum Beispiel würde ich gerne sagen: »Schau halt in der Fernsehzeitung nach, Idiot!« Aber das wäre natürlich unhöflich. Ich mag mein Zimmer ja schoooooon gerne, aber deshalb habe ich trotzdem keine Lust auf hundert Jahre Stubenarrest.

18:17
Abendessen mit François Blais. Er hat Nudeln mit Käsesoße gemacht (bestimmt, damit ich ihn cool finde).
Ich schaue beim Essen auf meinen Teller.

F.B.: »Schmeckt's dir, Amélie?«
Ich: »Man … kann es essen.«
F.B.: »Na, das war ja auch das Ziel, hehe!«
Ich: »Mein Vater hat immer noch Würstchen in die Soße gemacht.«
F.B.: »Oh wow, das klingt lecker! Gute Idee, das machen wir das nächste Mal auch!«
Ich: »Na ja, er hatte da eine besondere Technik. Man muss die Würstchen schon richtig *dosieren* … das ist gar nicht so leicht.«
Meine Mutter: »He, gehen wir nach dem Essen noch eine Partie Minigolf spielen?«
F.B.: »Also, ich hätte Lust. Und du, Amélie?«
Ich: »Bloß nicht, pfff. So was Altmodisches!«

2 Schokohasen, 7 Schokoeier und 3 Krokantküken später (man muss den Zuckergeschmack ja mal variieren) …
Ich bin in meinem Zimmer und telefoniere mit Kat.
Kat: »Er wollte doch nur nett sein.«
Ich: »Hmm, ja ja.«
Kat: »Du bist ganz schön kindisch.«
Ich: »Du verstehst das nicht …«
Kat: »Kein Mensch kann nerviger sein als Julianne, das ist einfach unmöglich!«
Ich: »Deine Schwester ist echt lieb, du hast gar keinen Grund, dich zu beschweren.«
Kat: »Und ich finde, *du* hast keinen Grund, dich zu beschweren.«

Ich: »Du kannst froh sein, dass deine Eltern … noch zusammen sind.«
Kat: »Und du kannst froh sein, keine kleine Schwester zu haben. O.k., genug davon. Uuuuuh! Weißt du was? David Desrosiers steht auf mich. Er hat mich heute angerufen und wir haben drei Stunden lang telefoniert! Oh Mann, und als ich aufgelegt habe, habe ich festgestellt, dass meine Schwester die ganze Zeit mitgehört hat. Grrr!«
Ich: »Hör mir jetzt mal zu, Kat. Du kannst doch keinen Typen gut finden, nur weil er ein Homonym ist!«
Kat: »Hast du nicht gehört, was ich gerade gesagt habe? Er steht auf mich, er ist nicht schwul!«
Ich: »Ich rede nicht von schwul! ›Homonym‹ heißt, dass er den gleichen Namen hat wie jemand anders.«
Kat: »Ah.«
Ich: »Du kannst doch nicht jemanden gut finden, bloß weil er den gleichen Namen hat wie der Bassist von *Simple Plan*!«
Kat: »Doch nicht nur deswegen. Er ist süß. Und er mag Pferde.«
Ich: »Er ist kleiner als du, er ist hässlich und er bewirft Leute mit Popcorn!«
Kat: »Oh … DU HAST RECHT! Ich finde ihn nur gut, weil er ein Homo-Dingsda ist!«
Ich: »Homonym.«
Kat: »Du mit deinen Wer-wird-Millionär-Wörtern! Amélie … ich muss dir was beichten …«
Ich: »Nennst du mich jetzt Amélie?«

Kat: »Ich glaube, ich … also, auch wenn die Pferde mich verändert haben und so, ich … also …«
Gerade als sie mir ein anscheinend großes Geheimnis eröffnen will, macht es »klick«.
Kat: »Psst!«
Ich: »He, du bist die, die redet!«
Kat: »Psst, sage ich!«
Ich: »Was?«
Kat: »Julianne hört mit. Julianne! Leg sofort wieder auf! Sonst sage ich Mama, dass du mich belauschst!«
Dann höre ich, wie der Hörer auf den Boden fällt und Kat im Hintergrund ihre Schwester anschreit, dass sie sich rächen wird, und ihre Schwester zurückschreit, dass sie nichts gemacht hat und Kat sie in Ruhe lassen soll. Ich glaube, Kat haut gerade mit einem Kissen auf sie ein. Dann nimmt sie das Telefon wieder auf und sagt:
»Am, wir sprechen uns später, o.k.? Ich muss jetzt … AHHHHHHHHHHHH!«
Dann ist die Verbindung weg. Tuuuuuuut.

To do: Dem Himmel danken, dass ich Einzelkind bin.

Sonntag, 14. Mai

Muttertag.

Ich habe meiner Mutter das Frühstück ans Bett gebracht, ich glaube, sie hat sich sehr darüber gefreut. Dabei habe ich auf ihrem Nachttisch ein Buch gesehen mit dem Titel *Wie verstehe ich meinen Teenager?*.
Ich frage mich, welchen Teenager sie nicht versteht! (Ich kann es nicht sein, denn ich bin extrem leicht zu verstehen. Vielleicht versteht sie Teenager generell nicht. Ein Rätsel.)

Montag, 15. Mai

Ich habe meine Romananalyse für Französisch nach der Geschichte geschrieben, die Tommy mir erzählt hat. Ich hätte natürlich auch das Buch lesen können, aber da Tommy ja schon alles zusammengefasst hat, wäre das reine Zeitverschwendung gewesen.

Analyse des Romans *La Promise* von Raymond Payeur Von Amélie Laflamme

In der Gesellschaft gibt es das Problem des Rassismus. Der Roman, von dem ich hier spreche, handelt von Rassismus und von der Liebe.

La Promise von Raymond Payeur erzählt die Geschichte eines Ritters, der sich in ein Bauernmädchen verliebt. Dieses Mädchen wurde von Drachen aufgezogen, und da sie sich selbst für eine der ihren hält, verliebt sie sich in einen Drachen. Doch sie muss diese »leidenschaftliche« Liebe verstecken, weil die anderen Leute im Dorf sie nicht verstehen würden. Ihre Liebe für den Drachen – eine Tierart, über die es viele falsche Vorurteile gibt, denn sonst hätte sich nicht ein schönes junges Mädchen in einen Drachen verlieben können – könnte sie auf den Scheiterhaufen bringen.

Der Drache steht für alle Menschen, die Opfer von Vorurteilen sind, und die Liebe zwischen ihm und dem jungen Mädchen steht für alles, was anders ist und von anderen Menschen nicht verstanden wird. Der Ritter beweist seine Großzügigkeit und hilft dem Mädchen, das er liebt, indem er ihre Liebe zu den Drachen respektiert (vor allem ihre Liebe zu einem bestimmten Drachen).

Abschließend kann man sagen, auch Drachen haben Liebe verdient und in diesem Roman hat das Mädchen das verstanden und beschlossen, auf ihr Herz zu hören und nicht auf die Vorurteile ihrer Zeit.

19:15
Ich lese meinen Aufsatz noch einmal durch. Ich bin Feuer und Flamme (keine Sorge, *ich* bin kein Drache) und beglückwünsche mich zu meiner guten Arbeit und der Zeit, die ich gespart habe. Ich glaube, meine Gehirnzellen sind auf dem richtigen Weg.

19:16
Also, man kann echt nicht sagen, dass ich geschummelt habe. Dass ich das Buch nicht gelesen habe, ist doch Nebensache. Ich kenne einfach meine Stärken und Schwächen und kann delegieren. Ich verfüge also über wichtige Führungsqualitäten.

19:17
Ich verschränke die Arme hinterm Kopf und strecke mich auf dem Bett aus. Seufzer der Erleichterung. Mission erfüllt.

Dienstag, 16. Mai

Ich weiß nicht, was die Menschheit gemacht hat, als es noch keine Schokolade gab. Da muss schon jemand sehr intelligent gewesen sein, eine Kakaobohne zu nehmen und den Geistesblitz zu haben, sie mit Zucker und Fett und so weiter zu vermischen. Ich bin überzeugt, dass vor der Entdeckung der Schokolade das Wort »Ekstase« noch nicht existierte (überprüfen).

Mittwoch, 17. Mai

Es ist zum Kotzen! Zum Kotzen! Zum Kotzen!!!!!!!

Warum habe ich Tommy kennengelernt? Warum, warum, warum? Ich habe nicht darum gebeten! Aber nein! Seine Eltern mussten sich unbedingt scheiden lassen und dann musste Tommy, der lange Zeit friedlich schöööön weit weg bei seiner Mutter gewohnt hat, ganz plötzlich beschließen, zu seinem Vater zu ziehen, direkt in meine Straße, weil ihm sein Vater so fehlte. Er musste unbedingt die neue Familie seines Vaters kennenlernen und blablabla. Diese Leute, die nie zufrieden sind mit dem, was sie haben, gehen mir echt auf die Nerven! Dazu gehört auch Tommy. Und er hat nichts Besseres zu tun, als mein ganzes Leben auf den Kopf zu stellen!

Was alles noch schlimmer macht: Mein Schokoladenvorrat ist aufgebraucht! Was soll ich bloß tun? Mein Leben ist zerstört!

16:15

O.k. Ich muss die Welt irgendwie wieder in Ordnung bringen. So kaputt ist mein Leben doch gar nicht. Man ist doch nicht am Ende, nur weil man keine Schokolade mehr hat (ich schon!).

16:17

Am Telefon mit Tommy:
Ich: »Tommy! Arrrrghhhhh!«
Tommy: »Laf?«
Ich: »Arrrrghhhh! Arrrrgh!«
Tommy: »Tut mir leid, ich spreche kein Werwölfisch.«
Ich: »Arrrgh! Ich werde dir nie wieder trauen, Tommy Durocher!!!«
Tommy: »Alles o.k. bei dir? Wo liegt das Problem?«
Ich: »Warum hast du mir nicht gesagt, dass der Drache, den das Mädchen liebt, ein Ritter ist, den die anderen nur als Drachen sehen?!?«
Tommy: »Na … ich wollte dir Lust auf das Buch machen.«
Ich: »Deinetwegen habe ich meine Analyse verhauen!«

Heute in Französisch

Wir haben unsere Aufsätze zurückbekommen. Ich hatte eine Vier. Wenigstens nicht durchgefallen. Und ich habe

Zeit gespart, da ich das Buch nicht gelesen habe. Aber nach dem Unterricht hat Madame Claude mich zu sich gebeten und gesagt, das sei keine akzeptable Note im Französisch-Begabtenkurs und blablabla.
Sie hat gesagt, ich habe das Buch wohl nicht richtig gelesen, weil ich in meiner Analyse kein einziges Beispiel verwendet habe. Dann fügte sie hinzu:
»Du hast anscheinend gar nicht verstanden, dass Amalthya die Einzige ist, die sehen kann, dass der Drache in Wahrheit ein Ritter ist, der wegen einer alten Prophezeiung verwandelt worden ist. Deine Analyse ist viel zu allgemein und, ehrlich gesagt, ein bisschen merkwürdig.«

Zurück zu heute, 16:18

Ich: »Du hast mir nicht gesagt, dass das Mädchen einen Drachen liebt, der gar kein Drache ist!«
Tommy: »Ich wusste doch nicht, dass du es nicht lesen würdest.«
Ich: »Denkst du wirklich, ich will ein Buch lesen, in dem der Autor metaphorisch über Ritter spricht und seine eigene Version von *Die Schöne und das Biest* schreibt?«
Tommy: »Also … wenn du es lesen würdest, dann würdest du sehen, dass es nicht so ist.«
Ich: »ARRRRGH!«

Donnerstag, 18. Mai

Miss Magazin

TEST: BIST DU EIN FAULPELZ?

Kriegst du den Hintern nicht vom Sofa hoch oder packst du den Stier bei den Hörnern und überwindest jedes Hindernis? Mach den Test und finde es heraus.

1. IM MATHEUNTERRICHT STELLT DEIN LEHRER DIR EINE FRAGE. WIE REAGIERST DU?

a) Du antwortest, so gut es geht.
b) Du hasst es, wenn man dir ins Wort fällt! Du warst gerade dabei, eine Party mit deiner besten Freundin zu planen.
c) Was?! Du wurdest was gefragt? Gar nicht gehört!

Manchmal passt in solchen Tests keine der Antworten. In diesem Fall nehme ich die, die der Realität am nächsten kommt …

2. DIE ZAHNCREME IST LEER. WAS TUST DU?

a) Du joggst sofort zur Drogerie. Dann hast du nicht nur neue Zahncreme, sondern auch gleich ein Work-out!

b) Du drückst die Tube mit aller Kraft, bis noch was herauskommt.

c) Dir fällt ein, dass du noch Kaugummi in der Handtasche hast.

Das passt genau auf mich!

3. DU SITZT GEMÜTLICH AUF DEM SOFA, ALS DEINE BESTE FREUNDIN ANRUFT UND DICH BITTET, IHR BEIM UMRÄUMEN IHRES ZIMMERS ZU HELFEN. WAS ANTWORTEST DU?

a) Du bist in zehn Minuten da.

b) Du willst dir nur noch schnell die Szene angucken, in der Chad Michael Murray Hilary Duff küsst, bevor du dich auf den Weg machst.

c) Du sagst ihr, dass du wegen einer ansteckenden Krankheit das Haus gerade nicht verlassen darfst.

Ich gucke mir gerne an, wie Chad Michael Murray Hilary Duff küsst (obwohl es mir lieber wäre, wenn er jemand anderen küssen würde, zum Beispiel MICH).

4. DU TRINKST DEN LETZTEN SCHLUCK MILCH AUS. BESORGST DU EINE NEUE PACKUNG?

a) Klar – das ist die Regel!

b) Du trinkst nie den letzten Schluck – den überlässt du der nächsten Person, damit sie eine neue Packung besorgt.
c) Du entwickelst eine psychosomatische Laktoseintoleranz, um von dieser Pflicht befreit zu sein.

Hihihi! Das mache ich immer!!! Spionieren die mich aus oder was??? Bei uns trinkt immer meine Mutter die Milch aus! Hahaha!

Vermerk an mich selbst: Diesen Test vor meiner Mutter verstecken, damit sie nicht auf meine über viele Jahre verfeinerten Tricks kommt.

5. **DU MUSST MORGEN EINEN AUFSATZ ABGEBEN. WAS TUST DU?**

a) Du schreibst ihn so schnell wie möglich fertig, damit du hinterher deine Freizeit hast.
b) Upps! Du hast dein Heft vergessen. Aber du wirst die Hausaufgabe morgen vor der Stunde von deiner Freundin abschreiben.
c) Du fängst damit an, sobald du das nächste Level deines Computerspiels geschafft hast.

Ich würde ja gerne »a« nehmen, aber das wäre nicht ehrlich. Und »b« passt nicht so wirklich zu meinen Führungsqualitäten …

6. DEINE ELTERN WOLLEN, DASS DU DEN ABWASCH MACHST. WIE LANGE BRAUCHST DU DAFÜR?

a) So lange wie es dauert, das Geschirr in die Spülmaschine zu räumen. Blöde Frage!

b) Du schlägst deinen Eltern erst mal vor, Plastikgeschirr zu kaufen.

c) Du zögerst diese unattraktive Aufgabe so lange hinaus, bis das Geschirr Schimmel angesetzt hat und sich der Abwasch so richtig lohnt.

Bis zum Schimmel warte ich nun wirklich nicht …

7. DU BEKOMMST EINEN BRIEF VON DEINER SCHULE. WAS IST DARIN?

a) Eine Ehrenurkunde. Du bekommst ein Stipendium, weil du die beste Schülerin in deinem Jahrgang bist.

b) Eine Einladung zu einer außerschulischen Veranstaltung.

c) Wieder mal eine Mahnung der Schulbücherei, dass du das Buch zurückgeben sollst, das du letztes Jahr ausgeliehen hast.

Äh … ja … also das … Ich weiß auch nicht, was da los war. Ich habe mir ein Buch in der Bücherei ausgeliehen und es dann in meinem Zimmer verloren. Das war echt nicht meine Schuld. Es ist einfach verschwunden. Ich gebe zu, dass das ein übernatürliches Phänomen ist. Aber so was kommt vor. Ich habe versucht, das der Bibliothekarin zu erklären, aber an der kann man sich die Zähne ausbeißen. Jetzt schickt sie mir alle drei Monate den gleichen blöden Brief.

8. FAHRSTUHL ODER TREPPE?

a) Treppe, ist gesünder.
b) Treppe, wenn der Fahrstuhl kaputt ist.
c) Du hältst es für unnötig, Orte aufzusuchen, die nicht mit einem funktionierenden Fahrstuhl ausgestattet sind.

Mann, diese Person »a« geht mir echt auf die Nerven! Für wen hält die sich eigentlich, diese Miss Perfect, die auch noch Stipendien gewinnt und die Treppe nimmt, weil das *gesünder* ist? Diese Zeitschrift sollte nicht *Miss Magazin* heißen, sondern *Miss Perfect Magazin*!

9. DU HAST DIR GERADE EINEN NEBENJOB GESUCHT. NACH EINEM LANGEN ARBEITSTAG KOMMST DU NACH HAUSE UND DEINE ELTERN FORDERN DICH AUF, DEIN ZIMMER AUFZURÄUMEN. WAS ERWIDERST DU?

a) »Schon so gut wie erledigt!«
b) »He, mal langsam! Ich verdiene jetzt mein eigenes Geld, also hab ich auch meine eigenen Regeln!«
c) »Ein Nebenjob? Pfff!«

Ehrlich gesagt, ich will nur nicht »c« nehmen …

10. WIE VERHÄLTST DU DICH, WENN DU DICH MIT JEMANDEM GESTRITTEN HAST?

a) Du suchst sofort das Gespräch, um alles wieder in Ordnung zu bringen.
b) Du schreibst einen Entschuldigungsbrief.
c) Du meidest die Person wie die Pest.

Na ja, kommt darauf an, wer es ist ... Ich habe bei der Antwort an Nicolas gedacht. Bei anderen Menschen ist es nicht unbedingt so.

ÜBERWIEGEND »A«
ENERGIEBÜNDEL

Wenn du eines nicht bist, dann faul! Vielleicht bist du sogar etwas *zu* motiviert. Du musst lernen, dich auch mal auszuruhen und dir Zeit für dich zu nehmen. Du willst dir nichts entgehen lassen. Das ist gut, weil du jeden Augenblick deines Lebens ausnutzt. Aber du nimmst alles ein bisschen zu ernst. Vergiss nicht, dass es auch wichtig ist, Spaß zu haben. Gönne dir jeden Tag ein paar Minuten Ruhe, sonst explodierst du irgendwann!

Ach! Also doch nicht so perfekt, was? Hehe! Endlich hat ihr mal jemand die Meinung gesagt.

ÜBERWIEGEND »B«
AUFSCHIEBERIN

Tja, es stimmt: Du bist faul! Aber du hast alle Voraussetzungen, um dich zu ändern. Du hast das Zeug zum Energiebündel, dem alles gelingt, aber du findest 1000 Ausreden, um deine Vorhaben hinauszuzögern. Wenn du deine Energie dazu nutzen würdest, zu tun, was du tun musst, anstatt Ausreden zu erfinden, könntest du sehr erfolgreich sein. Na komm, streng dich ein bisschen an! Wolken sind schön, aber deshalb muss man nicht andauernd mit dem Kopf darin stecken! Wenn du dich ein bisschen konzentrierst, wird dir alles viel besser gelingen.

Pfff! Was soll das denn?

ÜBERWIEGEND »C«
FAULPELZ
Du hast diesen Test bis zum Ende gelesen? Das ist ja eine Überraschung! Auch wenn du glücklich bist, wie du lebst, musst du dich etwas mehr anstrengen. Du wirst sehen: Ein kleiner Schritt jeden Tag bringt dich deinen Zielen schon viel näher. Und wenn du ein Ziel erreicht hast, wirst du auf den Geschmack kommen. Schon eins reicht für den Anfang! Du musst dir nur einfach immer wieder sagen: »Ich bin kein Faultier«, und alles kommt in Ordnung!

Wenn der angebliche Faulpelz den Test nicht bis zum Ende gelesen hat, lag das vielleicht auch ganz einfach daran, DASS ER VÖLLIG BESCHEUERT UND ABSOLUT UNGLAUBWÜRDIG IST!!!

20:01
Ich denke nach.

20:03
Ich denke nach und esse M&Ms.

20:05
Faul, ich?!??!?!!!!!

20:07
Ich denke nach und esse M&Ms und Maoam.

20:08
Wenn die *Miss* Krieg will (oder, weniger aggressiv, dass ich mein Abo kündige), muss sie es nur sagen! (Wenn sie denn sprechen könnte, was natürlich nicht der Fall ist. Ein Magazin, das sprechen kann, wäre vermutlich der Renner. Hmm …)

20:10
Meine Gedanken sind zu der Erkenntnis abgeschweift, dass die Geschmacksmischung von Maoam und M&Ms sehr viel interessanter ist, als man ahnt.

20:11
Jetzt aber zurück zum eigentlichen Ziel meiner Überlegungen: meine angebliche Faulheit.

20:12
Pfff! Also echt! Dieses *Miss*-Magazin ist manchmal total bescheuert!

20:13
Ich höre auf zu essen.

20:16
Meine Mutter sitzt im Schlafanzug vor dem Fernseher und guckt eine Soap.
Ich: »Mama, findest du, dass ich faul bin?«
Meine Mutter (wendet den Blick vom Fernseher ab): »Also ... wenn du mich so fragst ... ja.«

Die ganze Welt ist gegen mich!

Freitag, 19. Mai

Mein Höhepunkt des Tages: Ich wollte mir gerade ein Schinkenbrot machen, als Sybil auftauchte und auf die Arbeitsplatte gesprungen ist. Sie ist quer über die Platte geschlittert und hat mir die Scheibe Schinken aus der Hand geschnappt. Allerdings hatte sie etwas zu viel Schwung genommen und ist ziemlich unsanft wieder auf dem Boden gelandet. Sie hat ganz verdattert den Kopf geschüttelt und sich dann schnell mit ihrem Schinken in eine Ecke verzogen. Das sah so lustig aus!

Meine Mutter will eigentlich nicht, dass sie unser Essen frisst, aber da sie sich bei ihrem missglückten Sprung so wehgetan hat, fand ich, sie habe sich ihren Schinken verdient …

8:12
Vielleicht bin ich ein ganz kleines bisschen faul.

8:14
Beim Aussteigen aus dem Schulbus.
Ich werde den Leuten beim *Miss Magazin* beweisen, dass ich nicht faul bin und dass ich, wenn ich mir einmal etwas vorgenommen habe, es auch durchziehe. Ich bin bereit, für meine Überzeugungen zu kämpfen!

Ziel (Status: dringend): Überzeugungen finden!

Samstag, 20. Mai

Ich hatte einen wirklich schönen Tag mit Kat. Wir wollten eigentlich ins Jugendzentrum, aber dann sind wir einfach ein bisschen mit dem Fahrrad durch den Park gefahren. Nicht etwa, weil ich bestimmten Leuten aus dem Weg gehen wollte, sondern weil Bewegung gesund ist und es guttut, das Gehirn zu lüften (und dem Geruchsgedächtnis neue Düfte anzubieten). Also, ich hatte einen wirklich schönen Tag mit Kat, bis ich nach Hause kam und François Blais da war und alles verdorben hat.

17:34
Meine Mutter hat Nudelauflauf gemacht.

18:07
Ich freue mich ja so (gelogen!), dass meine Mutter verreist (mega-gelogen!), und zwar mit François Blais (alias *The Devil*). Das wird ihr guttun (woher soll ich das denn wissen?). Das Problem ist nur, dass F.B. schwul ist. Das habe ich gerade herausgefunden, dank seiner, sagen wir mal, Enthüllung, die er eben beim Essen gemacht hat. Und dann auch noch mit vollem Mund (echt unhöflich).

Es fing mit meiner Entdeckung an, dass François Blais weiße Socken zur Jeans trägt (hahaha! Geht gar nicht! In der *Miss* würden sie das einen »Fashion No-Go« nennen). Also habe ich zu ihm gesagt:
»Ist das gerade *in*, weiße Socken zur Jeans?«
F.B.: »Haha! Ich hatte keine Zeit zum Wäschewaschen!«
(Und dann hat er völlig zusammenhanglos, nachdem er sich eine Riesengabel Nudeln in den Mund gestopft hatte, alles gestanden.) »Oh, isch dasch heisch! Ach, isch liebe diesen Tony Roni! Isch meine Schwäche.«
Ich: »Tony Wer??«

A-HA! Bin ich erleichtert! Wow! Ufff! Ich wusste doch, dass er nichts für meine Mutter ist! Er ist schwul!!!!!!!!!!!
Das muss ihm ganz schön lange auf dem Herzen gelegen haben, dass das jetzt so aus ihm raussprudelt.
Ich frage mich, ob meine Mutter Bescheid weiß.
Ich frage mich, ob *seine* Mutter Bescheid weiß.
Ich frage mich, ob sie die Reise vielleicht doch noch absagen.
Vielleicht wird er das Ticket meiner Mutter auf seinen Freund umschreiben lassen, Tony Dingsda, bestimmt ein schöner Italiener, der völlig schockiert war, dass sein Freund ein, sagen wir mal, Doppelleben führt, und der sich freuen wird zu hören, dass François nun alles gestanden hat und bereit ist, seine Liebe offen zu leben.
Meine Mutter wird bestimmt enttäuscht sein, aber besser jetzt als später, wenn sie ihr Herz noch mehr an ihn verloren hat.
Vielleicht lässt er ja auch aus Mitleid mit meiner Mutter *sein* Ticket auf *meinen* Namen umschreiben und dann verbringe ich den Sommer in Frankreich.
JUHUUU!!!!!!!!!!!!! EIN HOCH AUF DIE SCHWULEN!!!!!!!!!!!!!
F.B.: »Hahahaha! Der war gut! ›Tony Wer?‹ Ich habe gesagt: ›Ich liebe diesen TON. IRONIE ist meine Schwäche.‹ Ironie ist, wenn man seine Meinung sagt, indem man das Gegenteil dessen sagt, was man denkt. Als du gefragt hast: ›Sind weiße Socken in?‹, wolltest du eigentlich sagen: ›Weiße Socken sind hässlich‹.«

Pffff! Der hält sich wohl für superschlau! Ich weiß sehr wohl, was Ironie ist. Ich habe nur nicht richtig *gehört*, klar?

18:21

Ich bin im Bad und wasche mir heftig die Ohren.

Meine Mutter: »Ich möchte, dass du höflicher zu François bist.«

Ich: »Ich *bin* höflich!«

Meine Mutter: »Dann eben ... herzlicher?«

Wie soll ich herzlich zu ihm sein? Meiner Mutter ging es endlich wieder besser. Und dann kommt François Blais. Früher oder später wird er seine wahre Seite zeigen und dann wird meine Mutter wieder zum Zombie, mit roten Flecken am Hals, ständig am Heulen, sie wird kein Verständnis mehr für mich haben und mich mit ihrem Geschluchze vom Schlafen abhalten, ganz abgesehen davon, dass sie wieder dauernd vom Putzen reden und mich zu ihrer Sklavin machen wird.

Ich: »Das Leben wäre so viel einfacher, wenn alle Menschen schwul wären!«

Meine Mutter: »Was willst du damit sagen?«

Ich: »Ich verstehe mich jedenfalls.«

Meine Mutter: »Na, wäre doch *cool*, wenn andere Menschen dich auch verstehen. Das ist in letzter Zeit nicht so leicht, muss ich sagen.«

Ich: »Tja, das ist ja nix Neues.«

Meine Mutter: »Ich will nur, dass du es wenigstens versuchst.«

Ich: »Für den Rest der Menschheit weniger unverständlich zu sein?«
Meine Mutter: »Herzlicher zu François zu sein.«
Ich (nach einem tiefen Einatmen): »Ich werd's versuchen.«
Meine Mutter: »Danke.«

Sonntag, 21. Mai

Ich glaube, ich bin seelenverwandt mit Spechten. Denn im Augenblick will ich mir einfach nur einen Baum suchen und meinen Schnabel so lange dagegenhauen, bis ein Riesenloch im Stamm ist oder der Baum umfällt. Also, mich erwarten viel Arbeit (zum Glück keine geistige) und Eintönigkeit (ein stabiler Geisteszustand nach buddhistischem Vorbild lässt sich mit der Spechtmethode sicher gut erreichen).

Montag, 22. Mai

Ich habe eine Überzeugung gefunden. Aber es hat sich herausgestellt, dass meine Überzeugung weder Schwester Rose noch Monsieur Beaulieu sonderlich gut gefällt.

15:57

Im Büro von Monsieur Beaulieu.
M.B.: »Amélie, Amélie, Amélie ...«
Ich: »Monsieur Beaulieu, Monsieur Beaulieu, Monsieur Beaulieu ...«
M.B.: »Willst du mich veralbern?«
Ich: »Auf gar keinen Fall.«
M.B.: »Du hast auch keinen Grund zur Überheblichkeit. Hör zu, Amélie, ich hatte dir bereits gesagt, wenn sich deine Noten nicht bessern, wird das Konsequenzen haben.«
Ich: »Aber ...«
M.B.: »Madame Claude hat mir gesagt, dass du das Buch nicht gelesen hast, das du analysieren solltest.«
Ich: »Das ist ihre Meinung.«
M.B.: »Und Madame Manon findet, dass du im Sportunterricht nicht bei der Sache bist.«
Ich: »Der Sportunterricht hilft mir bestimmt nicht dabei, Premierministerin zu werden.«

M.B.: »Das willst du also mal werden?«
Ich: »Nein … ich wollte nur sagen, selbst wenn das mein Ziel wäre, würde mir der Sportunterricht da auch nichts bringen.«
M.B.: »In Englisch hast du ebenfalls einiges aufzuholen.«
Ich: »Na ja, wenn es nur darum geht, Filme im Original zu sehen … ich mag die Synchronfassungen sowieso lieber … Die Motivation ist also nicht sonderlich riesig.«
M.B.: »Und was war eigentlich letzte Woche in Erdkunde los?«
Ich: »Ach! Das! Das kann ich erklären! Die Fragen waren zu schwer!«
M.B.: »Amélie … heute hast du bei Schwester Rose das Fass zum Überlaufen gebracht.«

Heute Nachmittag in Bio

Schwester Rose hat angekündigt, sie habe eine »Überraschung« für uns. Sie hat wirklich das Wort »Überraschung« gebraucht und war ganz aufgeregt, als wäre es etwas richtig Cooles. Aber dann hat sie zwanzig Mäuse rausgeholt, die sie vorher mit Chloroform »schlafen gelegt« hatte (ihre Worte). Dann hat sie gesagt, dass wir sie sezieren und ihre Organe studieren sollen. Jedes Mädchen bekam eine Maus.
Ich war so was von geschockt. Dafür habe ich nur ein Wort: BARBAREI! Ich konnte meine Wut nicht zurückhalten und habe zu Schwester Rose gesagt, meine Reli-

gion verbiete es mir, Mäuse zu töten. Sie hat gefragt, welcher Religionsgruppe ich denn angehöre, und um schnell irgendwas zu erwidern, habe ich gesagt, den Vegetariern. Sie hat entgegnet, das sei keine Religion, und ich habe gesagt, das wisse ich, aber ich stünde gerade unter Schock. Sie hat mir erlaubt, den Unterricht zu verlassen. Das habe ich dann getan, und die Maus, die mir zugeteilt worden war, habe ich mitgenommen und auf dem Schulhof beerdigt, direkt vor den Fenstern des Bioraums. Ein selbstverständliches Ritual bei einem Todesfall (finde ich jedenfalls), aber Schwester Rose hat es nicht gefallen und sie hat die »schönen Doppelvorhänge« vorgezogen, weil sie meinte, ich störe den Unterricht.

Zurück ins Büro von Monsieur Beaulieu, 15:59

Monsieur Beaulieu: »An dieser Schule werden schon seit vielen Jahren Mäuse seziert. Dein Auftritt war ganz schön unverschämt.«
Ich: »Monsieur Beaulieu, ich bin halt nicht die Schülerin, für die Sie mich halten …«
M.B.: »Ich hatte den Eindruck, dass du dich verbesserst. Aber jetzt läuft es auf eine Pleite in mehreren Fächern hinaus, wenn wir so weitermachen.«
Ich: »Wenn *ich* so weitermache. *Sie* haben ja offensichtlich alle Ihre Prüfungen bestanden, sonst wären *Sie* nicht der Direktor.«
M.B.: »Ich möchte, dass du dir bis zum Ende des Schul-

jahrs keine weiteren Kaprizen dieser Art mehr leistest. Haben wir uns verstanden?«
Ich: »Was sind Kaprizen?«
M.B.: »So etwas wie das heute mit den Mäusen. Ich habe mehrere Lehrer überredet, für Schülerinnen mit Schwierigkeiten in der Mittagspause Nachhilfe anzubieten. Dieses Angebot wirst du bis zum Ende des Schuljahrs nutzen.«
Ich: »Oh neiiiin! Ich brauche dieses kleine bisschen freie Zeit!«
M.B.: »Tut mir leid. Ich dachte, du würdest es selbst schaffen, aber das hat offenbar nicht geklappt. Jetzt wird gearbeitet.«

19:00
Komplett verzweifelt. In meinem Zimmer. Totaler Schokoladenmangel.

19:03
Sind Noten denn das Einzige, was zählt?

19:05
Wenn man Monsieur Beaulieu fragt: ja.
Wenn man meine Mutter fragt: ja.

19:07
Meine Mutter kommt nach Hause. Ich höre, dass sich ihre Schritte sofort meinem Zimmer nähern. Sie kommt rein, ohne anzuklopfen (gruaaaarrrrrr! Wie oft muss ich

ihr das noch sagen?) und trägt sogar noch Aktentasche und Mantel. »Alles o.k., mein Floh?«

Ich: »Abgesehen von jetzt gerade höre ich nicht mehr auf den Namen ›Floh‹. Flöhe sind eklig! Das sind Parasiten! Man vertreibt sie mit Flohshampoo oder saugt sie weg! Wenn du mich Floh nennst, heißt das, dass ich für dich ein Parasit bin! Der beißt! Und dass du mich aus deinem Leben vertreiben willst!«

Meine Mutter: »Ich will dich nicht aus meinem Leben vertreiben, was redest du denn da?«

Ich: »Dann hör auf, mir Parasitennamen zu geben!«

Meine Mutter setzt sich auf mein Bett.

Meine Mutter: »Monsieur Beaulieu hat mich heute angerufen … Ich weiß, worum er dich gebeten hat.«

Ich: »Wozu er mich gezwungen hat!«

Meine Mutter: »Ich finde, er ist sehr nett zu dir.«

Ich: »Du bist auf seiner Seite? Dann hältst du mich also doch für einen Parasiten?«

Meine Mutter: »Aber nein! Ich bin auf deiner Seite, und er auch! Monsieur Beaulieu macht das nur, um dir zu helfen. Damit du bessere Noten bekommst.«

Ich: »Sind Noten denn wirklich das Einzige, was im Leben zählt?«

Meine Mutter: »Nein.«

Ich: »Das könnte man aber meinen!«

Meine Mutter: »Na ja, Noten sind schon wichtig … Das ist es also, was dich in letzter Zeit so bedrückt?«

Ich könnte eine ganze Liste mit Sachen machen, die mich bedrücken. Aber ich lasse es.

Ich: »Monsieur Beaulieu macht mir das Leben zur Hölle. Mittlerweile stresst es mich schon, überhaupt nur in die Schule zu gehen. Ich habe das Gefühl, ich mache nie irgendwas richtig.«
Meine Mutter: »Mmh … ich verstehe. Das ist so, als ob du den Tisch deckst, und nachdem du alles schön hingestellt hast, legst du noch einen Hut hin und dann sage ich zu dir: ›Da liegt ja ein Hut!‹«
Ich: »Äh … häh?«
Meine Mutter: »Das ist so, als ob du den Tisch gedeckt und einen Hut draufgelegt hättest …«
Ich: »Hmm … und?«
Meine Mutter: »Und ich sage nur, dass der Hut da nicht hingehört.«
Ich: »Würde es dich denn stören, wenn ich beim Tischdecken einen Hut aufsetze?«
Meine Mutter: »Nein, der Hut ist nicht auf deinem Kopf, sondern auf dem Tisch.«
Ich: »Versteh ich nicht.«
Meine Mutter: »Na, eigentlich würdest du wollen, dass ich dich lobe, weil du erst den Tisch schön abgewischt hast, dann eine Tischdecke draufgelegt und schließlich schön gedeckt hast.«
Ich: »Also … ich stehe nicht so auf Tischdecken.«
Meine Mutter: »Das ist eine Metapher! Eigentlich wünschst du dir, dass er dir sagt, was du gut gemacht hast, und nicht, was du nicht gut gemacht hast.«
Ich: »Mmh, ja …«
Meine Mutter: »Du hast ein Recht darauf, das zu sagen.

Es ist eben sein Job, den Schülern was beizubringen. Aber ich bin ja auch noch da, wenn du Hilfe brauchst.«
Ich: »Ich brauche keine Hilfe! Ich brauche eine Gehirntransplantation.«
Meine Mutter: »Das schlag dir aus dem Kopf, mein kleiner Parasit!«
Und sie verstrubbelt mir die Haare.
Ich: »Lass das!«
Meine Mutter: »Was hast du heute Abend gegessen?«
Ich: »Fleischklößchen aus der Dose.«
Meine Mutter: »Oh je, tut mir leid, dass ich so spät nach Hause gekommen bin, mein F...«
Ich sehe sie glühend an.
Meine Mutter: »... meine feine Prinzessin. Das Meeting hat länger gedauert.«

Na endlich! So langsam wird es doch noch was mit der visuellen Brandstiftung und anderen telekinetischen Fähigkeiten.

19:26
Bevor sie aus meinem Zimmer geht, sagt sie noch:
»Du scheinst Mäuse ja ganz schön zu mögen, was?«
Ich: »Das ist eine Frage von ... Prinzipien.«
Meine Mutter: »Ich verstehe.«
Ich: »Echt?«
Meine Mutter: »Ja.«

Erstaunlich.

Mittwoch, 24. Mai

Heute Vormittag gab es eine (ziemlich sinnlose) Infoveranstaltung von (jungen) Polizisten (die Kat sexy fand) über Gewalt. Und darüber, wie wichtig es ist, die Polizei zu benachrichtigen, wenn man selbst Zeuge von Gewalt wird. Am Ende der Veranstaltung (bei der immer wieder total bescheuerte Rollenspiele aufgeführt wurden) sagte einer der Polizisten:
»Wenn ihr jemals Zeugen eines Verbrechens werdet oder euch bedroht fühlt, wählt die 110.«
Sie haben uns einen Flyer mit allen möglichen Informationen gegeben und erklärt:
»Nur so können wir unsere Streifen besser ausrichten und den Erfolg unserer Ermittler optimieren und …«
Weiter habe ich nicht mehr zugehört.
Egal. Mir ist alles recht, was den Unterricht ausfallen lässt. Besonders, wenn es uns zu gut informierten Bürgern macht. (Die letzte Formulierung stammt nicht von mir, sondern aus einem der – ich wiederhole: total bescheuerten – Rollenspiele.)

Mittags

Grummel. Grummel. Grummel. Muss lernen. Keine Zeit zu essen.

Freitag, 26. Mai

Pyjamaparty bei Kat. Nach mehreren Partien Uno legen wir uns in ihr Bett, futtern Popcorn und machen Musik an, hören aber kaum hin.

Ich: »Freust du dich schon auf den Reiterhof?«

Kat: »Ja, aber … ich … ach, dann findest du mich blöd!«

Ich: »Ach Quatsch!«

Kat: »Ich habe es dir bis jetzt nicht gesagt, aber … Irgendwie nervt mich der Gedanke, dass Ham vielleicht schon eine Neue hat, und ich habe niemanden.«

Ich: »Niemanden … bis auf David Desrosiers.«

Kat: »Hmmm … der sieht aus wie eine haarige Raupe. Der macht nicht wirklich was her, wenn ich ihn auf eine Party mitnehme. Ham wird denken, dass ich mir … meinen kleinen Cousin geschnappt habe!«

Ich: »Hmm.«

Kat: »Nach dem Motto: völlig verzweifelt.«

Ich: »Hahaha! He, weißt du was? Wenn du mit David kein Glück hast, gibt's doch noch andere Typen bei *Simple Plan* – versuch's doch mal mit Jonathan!«

Kat: »Ach! Du bist blöd!«

Kat streicht über ein Pferdeposter an ihrer Wand.

Kat: »Das wird das erste Mal sein, seit wir uns kennen, dass wir in den Sommerferien getrennt sind …«

Ich: »Na endlich! Das hat ja schon fast wehgetan, dass du dir darüber noch gar keine Gedanken gemacht hast!«
Kat: »Weißt du was? Als Ham mich verlassen hat, habe ich den Bären verbrannt, den er mir geschenkt hatte, und das hat echt gutgetan. Ich glaube, du brauchst auch ein Abschiedsritual in der Art.«
Ich: »Damit ich dich im Sommer nicht vermisse? Es gibt auch noch das Internet, wir können uns einfach mailen, weißt du?«
Kat: »Nein, ich meine, um Nicolas zu vergessen.«
Ich: »Häh? Wie kommst du denn jetzt auf Nicolas?!? Den habe ich schon *so was von* vergessen! Es ist quasi so, als hätte es ihn nie gegeben.«
Kat: »Hm-hm ...«
Ich: »Kat, du kannst dir einbilden, was du willst, für so einen Blödsinn habe ich keine Zeit. Du hast eine Weile gebraucht, um Ham zu vergessen, du bist vielleicht nicht in der Lage, sofort zu anderen Dingen überzugehen, aber bei mir ist das anders, ich habe Nicolas schon total vergessen und jetzt konzentriere ich mich auf die Schule, weil ich da genug Stress habe und weil ...«
Kat (unterbricht mich): »Weißt du was?«
Ich: »Nein.«
Kat: »Du wärst absolut glaubwürdig, wenn du zwischendurch mal Luft geholt hättest.«
AAAAAHHHHH!
Bin ich die einzige Person in meiner Umgebung, die es gecheckt hat? Ich. Ha. Be. Ni. Co. Las. Ver. Ges. Sen. O.k.!?

Ich: »Wir kommen vom Thema ab. Du hast gerade von David Desrosiers gesprochen, schon vergessen? Was willst du mit ihm machen?«
Kat betrachtet ein *Simple-Plan*-Poster an der Wand.
Kat: »Mann, das ist echt blöd! Er hat den schönsten Namen der Welt und ist ein totaler Idiot! Ich werde ihn abschießen … Oh, ich hasse solche Situationen! Aber du hast recht: Dieser Blödsinn muss wirklich ein Ende haben.«
Sie nimmt das Telefon und wählt eine Nummer.
Kat: »Hallo? Ich würde gerne David sprechen. David? Hier ist Kat. Hör mal, du und ich, das wird nichts. Ciao.«
Sie legt auf, bevor er irgendetwas sagen kann. Wir lachen.
Ich: »Das war aber nicht gerade nett!«
Kat: »Hmm, ja. He, ich habe eine Superidee, um dich auf andere Gedanken zu bringen!«
Ich: »Ich hab doch schon gesagt, du musst mich nicht auf andere Gedanken bringen!«
Kat: »O.k., o.k., dann halt eine Superidee, weil wir bald im Prüfungsstress stecken und dann nicht mehr viel Zeit zusammen haben werden und dann auch noch den Sommer getrennt verbringen.«
Ich: »Also, was für eine Idee?«
Kat: »Wir gehen morgen in den Freizeitpark. Tataaaaaa!!!!!!!!!!!!!«
Julianne kommt rein und kreischt: »Ich will miiiiiit!!!«
Kat: »Kannst du mich mal zwei Sekunden in Ruhe lassen?«

Sie dreht sich zu mir und flüstert mir ins Ohr: »Mann, ich freue mich echt, dass ich die in den Ferien los bin.« Ich (flüstere zurück): »Ja, wenn ich sie so sehe, kommt mir der Sommer bei meiner Großmutter auch nicht so schlecht vor …«

Samstag, 27. Mai

Kat will, dass wir schon vor der Öffnungszeit beim Freizeitpark sind, damit wir den Tag maximal ausnutzen können. Gestern Abend, nachdem sie ihre Eltern um Erlaubnis gefragt hat und ich meine Mutter angerufen habe, hat Kat ihren Wecker auf sieben Uhr gestellt. Heute Morgen stehen wir ganz schnell auf und ich fahre zu mir nach Hause, um zu duschen. Kat hat gesagt, ihr Vater holt mich um Viertel vor neun ab.

8:45

Jetzt verstehe ich, warum meine Mutter immer sagt, ich soll meine Sachen auf Bügel hängen und nicht alles auf dem Boden liegen lassen. Ich gebe zu, in Momenten wie diesen würde mir das die Auswahl meiner Kleidung erleichtern.

8:50

Kats Vater hupt. Ich habe irgendwelche Sachen angezogen, die mir gerade in die Finger gekommen sind, und verschiedene Dinge in den Rucksack gepackt (besser gesagt, meine Mutter), die nützlich sein können (laut meiner Mutter), wie Sonnencreme und Müsliriegel. Ich schnappe mir meinen Rucksack und renne aus dem Haus.

8:50 (und dreißig Sekunden)

Meine Mutter kommt aus dem Haus (im Schlafanzug, wie peinlich!) und ruft (während sie mit meinem Schlüsselbund wedelt):

»Amélie, dein Schlüssel!«

Ich springe aus dem Auto, laufe meiner Mutter entgegen und sie überreicht mir den Schlüssel, sagt »Viel Spaß, meine Große!« und gibt mir einen Kuss auf die Wange. Ich fahre doch nicht für eine Woche weg! Ich fahre bloß in den Freizeitpark! Kein Grund, so ein Theater zu machen!

20:07

Ich liege auf dem Bett, und auf meiner Stirn liegt ein feuchter Waschlappen. Sybil schnurrt an meinem Hals. Es ist alles extrem blöd gelaufen. Mein Herz ist völlig in Aufruhr. Und ironischerweise (und *ob* ich dieses Wort kenne!) alles nur wegen der Schiffschaukel.

Heute im Freizeitpark, von 9:32 bis 16:57

Alles fing gut an. Kats Vater hat uns weit genug vom Eingang aussteigen lassen und niemand hat gesehen, dass wir von einem Vater gebracht wurden. Dann haben wir eine Stunde lang an der Kasse angestanden, aber wir haben uns den neuesten Celebrity-Klatsch aus der *Miss* erzählt und uns so die Zeit vertrieben.

Im Laufe des Tages ist etwas Komisches passiert: Ich sah plötzlich überall Nicolas. In einer Sekunde dachte ich, er ist es, und in der nächsten stellte ich fest, dass er es gar nicht war. Sogar irgendein glatzköpfiger kleiner Zwerg hat mich an Nicolas erinnert!

Ich muss dazu sagen, dass es echt heiß war. Heißer, als ich erwartet hatte. Und dass es sehr voll war und die Warteschlangen un-end-lich lang.

Nachdem Kat und ich in aller Ruhe alle möglichen Achterbahnen ausprobiert hatten, hat Kat plötzlich gesagt:

»He, Am, schau mal, da hinten ist Nicolas!«

Sie hat den Arm gehoben, um ihm zu winken, aber ich habe ihn gerade noch rechtzeitig runtergedrückt und gezischt: »Pssssssst!«

Dann habe ich mich schnell umgedreht. Er stand zum Glück etwas weiter weg und nicht direkt vor meiner Nase (also außer Riechweite), aber ich war so geschockt, ihn zu sehen (und nicht den Zwerg, den ich vorher mit ihm verwechselt hatte), dass ich Kat am Arm packte und direkt das nächste Ziel ansteuerte, das Piratenschiff. Kat hat gerufen: »Was ist denn?« Vor dem Schiff war keine

Schlange und ich bin schnell durch den Einlass gelaufen, gefolgt von Kat, die rief: »Cool! Das Piratenschiff mag ich am liebsten!«

Der Aufseher beim Piratenschiff rief uns zu, wir sollten uns beeilen, und wir haben uns ganz hinten in die letzte Reihe gesetzt, wo noch Plätze frei waren. Als die Schiffschaukel sich in Bewegung setzte, streckte Kat beide Arme in die Luft und kreischte: »Juu-huuuuuu!!!«
Ich (drehte mich zu Kat): »Kat … mir ist nicht gut …«
Kat (nahm die Arme wieder runter): »Hm? Was?!? Ganz ruhig atmen.«
Ich: »Ah-fuuuu, ah-fuuuu, ah-fuuuu …«
Kat: »Geht's wieder?«
Ich: »Mir ist schlecht …«
Kat (zum Aufseher, mit wedelnden Armen): »HALTEN SIE DAS SCHIFF AN! Ruhig atmen, Amélie.«
Ich: »Ah-fuuu, ah-fuuuu, ah-fuuu …«
Das Piratenschiff schaukelte vor.
Kat: »HALTEN SIE DAS SCHIFF AN!!!«
Ich: »Ah-fuu, ah-fuu, ah-fuu …«
Das Piratenschiff schaukelte zurück.
Kat: »HALTEN SIE DAS SCHIFF AN!!!!!«
Das Piratenschiff schaukelte höher vor.
Ich (eine Hand auf dem Bauch): »Ah-fu, ah-fu, ah-fu …«
Kat: »HAAAAAALTEEEEEEN SIIIIEEE DAAAAAS SCHIIIIIIFF AAAAAAN!«
Das Piratenschiff schaukelte höher zurück.
Noch höher vor, noch höher zurück.

Sobald das Schiff stillstand, bin ich zum nächsten Mülleimer gerannt und habe hineingekotzt. Kat ist mir nachgelaufen und hat mir die Haare aus dem Gesicht gehalten, während ich den Kopf in den Mülleimer steckte.

Kat: »Du kannst erzählen, was du willst, Amélie Laflamme. Ich wusste doch, dass du noch in ihn verliebt bist.«

Ich: »Ich vertrage bloß die Schiffschaukel nicht!«

Kopf in den Mülleimer. Buarp!

Kat: »Ach ja? Da ist Nicolas ja wieder.«

Ich ziehe schnell den Kopf aus der Mülltonne.

Ich: »Wo?«

Kat: »Ha!«

Ich kotze noch mal. Buarp!

Ich: »Findest du echt, das ist der richtige Moment, um dich über mich lustig zu machen?«

Kat: »Ich wusste es doch! Aber ich verstehe einfach nicht, warum du das machst!«

Ich: »Ich habe zu viel … Schokolade gegessen. Die Schokokekse gerade waren zu viel, glaube ich.«

Ich stecke den Kopf wieder in den Mülleimer. Buarp!

Kat: »Davon rede ich nicht! Ich verstehe nicht, warum du das abstreitest. Tommy und ich haben neulich darüber gesprochen und …«

Ich: »Ihr sprecht darüber miteinander, Tommy und du? Die ganze Zeit streitet ihr, nur nicht, wenn ihr hinter meinem Rücken über mich redet?«

Kat: »Wir streiten überhaupt nicht die ganze Zeit! Jedenfalls, es ist ganz klar, dass du noch in Nicolas verknallt bist.«

Ich: »Kann er mich gerade sehen?«
Kat: »Keine Sorge, ich passe auf …«
Ich stecke den Kopf wieder in den Mülleimer.
Ich (hebe kurz den Kopf): »Danke, du bist meine beste Freundin. Das weißt du, oder?«
Buarp!
Kat: »Bäh! Das ist eklig … ich könnte direkt auch gleich kotzen …«

Ich dachte wirklich, Kat kotzt gleich mit (hätte ich bestimmt getan), aber sie hat sich zusammengerissen. Ich habe es nicht zur Toilette geschafft. Ich habe weiter in den Mülleimer gekotzt, bis ich fast ohnmächtig war. Schließlich hat ein Sicherheitsmann nach uns geschaut und meine Mutter angerufen, die uns abgeholt hat.

Ich war total grün im Gesicht. Erst wollte meine Mutter mich in den Arm nehmen, aber dann war sie bei meinem Anblick doch etwas zurückhaltend, um nicht zu sagen angeekelt (völlig verständlich, nachdem ich mich im Spiegel gesehen habe).

Zurück zu heute Abend, 20:11

Liebe 11 Uhr 11,
ich weiß, es ist eigentlich nicht 11 Uhr 11, aber mein Wunsch ist wirklich extrem dringend und wichtig, so in der Größenordnung »Bedrohung des Weltfriedens«. Ich habe im Internet

nachgeschaut, und in Wladiwostok in Russland ist es jetzt gerade 11 Uhr 11, also müsste es klappen, auch wenn es in einem anderen Land ist. Es hat noch niemand bewiesen, dass es 11 Uhr 11 im eigenen Land sein muss, damit der Wunsch in Erfüllung geht. Also, wenn das nicht geht, sollte man die Leute benachrichtigen, die bei dir in der Wunschfabrik die Gebrauchsanweisungen schreiben, sonst kann das ja nichts werden! Ich sage das jetzt nur, um das System zu verbessern, nicht, weil ich sauer bin oder mich beschweren will. Wenn ich mich beschweren wollte, dann darüber, dass du Lucas in One Tree Hill *nicht bei seinem Liebeskummer geholfen hast, worum ich neulich gebeten habe, aber na ja. Ich kann verstehen, dass du diesen Wunsch nicht erfüllen konntest, vermutlich gibt es auf der Welt ein paar dringendere Sachen. Also, liebe 11 Uhr 11 in Wladiwostok in Russland, ich wünsche mir, dass Nicolas mich heute nicht gesehen hat. Das ist alles, worum ich dich bitte. Nicht weiter kompliziert. Die Mädchen aus der Elften dürfen ihren »Schuluniform-Kampf« gewinnen, ich kann sitzenbleiben, ich will nur, dass Nicolas mich nicht beim* Kotzen *gesehen hat, das ist alles. Danke* (spaciba, *in deiner Sprache).*

Juni

Schweres Gepäck

Samstag, 3. Juni

Es ist ganz einfach! Ich lasse mir die Nase operieren. Es geht mir gut und ich bin total über die Trennung von Nicolas hinweg. Nur mein Geruchsgedächtnis ist es nicht, doch das liegt außerhalb meiner Kontrolle, der Mensch ist nun mal so gemacht (aber das wird sich ändern, sobald ich meine Mutter von der Notwendigkeit eines kleinen chirurgischen Eingriffs überzeugt habe). Die Biologie hat's bewiesen.

11:01

Meine Mutter sitzt im Wohnzimmer und telefoniert. Ich stapfe um sie herum, die Hände auf dem Rücken.

11:02

Mit dem rechten Zeigefinger schiebe ich die Nagelhaut am Daumen zurück, mit dem linken drehe ich eine Haarsträhne ein.

11:03

Meine Mutter deckt den unteren Teil des Hörers mit der Hand ab und fragt:
»Kann ich irgendwas für dich tun?«
Ich: »Nein, nein … lass dir Zeit.«

Meine Mutter (ins Telefon): »Hör mal, ich rufe dich später zurück, ja?«

11:04

Meine Mutter legt auf und sieht mich fragend an.
Meine Mutter: »Was gibt's, meine Große?«
Ich: »Ich muss mir die Nase operieren lassen.«
Meine Mutter: »Was?!? Deine Nase ist doch perfekt. Hast du Komplexe?«
Ich: »Nein! Meine Nase ist schon o.k. Na ja … sie könnte vielleicht etwas kleiner sein. Und außerdem ist das linke Nasenloch ein bisschen größer als das rechte und manchmal finde ich schon, dass sie etwas … symmetrischer sein könnte. Aber das ist gar nicht das Problem.«
Meine Mutter: »Also was ist das Problem?«
Ich: »Das Problem ist, dass ich nicht mehr … bestimmte Sachen riechen will.«
Meine Mutter: »Zum Beispiel?«
Ich: »Vor allem einen *gewissen* Weichspüler und eine *gewisse* Sorte Kaugummi. Melone, um genau zu sein. Das macht mich verrückt.«
Meine Mutter: »Dann riech doch einfach nicht mehr dran! Deshalb lässt man sich doch nicht operieren!«
Ich: »Du verstehst das einfach nicht! Mein Geruchsgedächtnis dreht durch, wenn ich diese Sachen rieche! Das halte ich nicht mehr aus! Wenn ich diese Sachen nicht mehr riechen muss, dann denke ich auch nicht mehr an …«
Meine Mutter: »An was?«

Ich: »An … Nicolas.«
Mein blödes Herz fängt wie wild an zu schlagen! Ich zwinge meine Augen, geöffnet und trocken zu bleiben. Und verpasse meinem Brustkorb einen kleinen Schlag.
Meine Mutter: »Ach, mein Floh!«
Sie breitet die Arme aus, als wolle sie, dass ich mich an sie drücke. Doch ich bleibe stocksteif vor ihr stehen.
Ich: »Was habe ich dir gesagt wegen deiner Parasitenvergleiche?«
Meine Mutter: »Das hat dich also in letzter Zeit so bedrückt?«
Ich: »Äh … hallo? … ›bedrückt‹? Ich bin nicht bedrückt. Ich will mich nur operieren lassen, um jede Erinnerung an ihn aus meinem Gedächtnis zu löschen. Eigentlich habe ich es schon geschafft. Ich denke gar nicht mehr an ihn. Und ich habe mir ein Hobby gesucht und so weiter, aber …«
Meine Mutter: »Ach ja? Was für ein Hobby?«
Ich: »Scho… das ist privat. Ich meine bloß, dass sich die Sache regeln lässt: Es ist nur ein Nasenproblem. Oder eher ein Geruchsproblem. Wir haben in Bio gelernt, dass das Geruchsgedächtnis wie das Gedächtnis eines Elefanten ist, nur halt in der Nase.«
Meine Mutter: »Freut mich, dass du dich für den Biounterricht interessierst, aber die Antwort lautet Nein. Ich weiß, dass du Liebeskummer hast, meine Große, aber es kommt nicht infrage, dass du dir die Nase operieren lässt. Das war deine erste Liebe … Du hast noch jede Menge Zeit, um dich wieder zu verlieben … Du wirst noch viele

andere Jungs kennenlernen. Kennst du das Sprichwort? ›Einen verloren, ...‹«

Ich: »Bitte ... wenn du den Satz beendest, werde ich megafett.«

Meine Mutter: »Warum das denn?«

Ich: »Weil es nicht genug Schokolade auf der Welt gibt, um mich zu trösten!«

Meine Mutter wirft mir einen halb verblüfften, halb mitleidigen Blick zu und sagt:

»Du wirst sehen, irgendwann hast du ihn vergessen ...«

Ich: »Und du solltest dir die Ohren operieren lassen! Ich *kann* ihn nicht vergessen. Wegen meiner *Nase*!«

14:00

Wie bin ich nur hierhergekommen? Wie kommt es, dass ich auf allen vieren in meinem Kleiderschrank knie und aufräume? Ich weiß es nicht. Ich weiß es doch. Ich habe meiner Mutter vertraut und ihr mein Herz ausgeschüttet, und was hat sie mir gesagt? »Du solltest aufräumen. Wenn man sein Zimmer aufräumt, räumt man auch sein Leben auf. Blablabla ...« Ich schütte ihr mein Herz aus, mit dem Ergebnis, dass ich aufräume. Für den Rest der Menschheit ist Aufräumen ein Mittel gegen Unordnung. Für meine Mutter ist Aufräumen ein Mittel gegen ALLES!

Hypothese: Ich bin sicher, dass sie mich mit dieser »Sein-Leben-aufräumen-Theorie« nur manipulieren will! In Wahrheit bin ich ihr Sklave.

Vertiefung der Hypothese: Aber immerhin versucht sie, mich mit irgendwelchen Theorien zu überzeugen, damit ich aufräume. Hmm ... ich bin ein respektierter Sklave.

Sonntag, 4. Juni

Gestern Abend hat meine Mutter gesagt, es sei sehr gut, dass ich endlich mal aufräume. Sie hat erklärt, wenn man nie putzt und aufräumt, könne man Ungeziefer ins Haus kriegen und das schade der Gesundheit. Oh Mann, das hätte sie mir nicht sagen dürfen! Danach habe ich mich nicht mehr in mein Zimmer getraut, geschweige denn in den Kleiderschrank. Durch Chaos entsteht Ungeziefer? Eine Art Urknall im Kleiderschrank? Der Gedanke, dass in meinem Kleiderschrank eine neue Welt entstanden ist, eine geheime Population, die sich rasend schnell fortpflanzt, weil ich so unordentlich bin, hat mich beim Aufräumen ... äh ... etwas gebremst. Ich traute mich einfach nicht mehr zurück an den Schrank. Aber als meine Mutter feststellte, dass ich vor dem Fernseher hockte, statt aufzuräumen, hat sie das mit dem Ungeziefer etwas relativiert und mich gezwungen, zu Ende zu bringen, was ich angefangen habe. Mein Zimmer sah jetzt nämlich noch schlimmer aus als vorher, obwohl ich doch schon eine ganze Weile aufgeräumt hatte. (Wie ist das möglich? Keine Ahnung.)

10:20

Immer noch in meinem Schrank.
Wahnsinn, was man beim Aufräumen alles findet! Ich wusste gar nicht mehr, dass ich einen rosa Stoffhund habe. Wie konnte ich mir so ein hässliches Kuscheltier kaufen? Puh! Ich will ihn gerade in den Mülleimer werfen, als ich seine Augen sehe. Komischerweise habe ich den Eindruck, dass er gekränkt ist, weil ich mir so wenig aus ihm mache. Ich sehe ihn an und sage:
»Tut mir leid, Rosa-Hund-dessen-Name-mir-nicht-mehr-einfällt, du und ich, das war noch nie die große Liebe. Ich persönlich bevorzuge Stofftiere mit richtigem Fell, die weniger ... seltsam aussehen. Nicht, dass du seltsam *bist*, ich bin überzeugt, dass du interessant bist in deiner ›Andersheit‹, aber ich glaube, wir passen nicht zueinander. Nein ... hör auf, mich so anzusehen! Ich weiß, es ist meine Schuld, ich beurteile dich aufgrund deines Fells, dabei habe ich dich nie richtig kennengelernt. Aber du wirst sicher ein besseres Leben haben ... auf der Müllkippe.«

10:22

Ich schaffe es einfach nicht, den rosa Hund in den Müll zu werfen. Man könnte sagen, der erpresst mich emotio-

nal. Er sieht mich mit seinen seltsamen Augen an. Ich beschließe, ihn vorerst zur Seite zu legen.
Meine Mutter kommt rein und fragt:
»Mit wem sprichst du?«
Ich: »Mit dem rosa Hund.«
Meine Mutter: »Ah! Das war ein Geschenk deiner Großmutter Laflamme zu deinem fünften Geburtstag.«
Ich wusste es doch. Meine Großmutter hasst mich. Der Monat bei ihr wird fürchterlich.
Meine Mutter: »Na? Tut doch gut, mal aufzuräumen, oder? Das rührt die Energie durch.«
Ich: »Mmh … Energie kann man durchrühren?«
Meine Mutter: »Na klar! He, du musst deine alten Kuscheltiere nicht in den Müll werfen, wir können sie in eine Kiste packen und an eine Wohltätigkeitsorganisation weitergeben.«

10:32

Ah! Da ist meine Bluehair-Barbie! Ich habe diese Barbie immer geliebt, die kann ich nicht weggeben. Ich spiele nicht mehr mit ihr, weil ich nach den »Richtlinien-von-ich-weiß-nicht-wem« zu alt dafür bin … (O.k., ich bin wirklich zu alt, um mit Barbies zu spielen, aber sie weggeben … das kann ich nicht. Ich habe so viele Erinnerungen mit ihr.)

10:47

Das Telefon klingelt. Es ist Kat.
Kat: »Gehen wir ins Jugendzentrum?«

Ich: »Schon vergessen? Da wollten wir doch nicht mehr hin! Außerdem hast du doch jetzt *Dance Dance Revolution* zu Hause.«
Kat: »Ja, aber keiner guckt mir zu!«
Ich: »Ich kann da nicht hin, bevor ich mein ... Nasenproblem gelöst habe.«
Kat: »Mmhja ... verstehe.«
Ich höre, dass sie sich lustig macht, aber ich gehe nicht darauf ein.
Ich: »Außerdem räume ich gerade mein Zimmer auf und es ist ein Riesenchaos. Ich hab das Gefühl, je mehr ich aufräume, desto größer wird das Chaos. Sag mal, hattest du eigentlich auch eine Bluehair-Barbie?«
Kat: »Jaaaaa! Einmal in der ersten Klasse wollte ich meine Barbie mitnehmen und in der Pause damit spielen, aber dann war in meiner Tasche nur eine Schlumpfine. Meine Schwester hat mir meine Bluehair-Barbie geklaut und stattdessen die blöde Schlumpfine in meine Tasche gesteckt! Ich war so sauer auf meine Schwester!«
Ich: »HAHAHAHAHAHA! Kann ich mir vorstellen! HAHAHAHAHAHAHA! Die ist echt eine!«
Kat: »Ich verkaufe dir meine Schwester zum Sonderpreis. Willst du sie?«
Ich: »Aber nur, wenn sie mein Zimmer aufräumt!«

11:01

Meine Mutter war so geschockt von dem wachsenden Chaos in meinem Zimmer, dass sie mir jetzt hilft.
Sie hebt ein Kleidungsstück vom Boden auf und fragt:

»Willst du das behalten?«
Ich: »Ähm … ja. Legst du es bitte in die Schublade?«
Meine Mutter: »Soll das nicht besser in den Schrank?« (Sie schaut sich in meinem Zimmer um.) »Wir müssen dir wirklich dringend neue Möbel kaufen.«
Ich: »Och, die Möbel sind schon in Ordnung.«
Meine Mutter (nimmt ein anderes Kleidungsstück auf): »Und das hier, behältst du das?«
Ich drehe mich um und schaue, was sie in der Hand hält.

Oh! Mein Gott!!!!! Der karierte Mantel!!!!!

Ein Samstagnachmittag vor sieben Jahren

Ich saß gemütlich vor dem Fernseher, als meine Großeltern Charbonneau mit einem Geschenk für mich ankamen. Das Geschenk war in einer tollen Schachtel, mit einer rosa Schleife, lila Papier und kleinen bunten Schmetterlingen drauf. Ich öffnete ganz aufgeregt die Schachtel. Und was war drin? Der karierte Mantel. Rot, gelb und braun. Absolut hässlich. Abstoßend. Fürchterlich. Es gibt gar nicht genug Synonyme, um zu beschreiben, wie hässlich dieser Mantel war! Meine Großeltern strahlten mich erwartungsvoll an, als glaubten sie wirklich, dass ich von ihrem Geschenk hin und weg wäre. Sie fragten:
»Na, gefällt er dir?«
Ich: »Mir gefällt … die Schachtel.«

O.k., ich habe nicht wirklich gesagt »Mir gefällt die Schachtel«, das wäre ziemlich clever gewesen und ich war ja erst sieben oder acht. Es fällt mir ja selbst jetzt noch, mit 14 (bald 15) schwer, schlagfertig zu sein, also war es damals bestimmt noch schlimmer. Ehrlich gesagt, ich weiß gar nicht mehr, was ich erwidert habe. Ich habe vermutlich gesagt, dass ich den Mantel ganz toll finde. Das sähe mir ähnlicher. Ich habe ihnen gesagt, dass mir ihr Geschenk gefällt, und gedacht, sobald sie weg sind, werfen wir es in den Müll.

Aber: Weit gefehlt!

Meine ahnungslose Mutter sagte, sobald meine Großeltern abgefahren waren: »Da hast du ja jetzt einen tollen Wintermantel.«

Das waren ihre Worte, ich erinnere mich genau: »Da hast du ja jetzt einen tollen Wintermantel.«

Das hat mich umgehauen!

Ich habe ein Riesendrama gemacht. Ich habe meiner Mutter gesagt, dass die anderen Kinder total fies zu Kindern mit hässlichen Klamotten seien. (Ich war schon damals nicht gerade für meinen tollen Look bekannt.) Ich habe ihr erklärt, dass ich gesellschaftlich ruiniert wäre, wenn ich mit diesem Mantel in der Schule aufkreuzen würde usw. Also, nicht genau in diesen Worten, weil mein Wortschatz noch etwas kleiner war. Ich war ja noch nicht im Französisch-Begabtenkurs. Und sie hat zu mir gesagt, ich zitiere: »Die sollen sich ihre Kommentare in den Hintern stecken!« Das mag ja an sich ganz lustig sein. Aber es ist nicht lustig, wenn deine Mutter dir damit

die Angst vor den fiesen Bemerkungen nehmen will, die dich in der Schule wegen deines SUPERHÄSSLICHEN KARO-MANTELS erwarten!
Ich habe geweint. Ich habe gebrüllt. Ich habe gefleht. Alles umsonst. Meine Mutter hat gesagt, dieser Mantel sei schön warm, und das sei alles, was ein Wintermantel sein müsse. Sie habe doch sicher keine oberflächliche Tochter, die sich wie eine Tussi anzieht (sie hat echt »Tussi« gesagt), nur damit sich die anderen Kinder in der Schule nicht über sie lustig machen.
Das war total übertrieben. Zwischen dem karierten Holzfällermantel und einer Tussi liegt ja wohl ein Riiieeesenunterschied! Aber meine Mutter schien das nicht zu erkennen.

Etwas später, als ich auf meinem Bett lag und weinte (damals wäre Sybil sehr praktisch gewesen) und mir die fiesen Sprüche ausmalte, die ich mir den ganzen Winter lang würde anhören müssen (»Amélie stylt sich als Holzfäller«, »Amélie ist so was von out« … kurz gesagt, echt traumatische Kommentare), kam mein Vater zu mir und sagte, er habe mit meiner Mutter geredet und sie überzeugt, dass ich den Mantel nicht tragen müsse. Er sei ganz meiner Meinung, er habe noch nie so etwas Hässliches gesehen! (Das hat er wirklich gesagt, glaube ich, aber meine Erinnerung ist etwas verschwommen, vielleicht war das auch meine Formulierung.) Ich habe meinen Vater ganz fest gedrückt (daran erinnere ich mich noch genau). Dann haben wir den Karo-Mantel ganz unten in meinem Kleiderschrank verstaut und nie wieder von ihm gesprochen.

Zurück zu heute 11:07

Dieser Mantel kommt in keine Wohltätigkeitskiste. In dem Fall ist es meine Wohltat, ihn an niemanden weiterzugeben, damit kein anderes Kind durchmachen muss, was ich durchmachen musste.
Meine Mutter hat den Mantel noch immer in der Hand und wartet auf meine Antwort. Sie scheint sich an diese Geschichte gar nicht zu erinnern (keine Überraschung).
Sie sagt aufgeregt:
»Ach! Das ist echt *Feng Shui*, was wir hier machen!« (Sie schüttelt den Mantel.) »Also, behalten oder nicht?«
Ich: »Mama, das ist *mein* Zimmer. Lass *mich* aufräumen. Du bringst mich ganz durcheinander!«

Als meine Mutter weg ist, stecke ich den Mantel dahin, wo er hingehört: in den Müll.

11:11

Liebe 11 Uhr 11,
bitte mach, dass dieser Mantel zerstört oder verbrannt wird. Übrigens, ich will ja nicht unverschämt sein, aber hast du vielleicht ein Umtauschrecht, wie im Geschäft? Wenn ja, muss ich mich dann über das russische 11 Uhr 11 bei dir melden, wo ich meine Bestellung aufgegeben habe? Oder geht das auch ohne

den Umweg – sagen wir mal ja. Neulich habe ich doch gesagt, es wäre mir egal, wenn ich sitzen bleibe, aber da habe ich vielleicht ein bisschen übertrieben, weil ich unter Schock stand. Ich bitte also um dein Verständnis. Könnte ich den Wunsch bitte korrigieren? Ich will wirklich nicht, dass Nicolas mich beim Kotzen *gesehen hat, aber ich will auch WIRKLICH nicht sitzen bleiben … Danke!*

20:00

Ich bin mit dem Aufräumen fertig. Ich habe jede Menge Sachen wiedergefunden. Eine Kiste mit einem kaputten Ballettschuh, Lipgloss mit Kirschgeruch, der geschmolzen war (keine Ahnung, warum ich den aufgehoben habe), das verschollene Buch aus der Bibliothek und meine alten Spielsachen. Meine Mutter wollte die Sachen für die Wohltätigkeitsorganisation sehen, und ich habe ihr eine große Tüte gegeben, die mit alten Klamotten vollgestopft war (bis auf den hässlichen Mantel, der im Müll gelandet ist). Sie schien etwas erstaunt zu sein, dass keine Spielsachen dabei waren. Ich habe ihr erklärt, dass mich der Film *Toy Story* so beeindruckt hat, dass ich jetzt Angst habe, meine Spielsachen könnten traurig sein, wenn ich sie weggebe. Darauf hat sie gesagt:

»Aber Amélie, das ist doch nur ein Film!«

Ich: »Aber vielleicht basiert er auf einer wahren Geschichte …«

Meine Mutter: »Meinst du das ernst?«

Ich: »Ich fühle mich einfach schlecht dabei … Aber mach dir keine Sorgen, ich habe sie gut verstaut. Man kann in meinem Kleiderschrank jetzt sogar den Boden sehen, guck mal!«

Sie hat den Schrank geöffnet und gesagt: »Oh! Wow!«

Ich persönlich würde diesen Ausdruck ja aufregenderen Dingen vorbehalten, aber wenn sie zum Boden eines Kleiderschranks »wow« sagen will, bitte.

20:30

Ich bin in meinem Zimmer, um zu lesen und Hausaufgaben zu machen, und ich muss zugeben, dass meine Mutter recht hatte. Auch wenn von außen nichts zu sehen ist, weil ich vor allem Sachen aufgeräumt habe, die im Kleiderschrank oder in der Kommode waren, spüre ich die Veränderung. Ich fühle mich leichter.

Vermerk an mich selbst: Ich sollte schnellstens einen Arzt aufsuchen. Ich bin dabei, zu meiner Mutter zu »mutieren«!

Vermerk an mich selbst Nr. 2: Wenn das der Fall sein sollte, niemals meine zukünftigen Kinder zwingen, hässliche Karo-Mäntel zu tragen.

Vermerk an mich selbst Nr. 3 (immer noch für den Fall einer Mutation zu meiner Mutter): Versuchen, »wow« nur bei Gelegenheiten zu sagen, die es wirklich wert sind.

21:49

Ich liege im Bett und kann nicht einschlafen. Das Einzige, was ich in der Dunkelheit sehe, sind Sybils Augen. Ich denke an meine Mantel-Umarmung mit meinem Vater. Ich schließe die Augen und es ist, als wäre ich wieder sieben Jahre alt und spürte ihn ganz nah bei mir. Ich erinnere mich genau an seinen Geruch. Hmm … eine Mischung aus guter Seife und einem Wald voller Tannen.

21:52

Nach reiflicher Überlegung wäre es eigentlich ziemlich schade, wenn ich mir die Nase operieren ließe.

Dienstag, 6. Juni

Manchmal gibt es Momente im Leben, die eine Art Erleuchtung sind. Mir wird jetzt erst klar, dass ich mich in letzter Zeit ziemlich komisch gefühlt habe, ohne recht zu verstehen, warum. Aber jetzt habe ich verstanden!

Mein Gehirn, das in den letzten Monaten eher passiv war, ist plötzlich im Modus »hyperaktiv« und schickt mir dauernd Nachrichten nach dem Motto »Ich will Nicolas zurück«, »Ich liebe Nicolas«, usw. trallalla …

Mein Problem ist, dass ich die Dinge oft von der falschen Seite angehe. Im Fall von Nicolas zum Beispiel dachte ich, ich müsse ihn unbedingt vergessen, statt auf das einzig Richtige zu kommen: ihn zurückzuerobern. (Leider habe ich kein anderes Beispiel, um zu beweisen, dass ich die Dinge grundsätzlich von der falschen Seite angehe, aber dieses Beispiel ist anschaulich genug, denke ich.)

Es ist beschlossene Sache! Ich nehme mein Leben wieder selbst in die Hand!

Lebensplanung (zumindest für den Moment):
- Nicolas zurückerobern (wichtig)
- Beweisen, dass François Blais der Teufel ist und meine Mutter vor einem Trip in die Hölle retten
- Alles tun, was meine Mutter von mir verlangt (auch wenn es bescheuert ist), einschließlich Aufräumen und Putzen, damit sie mich cool findet (denn ihre Vorstellung von *cool* ist, wie ich sie kenne, Putzen)
- Die Prüfungen am Ende des Schuljahrs bestehen
- Meine Mutter und Monsieur Beaulieu verkuppeln (trotz seiner übertriebenen Vorliebe für Aftershave passt er wirklich gut zu meiner Mutter und außerdem könnte er mir als »Stiefvater« die Prüfungsfragen im Voraus besorgen, was mir beim vorangegangenen Punkt sehr nützen dürfte)

- Versuchen, meine tägliche Schokoladendosis etwas zu reduzieren (seit meiner »Kotzgeschichte« bin ich etwas weniger scharf auf Süßigkeiten, aber es wird trotzdem schwierig sein, die Ration zu reduzieren, weil ich sehr viel Energie brauchen werde, um all meine Pläne umzusetzen)

Wie ich meine Ziele erreichen werde:

- …
- …
- …
- …
- …
- Wenn die Technik schon so weit ist: mich klonen lassen

Mittwoch 7. Juni

Ich habe Kat in meinen Plan eingeweiht, Nicolas zurückzuerobern. Sie hat erwidert, ich zitiere: »Wurde aber auch mal Zeit, dass du den Hintern hochkriegst!« Sie hat mir empfohlen, in den alten Ausgaben der *Miss* nach Tipps zu suchen. Dummerweise habe ich alle meine alten *Miss*-Hefte ins Altpapier geworfen. (So ist das nämlich in Wahrheit mit dem Aufräumen: Wir werfen wichtige Bestandteile unseres Lebens weg!) Ich habe in unserer Altpapierkiste gewühlt und meine alten Zeitschriften waren noch da. Leider habe ich nicht daran gedacht, die anderen Papiere, die ebenfalls in der Kiste waren, wieder zurückzulegen, sondern sie auf dem Boden »vergessen«. Als meine Mutter das Durcheinander sah, hat sie einen gewaaaaaltigen Schrei ausgestoßen. Ich war in dem Augenblick in meinem Zimmer und wusste nicht, dass sie *deswegen* (wie am Spieß) brüllte. Ich rief mir sofort ins Gedächtnis, was bei einem Brand zu tun ist, weil mir ein Feuer als wahrscheinlichste Erklärung für ihr Gebrüll erschien. Ich habe das Haus verlassen (und auch Sybil mitgenommen), bis ich feststellte, dass sie einfach nur deshalb so (maßlos übertrieben) brüllte, weil ich (ist ja nur eine Kleinigkeit) das ganze Papier auf dem Boden neben der Altpapierkiste liegen gelassen hatte. Ich habe ihr zu erklären versucht, es habe sich um einen Notfall gehandelt und ich hätte dringend meine *Miss*-Magazine gebraucht, es tue mir leid usw., aber sie sagte, bevor ich irgendetwas anderes mache, müsste ich erst das Papier wieder einsammeln. Wenn meine Erinnerung korrekt ist, gab es noch weiteres »Blablabla«, aber die Lautstärke war nicht mehr ganz so hoch, sodass ich nicht mehr ganz genau hinhörte.

10:00

Um nicht noch einmal so eine Horrorfilm-Szene zu erleben (das Gesicht meiner Mutter war so verzerrt, dass ich überzeugt bin, sie verschwendet nur ihr Geld mit ihren Anti-Falten-Cremes), habe ich beschlossen, meine *Miss*-Hefte zu behalten. Die können immer mal nützlich sein, und ich habe sie in meinen Schrank geräumt.

10:13
Folgendes habe ich gefunden (passst perfekt):

Miss Magazin

WIE EROBERST DU IHN ZURÜCK?
Es passiert häufig, dass sich Paare trennen und wieder zusammenkommen. Wenn du eine schöne Liebesbeziehung hattest, die unerwartet zu Ende gegangen ist, hoffst du vielleicht, dass eure Trennung nicht endgültig ist. Ist es eine gute Idee, ihn zurückzuerobern? Hier sind ein paar Tipps!

DENKE, BEVOR DU HANDELST!
Bevor du deinen Ex zurückeroberst, frage dich, ob eine Versöhnung überhaupt möglich ist. Natürlich erinnerst du dich an seine schönen Augen und eure guten Momente. Aber warum ist die Beziehung zu Ende gegangen? Habt ihr euch ständig gestritten? Hat er dich belogen? Betrogen? Oder habt ihr euch ganz einfach nicht verstanden? Analysiere die Situation und versuche herauszufinden, ob du

gute Gründe hast, wieder mit ihm zusammenzukommen. Wenn du aufrichtig meinst, dass es mit euch noch einmal funktionieren könnte, schreite zur Tat.

HALTE DICH ZURÜCK!

In der ersten Zeit nach der Trennung hältst du dich besser zurück. Nimm dir Zeit für dich. Das wird dir erlauben, den Druck zu verringern und die Dinge wieder in die richtige Perspektive zu rücken.

ZIEH EINE LEHRE AUS DER VERGANGENHEIT!

Bei einer Trennung ist es wichtig, sich nicht die alleinige Schuld zu geben, aber auch Verantwortung zu übernehmen. Mach eine Liste der Gründe, die zur Trennung geführt haben, und überlege, ob sie noch aktuell sind. Dann frage dich, ob es möglich ist, eure Differenzen zu regeln und noch einmal neu anzufangen.

GUTE LAUNE!

Es wäre gut, wenn er weiß, dass es dir gut geht und du wegen eurer Trennung nicht deprimiert bist. Wenn du also ihn oder seine Freunde triffst, zeige dich von deiner besten Seite. Habe Spaß, amüsiere dich. Das wird ihn an deine positiven Eigenschaften erinnern.

SEI UNABHÄNGIG!

Hock bloß nicht zu Hause rum und blase Trübsal. Du bist Single – genieß es und tu, was dir gefällt! Dann hast du, wenn du deinen Ex triffst, viel zu erzählen. Und jemand, der etwas zu erzählen hat, ist viel interessanter! Zeig ihm, dass du auch ohne ihn glücklich bist. Dass du ein unabhängiges Mädchen bist, das sich in seiner Haut wohlfühlt, und dass seine Präsenz in deinem Leben eine Zugabe ist, keine Notwendigkeit.

DIE WAHRHEIT

Merkst du, dass deine Liebe erwidert wird? Warum sagst du ihm dann nicht die Wahrheit über deine Gefühle? Komm direkt zur Sache und du wirst sehen, wo er steht. Natürlich kannst du dich getäuscht haben und er hängt anders als du nicht mehr an eurer Beziehung, aber wenigstens weißt du dann Bescheid. Und wenn du Bescheid weißt, kannst du die Geschichte abschließen. Dich erwartet also eine neue Beziehung mit ihm, wenn seine Antwort positiv ist, oder ein neuer Anfang, wenn seine Antwort negativ ist.

WEITERE HINWEISE

- Vielleicht gab es gute Gründe für eure Trennung. Überlege dir genau, ob es die Sache wirklich wert ist, viel Energie zu investieren, um ihn zurückzuerobern.
- Wenn du feststellst, dass die Person deine Gefühle nicht erwidert, halte nicht an deinem Vorhaben fest. Versuche, der Realität ins Auge zu sehen.
- Lass dich durch die Trennung nicht verbittern und wirf nicht alle Jungen in einen Topf!
- Auch wenn du denkst, dass du niemals einen anderen lieben wirst, stimmt das nicht. Führe dir vor Augen, was

dir eure Beziehung gebracht hat – und dann lass sie hinter dir!

* Denk daran, dass dir eine Liebesbeziehung Flügel verleihen sollte – sie sollte dich nicht runterziehen.

Donnerstag, 8. Juni

Nach der Schule gehe ich zu Tommy, um bei ihm Hausaufgaben zu machen. Das eigentliche Ziel meines Besuchs: mich über Nicolas zu informieren und herauszufinden, ob er noch an mir interessiert sein könnte. Ich stelle Tommy ein paar Fragen, schließlich geht er auf die gleiche Schule wie Nicolas. Aber er antwortet nicht und klimpert nur auf seiner Gitarre herum. Als erwarte er, dass ich mit meinen Fragen aufhöre und total ausflippe, weil er so toll spielen kann oder so!

16:24

Seine Antwort (nach Folter): Vor der »*MusiquePlus*-Affäre« hatte Nicolas Tommy nie beachtet, jetzt schaut er ihn immer böse an. Aha! Wut auf Tommy = Hoffnung für mich!

16:26
Ich: »Du könntest die Schule wechseln!«
Tommy: »Häh?«
Ich: »Ist doch logisch! Weil du auf dieselbe Schule gehst wie er, kann er das Ereignis niemals vergessen. Die anderen erinnern ihn immer daran, dass du – vielleicht nennen sie dich ›der Typ, der deine Freundin geküsst hat‹ – seine Freundin geküsst hast.«
Tommy: »Soll ich vielleicht gleich zu meiner Mutter zurückziehen, wo wir schon dabei sind?«
Ich: »Hmm, na ja … ich habe mich ja nicht getraut, es so zu sagen. Aber du hast schon ein Riesenchaos angerichtet.«
Tommy: »Oh Mann, also echt! Dein Ex hat ein Problem mit seinem Stolz! Und jetzt soll ICH umziehen?«

16:45
Ich verheddere mich seit zehn Millionen Jahren in Entschuldigungen! (O.k., zehn Minuten.)
Ich: »Tommy, es tut mir leeeiiiid …«
Tommy: »Schon gut.«
Ich: »Nein, es tut mir wirklich leid. Ich habe so viel Stress in letzter Zeit, ich weiß auch nicht, was los ist.«
Tommy (klimpert auf seiner Gitarre herum): »Ich verstehe. Ist schon gut.«

16:52
Bevor ich nach Hause gehe, sage ich etwas verlegen: »Könntest du vielleicht an deiner Schule erzählen, dass es mir totaaaal gut geht?«

Tommy: »Warum?«
Ich: »Damit Nicolas das erfährt. Das ist ein Trick, um … ihn zurückzuerobern.«
Tommy: »Oh Mann! Bei so einem Schwachsinn mache ich nicht mit.«
Ich: »He, du hast mich immerhin meinen Freund gekostet und mir eine schlechte Note in Französisch beschert.«
Tommy sieht mich an und zieht nur ungläubig die Augenbrauen hoch.
Ich: »Ist ja gut! Ich habe auch noch ein paar andere Tricks auf Lager.«

Freitag, 9. Juni

Auf dem Flur.
Monsieur Beaulieu: »Und, wie sieht's aus, Amélie? Wirst du die Versetzung schaffen?«
Ich: »Monsieur Beaulieu, wissen Sie was, manchmal wäre es echt cool, wenn Sie nicht nur den Hut auf dem Tisch sehen würden!«
Monsieur Beaulieu: »Wie bitte?«
Ich: »Den Hut …«
In dem Augenblick hätte ich schon wieder losheulen

können. Und an die Erklärung dieser (extrem komplizierten) Metapher konnte ich mich schon gar nicht erinnern.

14:24

Nadine und Marilou haben die Szene mitbekommen, was mir extrem peinlich ist (x 1000). Ich laufe schnell zur Toilette, um mich vor ihnen zu verstecken. Dummerweise gehen sie da ebenfalls hin.
Nadine dreht sich zu mir und sagt:
»Na, wie laufen deine Nachhilfekurse?«
Bei Monsieur Beaulieu weiß ich ja noch, dass es gut gemeint ist, aber bei Nadine ist es einfach nur *Rumgebitche*.

16:10

Ich erzähle Kat von dem Vorfall. Ich wiederhole Nadines Frage und meine Antwort darauf: »Du brauchst jedenfalls keine Nachhilfe, um eine *Bitch* zu werden, denn darin bist du schon jetzt die Beste.«
Kat: »Das hast du gesagt?«
Ich: »Ähm … nein. Aber meine Blicke waren ziemlich eindeutig!«

Samstag, 10. Juni

Mein Plan, um Nicolas zurückzuerobern: Ich werde ganz »zufällig« bei der Zoohandlung vorbeigehen, wo er arbeitet, um eine spezielle Sorte Katzenfutter zu kaufen, die es nur dort gibt. Ich werde so tun, als wisse ich nicht, dass er an diesem Tag arbeitet, und ihn ganz »überraschend« treffen. Dann werde ich ihm jede Menge interessante Geschichten erzählen. Kurz gesagt, ich werde wahnsinnig charmant sein, und er wird sich an all unsere guten Momente erinnern.

Die interessante Story: Die Geschichte, wie Sybil beim Schinkenklauen ausgerutscht und auf dem Boden gelandet ist (so wie ich die Geschichte erzähle, ist sie sehr lustig, ich bin ein echtes Comedytalent, vor allem, wenn ich Sybil nachmache, wie sie auf der Arbeitsplatte ausrutscht, lachen sich immer alle kaputt).

Ratschlag der *Miss* umgesetzt: Unabhängig sein.

Komplizin: Kat.

Wichtig: Ein sauberes Gesicht und saubere Haare haben, um jede Erinnerung an die Vogelkacke aus seinem Gedächtnis zu löschen.

Angestrebtes Ziel (im Falle des Erfolgs): Dass Nicolas ab heute Abend wieder mein Freund ist und wir knutschen. Wuhuuu!!!!!!

13:00

Im Badezimmer mit Kat, die mir die Haare föhnt. Es ziept und ich schreie.

Meine Mutter (aus der Küche): »Was macht ihr da, Mädels?«

Kat (zu mir): »Was soll ich sagen?«

Ich (zu Kat): »Psst! Sag nicht, dass wir in die Zoohandlung gehen.«

Ich (zu meiner Mutter): »Wir probieren Frisuren aus!!!«

Meine Mutter (immer noch aus der Küche): »Ihr färbt euch doch nicht die Haare? Dafür seid ihr zu jung und ich weiß nicht, was Kats Mutter dazu ...«

Ich: »Ahh! Wir färben uns doch gar nicht die Haare! O.k.?«

Meine Mutter (öffnet die Tür und sieht Kat, die mir die Haare föhnt): »Hmm ... super. Also, Mädels, ich bin heute Nachmittag mit François unterwegs. Ihr kommt doch allein zurecht?«

Ich: »Wie meinst du das?«

Meine Mutter: »Ihr macht doch keine Dummheiten?«

Ich: »Zum Beispiel?«

Meine Mutter: »Euch die Haare färben ... oder das Haus abbrennen.«

Ich: »Häh? Was soll das denn?«

Meine Mutter: »Ich mache doch nur Spaß, Süße! Schließt die Tür ab, wenn ihr rausgeht, und guckt nach links und rechts, wenn ihr die Straße überquert.«

Ich: »Viel Spaß, tschüss!«

Was soll das denn jetzt?!? Will sie mich bis in alle Ewigkeit lächerlich machen oder was?!? Hoffentlich verschwindet sie jetzt schleunigst zu ihrem François Blais!

14:15

Ich stehe wie erstarrt vor der Tür der Zoohandlung.
Kat: »Du kannst nicht mehr zurück, Am! Es wirkt zu konstruiert, wenn er dich vor der Tür zögern sieht.«
Ich: »Sind meine Haare in Ordnung?«
Kat: »Perfekt.«
Ich: »Habe ich kein Ketchup im Gesicht oder irgendwas anderes, das ihn an die … äh … Vogelkacke erinnern könnte?«
Kat: »Nichts.«
Ich: »Das klappt niemals! Ich bin das Gegenteil von unabhängig. Ich besuche ihn in seinem Revier. Ich bin im Nachteil. Die *Miss* sagt, man soll unauffällig sein. Es wäre besser, wenn ich ihm irgendwo zufällig über den Weg laufen würde.«
Kat: »Ja, aber er weiß ja nicht, dass es kein Zufall ist!«
Ich: »Pah! Ich gehe in *seine* Zoohandlung!«
Kat: »Es wird schon klappen! Jetzt wiederhol noch mal, was du zu ihm sagen wirst.«
Ich (wie ein Roboter): »Ach. Hallo Nicolas. Und dann gucke ich überrascht. Ich hätte nicht gedacht, dass ich dich hier treffe. Ich brauche neues Futter für Sybil. Habt ihr noch was da?«
Kat: »Na siehst du! Das war doch gut. Dann erzählst du die lustige Geschichte, um zu zeigen, dass du ein schönes Leben hast. Rein jetzt!«

Sie öffnet die Tür, es macht ding-dong, und sie schiebt mich in den Laden. Ich habe plötzlich das Gefühl, dass mein Herz von Schlingpflanzen zerdrückt wird, die immer größer werden, je weiter wir in die Zoohandlung kommen. Es dauert bestimmt eine halbe Minute, bevor die vertrauten Geräusche zu mir durchdringen: Papagei-Hund-Katze-Vogel.

Kat (in mein Ohr): »Es wird schon klappen!«

Ich (nehme ihren Arm): »Ooooh, lass uns wieder gehen.«

Kat: »Tief einatmen. Und vor allem nicht kotzen! Das gehört nicht zum Plan.«

Ich: »Ich habe extra nichts gegessen.«

Kat: »Oh nein! Das ist ja noch schlimmer!«

Ich stehe direkt neben dem Katzenfutter, das ich kaufen will. Die Säcke stehen zu einer Pyramide gestapelt, die mir bis zum Bauchnabel reicht. Ich schaue mich um. Er ist nicht da. Perfekt. Ich muss nur einen Sack vom Stapel nehmen und gehen. Einen Sack nehmen und gehen. Ganz einfach.

Als ich gerade einen Sack nehmen will, tippt mir jemand auf die Schulter. Ich zucke zusammen und stoße einen Schrei aus:

»AAAAAH!«

Nicolas: »Hallo.«

Ich: »Ha…«

Mein Atem wird abgeschnürt. Die Schlingpflanzen klettern mir bis zum Hals. Kat steht hinter Nicolas und formt mit den Lippen das Wort »Hallo«, dann den Rest des Textes.

Ich: »Ah. (Luft holen.) Hallo. (Luft holen.) So eine Überraschung. (Außer Atem.) Muss Luft holen … äh … Futter holen. Katzenfutter. (Ich mache einen Schritt zurück.) Hast du welches da? (Schluck.)«
Er kommt näher.
Ich weiche zurück.
Er kommt noch etwas näher.
Ich weiche zurück.
Nicolas (zeigt mit dem Kinn hinter mich):
»Meinst du das Futter?«
Ich drehe mich um und betrachte die Futterpyramide.
Ich: »Ja. Ich wusste nicht, dass (Luft holen) du heute (Luft holen) arbeitest.«
Ich glaube, mein Kopf explodiert gleich, so schwer fällt mir das Atmen. Dabei ist das doch ein ganz natürlicher Vorgang. Angeboren.
Man atmet ein. Man atmet aus. Eigentlich nicht kompliziert.
Er kommt näher.
Ich weiche zurück.
Ich atme ein, ich atme aus.
Kat gibt mir ein Zeichen, jetzt die lustige Geschichte zu erzählen, die zeigen soll, dass ich ein tolles Leben habe.
Ich: »Ich muss dir was Lustiges erzählen, hahaha …«
Bumm! Ich bin zurückgewichen … in die Katzenfutterpyramide. Ich finde mich auf dem Boden zwischen den Säcken wieder, etwas benommen. Nicolas hält mir die Hand hin und ich glaube zu hören »Alles in Ordnung?«, mit einer verzerrten Stimme wie jemand, der im Fernse-

hen ein anonymes Interview gibt, aber ich stehe alleine auf. Ich entschuldige mich leise, ohne Nicolas anzusehen, und fange an, die Säcke wieder aufzustapeln. Nicolas sagt, er werde sich darum kümmern.
Ich nehme würdevoll einen Sack (das bisschen Würde, das mir bleibt) und gehe zur Kasse, den Blick auf dem Boden, um zu bezahlen. Nicolas schenkt mir den Sack.
Die Schlingpflanzen um mein Herz sind jetzt so dicht, dass ich nur noch hier rauswill.

14:22

Ich habe sieben Minuten in der Hölle verbracht. Der Beweis: Meine Wangen sind knallrot und zum ersten Mal in meinem Leben sind sogar meine Augen heiß! Und das hat nichts mit dem Wetter zu tun, denn heute ist es so kalt, als wäre immer noch Winter. (Na gut, o.k., ganz so kalt ist es nicht.)

14:35

Auf dem Heimweg, niedergeschlagen, den Katzenfuttersack fest an mich gedrückt.
Kat: »Ach, ist doch nicht so schlimm. Vielleicht warst du noch nicht so weit. Das versuchen wir noch mal.«
Ich: »Das versuchen wir noch mal?!? Bist du krank???? Hast du nicht gesehen, wie ich mich WIEDER EINMAL VOR NICOLAS LÄCHERLICH GEMACHT HABE?!?!!!! Und außerdem ist alles deine Schuld!«
Kat: »He, ich habe mich nicht in einen Stapel Katzenfutter geworfen!«

Ich: »Du hast mich gedrängt, überhaupt in die Zoohandlung zu gehen, obwohl mein Instinkt mir geraten hat, nicht reinzugehen.«
Kat: »Das hat doch nichts mit Instinkt zu tun! Und außerdem wäre es leicht gewesen, nicht ins Katzenfutter zu fallen, wenn du nicht die ganze Zeit zurückgewichen wärst.«
Ich: »Ich hatte das Gefühl, dass … Nicolas … die Vogelkacke auf meinem Gesicht angeguckt hat …«
Kat: »Ach ja? Du bist echt besessen von dieser Vogelkacke, was? Kannst du die nicht mal zwei Sekunden aus dem Spiel lassen?«
Ich: »O.k., also … ich wollte am liebsten zu ihm laufen und ihn küssen, und wenn ich nicht zurückgewichen wäre, hätte ich das auch getan, das ist die Wahrheit!«
Kat: »Du hast echt Glück …«
Ich: »Häh?!? Was meinst du? Ich habe mich so was von lächerlich gemacht!«
Kat: »Mit was für Augen er dich anschaut … Wenn du das gesehen hättest.«
Ich: »Wäre auch schwierig, wenn er mich mit was anderem anschaut als mit seinen Augen!«
Kat: »Dumme Nuss! Weißt du was? Als ich euch gesehen habe, habe ich verstanden, was mich bei Ham so traurig gemacht hat: dass ihm das Ende überhaupt nicht wehgetan hat. Aber Nicolas scheint es wehzutun. Ich glaube sogar … sehr.«
Ich: »Warum, Kat? Warum muss ich mich vor ihm immer, immer lächerlich machen? Warum? Du warst vor

Ham immer … perfekt. O.k., ich habe gemerkt, dass du nicht du selbst warst, aber wenigstens hast du vor ihm deine Würde behalten!«
Kat: »Tja, was soll ich sagen? Das ist Talent! Immerhin hat er dir das Katzenfutter geschenkt. Dein Talent besteht eben darin, Rabatt zu bekommen!«
Ich: »Ach, du bist doof!«
Ich verpasse ihr kleine Stöße mit dem Katzenfuttersack und wir lachen.

Also, ich will mich nicht zu sehr freuen. Aber was Kat gesagt hat (dieses »Mit-was-für-Augen-er-dich-anschaut-Blabla …«), gibt mir einen *Funken Hoffnung*, dass ich ganz vielleicht mit meiner »Zurückeroberung« erfolgreich sein könnte. Es wird nur nicht *sofort* passieren (wie ich geplant hatte).

Situationsanalyse: Das Blöde an meinem Verhalten Nicolas gegenüber ist, dass ich absolut nicht mysteriös bin. Er hält mich entweder für völlig idiotisch oder für völlig verknallt. Wenn er die zweite Möglichkeit in Betracht zieht (die immerhin noch angenehmer ist als die erste), macht es das für ihn viel leichter. Er weiß, dass er mich zurückhaben kann, wann er will. Und diesen Eindruck will ich ihm nicht gerne geben (auch wenn ich ihn zurückerobern will … ich weiß, dass das widersprüchlich ist, aber so ist es halt).

Trick, um ihn zurückzuerobern: Das nächste Mal, wenn ich ihn sehe, muss ich unbedingt unabhängig, selbstsicher, lustig und unerreichbar wirken.

Sonntag, 11. Juni

AH! HA! DAS IST ES! Ich glaube, ich kann einen Punkt von meiner Liste streichen! Ich kann endlich beweisen, dass François Blais der Teufel ist, für den ich ihn schon immer gehalten habe.
Es war nach dem Abendessen. Meine Mutter hat über Kopfschmerzen geklagt. Sie ist ins Bad gegangen, um sich eine Tablette zu holen, aber sie hatte keine mehr.
François Blais hat angeboten, welche zu besorgen.
Und jetzt wird es spannend! Er ist mit einer Schachtel Tabletten wiedergekommen, die wir noch NIE versucht haben, und hat meiner Mutter gesagt, das sei die beste Marke, die würden ihr schnell helfen.
O.k., bis hier wirkte er wie immer superperfekt und meine ahnungslose Mutter war natürlich total geblendet durch das, was man »Liebe« nennt, und hat nichts geahnt (sie fand sogar, er benehme sich wie ein Gentleman).
Aber mir kann er nichts vormachen!

Während er meiner Mutter eine seiner tollen »Kopfschmerztabletten« verabreichte, habe ich mir die Schachtel geschnappt und den Beipackzettel gelesen. Folgende Nebenwirkungen habe ich gefunden:
– Bauchschmerzen.
– Durchfall, evtl. Vereiterung des Verdauungstrakts.
– Schwindel.
– Ohrensausen.
– Schlaflosigkeit.
– KOMA?!?!!!!!!!

Also, jetzt ist es offiziell: FRANÇOIS BLAIS WILL MEINE MUTTER ERMORDEN!!!!!!!!!!!!!!!!!!

19:35

François Blais ist nach Hause gegangen, nachdem er den Abwasch gemacht hat (mit Sicherheit, um seine Fingerabdrücke verschwinden zu lassen).
Meine Mutter liegt im Bett, einen feuchten Waschlappen auf der Stirn.
Ich: »Geht es dir besser?«
Meine Mutter: »Ja. Ich glaube, ich nehme jetzt immer diese Tabletten.«
Ich: »Aha. Fühlst du dich nicht etwas … komatös?«
Meine Mutter: »Hmm, irgendwie schon.«
Sie nimmt meine Hände, zieht mich aufs Bett und drückt mich an sich, während ich mich losmachen will. Plötzlich verstehe ich Sybil, die ich täglich so umarme …
Meine Mutter: »Oooooh! Meine liebe Maus! Ich hätte

nie, nie, nie gedacht, dass wir eines Tages das Glück wiederfinden würden!«
Ich: »Dass *du* es wiederfinden würdest. Ich hab es gar nicht erst verloren.«
Meine Mutter (legt ihren Waschlappen auf den Nachttisch und setzt sich im Schneidersitz aufs Bett): »Ich hätte es nicht für möglich gehalten!«
Ich: »Wovon sprichst du?«
Meine Mutter: »Ich glaube, ich bin … verliebt.«
Alles klar. Sie ist auf Drogen.
Ich: »Und hast du es ihm … gesagt?«
Meine Mutter: »Meinst du, ich sollte es ihm sagen?«
Ich: »Pff, weiß ich doch nicht!«
Meine Mutter: »Ich wüsste aber gerne deine Meinung.«
Ich: »Och, weißt du … Ich finde, jemandem Medikamente mit allen möglichen schrecklichen Nebenwirkungen zu geben ist nicht so wahnsinnig cool …«
Meine Mutter (verstrubbelt mir die Haare): »Du bist lustig, meine Süße! Hahahaha! Also, meinst du, ich soll es ihm sagen? Wie soll ich es ihm sagen?«
Ich: »Na, auf Französisch … das ist das Einfachste.«
Meine Mutter: »Ja! Ich werde warten, bis wir in Paris sind, auf dem Eiffelturm. Wie romantisch!«
Ich: »Ich hab gesagt ›auf Französisch‹, nicht ›in Frankreich‹! Das war ein Witz!«

To do: Meine Füße aus der Patsche ziehen, in die ich da geraten bin.

21:00

Ich hüpfe auf der Stelle und frage mich, warum ich auf der Stelle hüpfe. Ich kann nichts dagegen tun. Und das hat nichts mit Freude zu tun. Denn ich fühle keine Freude. Es hat auch nichts mit dem Lied von *Simple Plan* zu tun, das ich gerade höre (welches überhaupt? Keine Ahnung). Ich muss einfach hüpfen. Außerdem zuckt mein linkes Auge. Ach, blödes linkes Auge! Vielleicht habe ich aber auch nur das Gefühl, dass mein Auge zuckt, weil ich auf der Stelle hüpfe, und eigentlich zuckt mein ganzer Körper. Hmm …

21:02

Warum musste sie unbedingt mit mir darüber reden? Für so was gibt es Psychologen!

21:03

Ich hüpfe. Und bewege wild Arme und Kopf. Könnte das daher kommen, dass ich eine Vorratspackung Schokotropfen gegessen habe, die ich in unserer Speisekammer gefunden habe? Bestimmt nicht. Schokolade hatte noch nie so einen Effekt auf mich. Ich habe allerdings auch noch nie so viel davon gegessen.

21:04

Das lustigste Wort der Welt: Vorteilspack! HAHAHAHAHAHAHAHAHAHAHAHAHAHAHAHAHAH!

21:05

VOR-TEILS-PACK! Wer bitte hat sich das einfallen lassen? »Geben Sie mir bitte einen Vorteilspack … Milch!!!«
HAHAHAHAHAHAHAHAHA!

21:06

Ich habe mit dem Hüpfen aufgehört. Ich weiß nicht, was ich machen soll. Ich weiß nicht, was ich machen soll. Ich. Weiß. Nicht. Was. Ich. Machen. Soll. Ich laufe in meinem Zimmer auf und ab. Ich muss meine Mutter retten. Sie wird es nicht ertragen, wenn sie herausfindet, dass François Blais der Teufel persönlich ist!

21:08

Mit wem soll ich darüber reden? Kat? Tommy? Meinen Großeltern Charbonneau? Mit wem?????????!!!!!!!!!

21:12

Es stimmt nicht, was sie uns in der Schule gesagt haben! Die Polizei ist nicht sehr hilfsbereit, im Gegenteil. Sie haben einfach aufgelegt. Pfff! So was von unhöflich!
Unser Gespräch:
Ich (immer noch mit zuckendem linken Auge): »Guten Tag, Polizei, ich würde gerne eine ›potenziell gefährliche‹ Person anzeigen, die vielleicht, ich bin nicht sicher, meiner Mutter verdächtige Tabletten gibt.«
Polizist (der überhaupt nicht so jung klingt wie die beiden Polizisten, die vor ein paar Wochen bei uns in der

Schule waren): »Kannst du uns die Situation beschreiben? Wir nehmen das sehr ernst.«
Ich: »Meine Mutter hat manchmal Kopfschmerzen, und ihr Freund hat ihr Tabletten gegeben, von denen man ins Koma fallen kann.«
Ich höre, wie er sich Notizen macht.
Polizist: »Hat er ihr viele Tabletten gegeben?«
Ich: »Noch nicht. Er geht sehr unauffällig vor. Er macht es so, dass sie es gar nicht merkt.«
Polizist: »Bist du Zeugin gewesen, dass er sie ihr gegen ihren Willen gegeben hat?«
Ich: »Nicht wirklich gegen ihren Willen …«
Polizist: »Kannst du einschätzen, welche Dosis er ihr gegeben hat?«
Ich: »Eine … oder zwei.«
Polizist: »Eine oder zwei was?«
Ich: »Eine oder zwei Kopfschmerztabletten, hören Sie doch mal zu!«
Polizist: »Aus der Apotheke?«
Ich: »Ja! Das sind sehr gefährliche Tabletten mit furchtbaren Nebeneffekten …«
Polizist: »Hör mal, Kleine, wenn du jetzt sofort auflegst, vergesse ich unser Gespräch, aber wenn du weiter Telefonstreiche bei der Polizei machst, habe ich deine Nummer und spreche mal ein Wörtchen mit deinen Eltern!«
Dann höre ich: »Tuuuuuut.«
Pah! Nicht mal an die Behörden kann man sich wenden! Da ermutigen sie uns, Kriminelle anzuzeigen, und wenn man es tut, wird man angeschrien! Echt nicht cool!

To do: Das Land verlassen, da ich jetzt selbst zur gesuchten »Kriminellen« geworden bin.

Montag, 12. Juni

Kat dreht durch. Aber nicht, weil ich ihr von meinem Gespräch mit der Polizei erzählt habe und sie mich für bescheuert erklärt hat (genau das waren ihre Worte, aber das wird ihr schon noch leidtun, wenn meine Mutter nicht aus Frankreich zurückkommt, weil sie entführt worden ist oder so), sondern weil ihre Eltern ihr keinen neuen Schlafsack für ihren Reiterhof kaufen wollen. Und der Schlafsack, den sie hat, wird sie zur totalen Außenseiterin machen.

Kat: »Kannst du dir das vorstellen? Ich fahre ins Ferienlager mit einem Schlafsack mit Disneyprinzessinnen drauf! Alle werden mich auslachen.«

Kat hat einen Schlafsack mit Bella, Cinderella und Schneewittchen drauf und einem rosa-blauen Schloss im Hintergrund. Ihre Eltern wollen ihr keinen neuen kaufen, weil sie angeblich vor vier Jahren einen Riesenaufstand gemacht hat, um genau diesen Schlafsack zu bekommen, und ihn dann nie benutzt hat. Außerdem sagen sie, der Reiterhof sei so teuer, dass sie zumindest beim Schlafsack sparen müssten. Kat kann ihnen noch so oft erklären, dass sie sich in den letzten vier Jahren verändert hat usw. usw., ihre Eltern wollen nichts davon hören. Sie hat sogar angeboten, ihren Schlafsack Julianne zu schenken, aber die will ihn nicht. Kat meint, das mache ihre Schwester nur aus Rache, weil sie den Schlafsack früher immer haben wollte.

Kurz gesagt, meine Freundin durchlebt ein Drama.

Dem ich leider nur wenig Beachtung schenken kann, weil ich die ganze Zeit für die Prüfungen lernen muss und außerdem total müde bin, weil ich letzte Nacht nicht geschlafen habe (ich sollte in Zukunft meine Schokotropfen-Dosis auf die Menge eines Chocolate-Chip-Cookies reduzieren). Und mein Plan, Monsieur Beaulieu und meine Mutter zu verkuppeln und so 1. an die Prüfungsfragen heranzukommen und 2. meine Mutter vor dem Teufel zu retten (François Blais), wurde offiziell vereitelt, als ich erfahren habe, dass er eine Frau und sogar Kinder hat (wovon ich überhaupt nichts wusste)!

Heute Mittag, 12:19

Ich bin zufällig bei Monsieur Beaulieus Büro vorbeigekommen und habe ihn telefonieren gehört. Dabei erfuhr ich, dass ich meinen Plan aufgeben muss, weil er anscheinend mit seiner Frau (oder Freundin) sprach, mit der er sich offenbar gestritten und soeben wieder versöhnt hatte (Respekt! Er ist also nicht wie »gewisse« Typen, die

ich kenne, die eine Beziehung beim kleinsten Hindernis aufgeben, Fernsehen hin oder her). Er sagte:
»Wir kriegen das schon wieder hin.« (Schweigen.) »Ich weiß, dass die Situation schwierig ist, aber es wäre wirklich schade … für die Mädchen. Ich werde sehen, was ich tun kann … Perfekt. Wir hören uns später.«

Ich glaube, er hat mich durch die halb geöffnete Tür gesehen, weil er sich plötzlich unterbrach. Ich bin zusammengezuckt und mit gesenktem Kopf schnell weitergegangen, als wäre nichts geschehen.

Er schien ein bisschen verwirrt zu sein. Ich wusste gar nicht, dass Monsieur Beaulieu so ein großer Romantik-Gefühls-Prinz ist!

Zurück zu gerade jetzt, beim Lernen

Komisch. Ich bin irgendwie … enttäuscht. Ja, er geht mir auf die Nerven. Ja, er sieht nur den »Hut auf dem Tisch«. Ja, wegen ihm musste ich dieses Jahr oft nachsitzen. Aber meinen Feind auf meiner Seite zu wissen hätte mir eine kleine Verschnaufpause verschafft … Jetzt fällt der Plan ins Wasser. Anfang des Jahres hätte es mich noch gefreut zu hören, dass Monsieur Beaulieu verheiratet ist. Damals hatte ich noch den Verdacht, er hätte eine heimliche Affäre mit meiner Mutter, und ein paar Monate später vermutete ich, er hätte Liebeskummer, weil meine Mutter einen neuen Freund hat.

Feststellung (in Bezug auf mich): Mein Instinkt in Liebesangelegenheiten ist nicht sehr ausgeprägt.

Feststellung (in Bezug auf Monsieur Beaulieu): Also, nicht gerade professionell, seine Eheprobleme in der Schule zu regeln!

20:00

Jetzt habe ich keine Wahl mehr, ich muss lernen, da mir der Zugang zu den Prüfungsfragen definitiv verwehrt ist. Ich fange an, für die Prüfung in Kunst zu lernen. Normalerweise lässt uns der Lehrer, Monsieur Louis, ein Bild malen und gibt uns darauf eine gute Note, weil er sagt, Kunst sei subjektiv. Aber am Ende des Schuljahres muss er uns eine theoretische Arbeit schreiben lassen.

20:32

Ich bin echt sauer. Wie sollen wir die Prüfungen bestehen, wenn die Schulbücher von Fehlern nur so wimmeln? In meinem Kunstbuch lese ich, dass Weiß die Summe aller Farben ist und Schwarz die Abwesenheit von Farbe. Das ist unmöglich!

Dienstag, 13. Juni

In Kunst.

Nach der Stunde gehe ich zu Monsieur Louis, um ihn auf den Fehler in meinem Buch hinzuweisen.

Ich: »Monsieur Louis, in meinem Buch ist ein Fehler.«

Monsieur Louis: »Ach ja?«

Ich: »Da steht drin, dass Schwarz die Abwesenheit von Farbe ist und Weiß alle Farben auf einmal.«

Monsieur Louis: »Das stimmt.«

Ich: »Das stimmt?«

Monsieur Louis: »Ja.«

Ich: »Aber wenn ich all meine Farbstifte mische, dann wird das nicht weiß, sondern dunkelbraun!«

Monsieur Louis: »Weiß ist die Summe aller Farben … des Universums. Nicht die Summe aller Farb*stifte*!«

Ich: »Also, auf der Schachtel steht: ›Hundertzweiunddreißig Nuancen, um das Leben in allen Farben zu sehen …‹ In *allen* Farben!«

Monsieur Louis: »Das ist doch nur Werbung, aber nicht die Wahrheit.«

Ich: »Also hat irgendwann mal jemand ein Experiment gemacht, das ich nicht wiederholen kann, und jetzt muss ich *seine* Theorie auswendig lernen, ohne die Logik dahinter zu verstehen! So was von stressig.«

Monsieur Lois: »Du schaffst das schon.« (Und klopft mir auf die Schulter.)

Du schaffst das schon, du schaffst das schon! In meiner Schachtel sind hundertzweiunddreißig Stifte, und wenn ich die mische, ergibt das Dunkelbraun, aber wenn ich noch mehr hätte, wäre das Ergebnis nicht etwa Schwarz, sondern Weiß. Manchmal bringt Lernen nur durcheinander.

Freitag, 16. Juni

Meine Mutter ist mit F.B. ins Restaurant gegangen. (Wenn er sie nicht vorher vergiftet hat.) Ich habe es ihr nicht gesagt, aber als sie mich zum Abschied angelächelt hat, hatte sie Lippenstift an den Zähnen. Wenn sie strahlend weiße Zähne gewollt hätte, hätte sie einfach nur alle erdenklichen Lippenstiftfarben mischen müssen. Hihi!

Samstag, 17. Juni

Lernen (scheint kein Weg dran vorbeizuführen) für die Prüfungen.

13:25

OOOOOOOOOOOOOOOOH! MEEEEEIIIIIIIIIIN GOOOOOOOOOOOOOOOOTT! Ich »mutiere« echt zum Tier! Und nicht etwa in ein schönes Tier (wie Sybil), sondern eher in einen Yeti, einen Gorilla oder so was!

Ich habe ganz friedlich in meinem Zimmer gesessen und gelernt, dann wollte ich eine kleine Pause machen. O.k., es war nicht wirklich eine Pause, sondern eine Kleiderprobe in Anbetracht des Sommers, der vor der Tür steht. Ich habe meine Shorts anprobiert, die ich im letzten Sommer geliebt habe, bin vor den Spiegel gelaufen und was habe ich gesehen? Meine Beine!!!!! Besser gesagt, meine Waden. Ich betrachte normalerweise nicht meine Waden im Spiegel. Sie liegen sozusagen außerhalb meines Gesichtsfelds. Und ich habe noch nie vorher gemerkt, wie haaaaaaaaaaaaaaaaaarig ich bin!!! Das ist ja schreeeeeeeeeeecklich! Letztes Jahr hatte ich noch nicht so viele Haare auf den Beinen!!!!

13:45

Im Badezimmer auf der Suche nach irgendwas, womit ich mich rasieren kann.

Ich: »MAMAAAAAAAAAAAAAAAAAA?«

Meine Mutter erscheint auf der Badezimmerschwelle.

Meine Mutter: »Was ist los, meine Schöne?«

Wenn sie mal aufhören würde, vor Glück zu strahlen, würde das mein Leben wesentlich erträglicher machen.

Ich: »Womit rasierst du dir die Beine?«

Meine Mutter: »Ich enthaare sie mit Wachs. Warum?«

Ich: »Du musst mir zeigen, wie das geht.«

Meine Mutter: »Dafür bist du noch zu jung!«

Ich: »Ich bin fast fünfzehn!«

Meine Mutter: »Wenn du einmal damit anfängst, dir die Beine zu rasieren, musst du das dein Leben lang tun!«

Ich: »Wenn ich nicht *sofort* anfange, sie zu rasieren, verwandele ich mich in einen Gorilla!«

Meine Mutter: »Danach wachsen sie doppelt so stark nach!«

Ich: »Schlimmer als jetzt geht es gar nicht!«

Ich ziehe an ein paar Haaren an meinen Beinen, um es ihr zu zeigen, und sie antwortet mir (völlig perplex) mit hochgezogenen Brauen und einem zustimmenden Nicken und gibt mir ihren Rasierer.

14:27

Meine Beine piksen. Kat hat gesagt, daran gewöhnt man sich. Sie rasiert sich seit letztem Sommer die Beine. Sie hat mir gestanden, dass sie schon letztes Jahr fand, ich

hätte sie mir auch rasieren sollen, aber sie habe sich nicht getraut, es mir zu sagen.
Und die nennt sich meine beste Freundin?!!! Ich nenne das Verrat!
Wie konnte ich nur so blind für meine überbordende Haarfülle sein? Kat meinte, *ganz so schlimm wie jetzt* sei es letztes Jahr noch nicht gewesen. Das hoffe ich!

14:28
Ich versuche, mir ins Gedächtnis zu rufen, welche Leute ich letzten Sommer getroffen habe, die mich für ein haariges Monster gehalten haben müssen.

14:29
O.k., ich muss lernen.

14:30
Letzten Sommer … Letzten Sommer … Außer Kat habe ich nicht viele Leute gesehen.

14:35
Ich lerne.

14:37
Das Problem ist, dass ich, wenn ich in den Spiegel schaute (ich spreche in der Vergangenheitsform, weil mir das nie wieder passieren wird), vor allem mein Gesicht betrachtete und weniger den Rest meines Körpers. Ich kümmerte mich nicht weiter um meine Beine oder Füße,

geschweige denn die Waden. Oder vielleicht habe ich sie gesehen, ohne wirklich zu *sehen*. Jedenfalls hatte ich heute zum Glück diese Horror-Erkenntnis, ohne die ich in der Schule komplett unten durch wäre.

14:39

Lernen. Nicht wegen meiner haarigen Vergangenheit durchdrehen.

14:46

Das ist ganz einfach eine Frage der Selbstdisziplin. Das Rasieren, meine ich. Ich muss es nur alle zwei Tage tun, dann sieht man meine Haare nie wieder. Und alle, die mich mit Haaren an den Beinen gesehen haben, werden vergessen, dass sie mich je mit einer gorillamäßigen Behaarung gesehen haben.

14:47

Lernen für Erdkunde.
Die Hauptstadt von Ontario: Toronto.
Ich frage mich, ob ich letzten Sommer jemanden aus Toronto getroffen habe … ich und mein Beinhaar.
Hmm … nein, keine Ontarier, die ich kenne.
Auch niemanden aus einer anderen Provinz.
Auch niemanden aus einer anderen Stadt.
Letzten Sommer haben Kat und ich damit verbracht, herumzuhängen und/oder ins Jugendzentrum zu gehen.
Tommy wohnte noch nicht hier im Viertel, sondern bei seiner Mutter … Er kennt mich also nicht mit haarigen

Beinen, weil er mich bislang nur in Jeans gesehen hat oder in meiner Schuluniform, deren Strümpfe die Waden bedecken.
Oh nein! Die Leute im Jugendzentrum müssen meine haarigen Beine gesehen haben!!!!
Zum Glück kannte ich Nicolas zu dem Zeitpunkt noch nicht. Puh! Das ist das Wichtigste …
Also hat nur Kat mich gesehen, die Leute aus dem Jugendzentrum und vielleicht irgendwelche Leute in den Parks, in denen wir rumgehangen haben (darunter möglicherweise auch Leute aus Toronto).
WIE PEINLICH!!!!!!!!!!!!!!!!!!!!!

Sonntag, 18. Juni

Folgendes absurde Gespräch hatte ich eben mit meiner Mutter, als ich gerade Englisch lernte (wobei mir der Gedanke kam, dass ich Englisch immer noch besser verstehe als Französisch, obwohl Englisch eins meiner schlechtesten Fächer ist).
Meine Mutter (kommt in mein Zimmer): »Amélie, hast du schon angefangen, deine Tasche zu packen?«
Ich: »Ich kann jetzt nicht, ich lerne.«

Meine Mutter: »Du solltest aber so langsam mal daran denken.«
Ich: »Entspann dich mal, ich fahre erst in zwei Wochen.«
Meine Mutter: »Wie du willst.«
Ich: »Du bist vielleicht aufgeregt, weil du nach Frankreich fliegst. Aber ich fahre nur zu meiner Großmutter, deshalb mache ich mir nicht so viele Gedanken. Ich packe einfach einen Tag vorher meine Sachen in den Koffer und fertig.«
Meine Mutter: »Gut, gut, gut, du hast recht. Lern weiter, das ist jetzt wichtiger.«
Sie war schon aus dem Zimmer raus, dann kam sie noch mal zurück:
»Ach, das habe ich vergessen! Während wir weg sind, wird unsere Post auf dem Postamt aufbewahrt, falls du sie irgendwann abholen willst …«
Ich: »Häh? Wieso sollte ich?«
Meine Mutter: »Na, um dein Zeugnis zu bekommen zum Beispiel.«
Ich: »Ach so. Hmm ja … vielleicht.«
Meine Mutter (gibt mir einen Zettel): »Hier, das ist unsere Aufbewahrungsnummer. Heb sie gut auf. Ach! Und noch was … Falls mir auf der Reise etwas passiert, befinden sich meine Papiere in dem grauen Ordner in der Kommode unter meinem Schreibtisch. In der ersten Schublade rechts, in einer blauen Plastikmappe. Da ist eine Kopie von meinem Pass drin, meine Versicherungspapiere, meine Unfallversicherung, mein Testament und die Kontaktdaten des Notars.«

Ich: »Äh … du hast doch versprochen, dir wird nichts passieren.«
Meine Mutter: »Ich habe ja auch gesagt: *falls* mir etwas passiert.«
Ich: »Ja, aber wenn dir nichts passiert, gibt es auch kein *falls*. Das gibt es nicht. Dir passiert nichts.«
Meine Mutter: »Das ist ja nur eine Vorsichtsmaßnahme.«
Ich: »Warum triffst du Vorsichtsmaßnahmen, wenn keine Gefahr besteht?«
Meine Mutter: »Na ja, für den Fall, dass etwas … Unvorhergesehenes passiert.«
Ich: »Ha! Du gibst also zu, dass dir etwas passieren könnte! Obwohl du mir versprochen hast, dass nichts passieren wird!«
Meine Mutter: »Hör mal, es ist ziemlich wahrscheinlich, dass mir nichts passiert. Aber … man kann nie wissen. Und deshalb treffe ich lieber die naheliegenden Vorsichtsmaßnahmen.«
Ich: »… naheliegend, *falls dir etwas passiert*.«
Meine Mutter (nimmt meine Hände und sieht mir fest in die Augen): »Amélie … meine liebe, süße Maus … mir wird nichts passieren. Aber ich möchte lieber alle Vorkehrungen treffen, um … dich zu beschützen, falls mir doch irgendetwas passiert. Verstehst du?«

Nein. Ich verstehe gar nichts. Was sie sagt, ist total unlogisch. Wenn sie Vorkehrungen trifft, dann, weil das Risiko besteht, dass ihr etwas passiert.

Es müsste das Buch geben *Meine Erwachsene verstehen*. Das wäre echt praktisch.

Montag, 19. Juni

Das ist die stressigste Woche meines Lebens. Ich musste alle meine Zurückeroberungs- und Reisedurchkreuzungspläne hintanstellen, um mich ganz den Prüfungen widmen zu können.

Heute Vormittag Matheklausur, heute Nachmittag Bio.

Gesamtzustand: Extrem gestresst, aber sehr glatte Beine, weil frisch rasiert.

Dienstag, 20. Juni

Ich rekapituliere in Gedanken die Namen aller Provinzen Kanadas sowie ihrer Hauptstädte. Das mache ich nicht, weil ich das entspannend finde, sondern weil ich das für die Prüfung können muss. Ich glaube, ich habe schon wieder alles vergessen, obwohl ich versucht habe, mir die Namen zur Melodie von *Untitled* von *Simple Plan* einzuprägen. Da kann die Melodie noch so gut sein, wenn man die Provinzen und Hauptstädte dazu singt, wird kein Hit draus.

Mittwoch, 21. Juni

Kunstklausur.
Frage:
»Richtig oder falsch: Schwarz ist die Summe aller Farben.«
Ha! Das ist leicht! Das habe ich gelernt, das weiß ich.

Äh … das habe ich gelernt, aber ich erinnere mich nicht mehr.
Ich rutsche auf meinem Stuhl hin und her.
Der totale Stress.
Mein Gedächtnis lässt mich völlig im Stich.
Und wer ist schuld? Meine Mutter! Die hat auch so ein schlechtes Gedächtnis, das habe ich von ihr geerbt!
Ich konnte nicht etwa ihre hübsche kleine Stupsnase erben, nein! Ich musste die Nase meines Vaters erben und das schlechte Gedächtnis meiner Mutter!
Das Leben ist so was von unfair!
Etwas mehr Konzentration könnte jetzt nicht schaden.
O.k., also, Monsieur Louis hat gesagt, ich solle mir vertrauen. Und die richtige Antwort war das Gegenteil dessen, was ich dachte.
Oh Mann! Das Gegenteil dessen, was ich dachte … was habe ich denn gedacht?
Dabei habe ich es doch gelernt! Ich hatte eine ganze Theorie dazu.
Habe ich gedacht, dass Schwarz die Summe aller Farben oder die Abwesenheit aller Farben ist?
Ich habe seitdem so viele andere Sachen gelernt, deshalb bin ich jetzt ganz durcheinander.
Ich kann mich nicht mehr erinnern, was ich gedacht habe! Ich versuche, mich an mein Gespräch mit Monsieur Louis zu erinnern. Was habe ich da zu ihm gesagt?
Wie viel Zeit habe ich noch?
Ich schaue auf die Uhr.
Ah! Es ist 11 Uhr 11!

Liebe 11 Uhr 11,
ich weiß, ich übertreibe es in letzter Zeit ein bisschen und außerdem habe ich gesagt, dass du meine anderen Wünsche vergessen kannst, bis auf den, dass Nicolas mich nicht beim Kotzen *gesehen hat, aber wenn ich nur noch einen winzig kleinen unkomplizierten Wunsch ergänzen darf, dann möchte ich mich jetzt an die richtige Antwort erinnern. Also, darum bitte ich jetzt einfach mal so, falls du gerade Zeit hast. Danke!*

11:12

Ganz ruhig, einfach nachdenken. Wenn ich das Licht ausmache, gibt es keine Farben mehr. Also habe ich bestimmt gedacht, dass Schwarz die Abwesenheit von Farbe ist. Ha!
Frage:
»Richtig oder falsch: Schwarz ist die Summe aller Farben.«
Ich antworte also das Gegenteil dessen, was ich denke: »Richtig.«

Mittags

Oh Mist! Es war falsch! Ich wusste es doch! Ich bin nicht mal in der Lage, mich an meine eigene Meinung zu erinnern! Warum habe ich ein unfehlbares Gedächtnis, wenn es um unwichtige Dinge geht? Ich erinnere mich zum Beispiel ganz genau (und gegen meinen Willen), dass Jesse McCartney am 9. April geboren ist, eine Schwester hat, die Lea heißt, und einen Bruder, der Timmy heißt und mit dreizehn Jahren Bungeejumping gemacht hat, und seine Lieblingsjahreszeit der Herbst ist. Warum also bin ich nicht in der Lage, mich an etwas zu erinnern, das ich gelernt habe? (Pfff! 11 Uhr 11, du bist echt unzuverlässig. Oder die Uhr in der Klasse geht falsch, hmm …)

Donnerstag, 22. Juni

DIE SCHULE IST AAAAAAAAAAUUUUUUUS !!!!!!!!!!!!!!!!!!!!!!!!!!!!

Nach der letzten Klausur gibt es in der Schule eine Party mit Hotdogs und Spielen für Lehrer und Schüler.

20:00

Nicolas ist nicht der Einzige, vor dem ich mich lächerlich mache. Monsieur Beaulieu hat ebenfalls dieses Privileg. Aber das liegt nicht nur an mir. Ich wurde nämlich gezwungen, Volleyball zu spielen (es hat niemand auf mich gehört, als ich gesagt habe, dass ich darin eine Null bin). Ich hatte Aufschlag. Aber statt auf die andere Seite des Netzes zu fliegen, ist der Ball … Monsieur Beaulieu auf den Kopf geflogen, der ein paar Meter neben dem Feld stand und telefonierte.

Er hat sich den Kopf gerieben und das Gespräch beendet. Dann hat er sich umgesehen und gefragt, wer den Ball geworfen hat. Ich habe schüchtern den Finger gehoben und gesagt: »Ich …«
Dann bin ich vom Feld gelaufen, um mich zu entschuldigen.
Monsieur Beaulieu: »Willst du noch mal nachsitzen?«
Ich: »Die Schule ist doch schon vorbei …«
Monsieur Beaulieu: »Ich mache nur Witze!«
Ich: »Ach so … lustig.«
Monsieur Beaulieu: »Bist du mir böse, dass ich dieses Jahr so streng mit dir war?«
Ich: »Na ja … nur wegen der Sache mit dem Hut.«
Monsieur Beaulieu: »Hut?«
Ich: »Ach, vergessen Sie's … Übrigens, mir fällt gerade ein, im nächsten Schuljahr sollten Sie die Uhren stellen lassen. Einige gehen nicht richtig.«
Monsieur Beaulieu lächelte und antwortete:
»Das versuche ich einzurichten. Hab einen schönen Sommer … und grüß deine Mutter.«
Ich (drehte mich wieder zum Volleyballfeld): »O.k., cool.«

Montag, 26. Juni

Juuuuuuhuuuuuuuuuuuuuuu!!!! Tommy hat erzählt, dass ein Typ von seiner Schule eine Party macht (ein Matthieu Irgendwas) und dass er Tommy gebeten hat, ein paar Mädchen mitzubringen. Tommy hat gesagt, dass Nicolas bestimmt auch kommt und Ham vielleicht auch.

Auch wenn er sich nicht auf Mädchentricks einlassen will, ist Tommy der beste Spion der Welt!!!!!!!

Echt super, einen Jungen an Bord zu haben.

Kat ist ganz aufgedreht. Sie will, dass Ham sie von ihrer besten Seite sieht. Und für mich ist das *die* Gelegenheit, meinen Zurückeroberungsplan durchzuführen, bevor ich zu meiner Großmutter fahre!

Während wir unsere Pläne schmieden, spielt Tommy Gitarre und hört uns nicht zu (obwohl er manchmal den Kopf schüttelt und seufzt, was vielleicht mit uns zu tun hat, vielleicht hat er aber auch einfach Schwierigkeiten mit seinen Akkorden).

Ich glaube, er versteht nicht nur die Mädchen nicht.

Dienstag, 27. Juni

Ich bin bei Kat und wir tanzen zu *Dance Dance Revolution*. Ich bin in diesem Spiel richtig schlecht, aber ich habe ein Ziel: bei der Party am Mittwoch in Bestform zu sein.

In Form sein = gute Laune haben.

Gute Laune haben = die totale Verführungskraft (zumindest laut der *Miss*).

Mittwoch, 28. Juni

Heute steigt die Party.

Kat und ich haben uns genau an die Schmink- und Stylingtipps aus der *Miss* gehalten. Die Frisuren sind gar nicht leicht nachzumachen und ich stelle fest, dass man wahnsinnig geschickt sein muss, wenn man Frisör werden will. Kat hat einen (so heißt das zumindest in der *Miss*) Knoten im »Out-of-Bed-Look« gewählt. Aller-

dings braucht man dafür genau 67 Haarnadeln und eine halbe Tonne Haarspray!
Ich habe beschlossen, meine Haare offen zu lassen, aber sie sollen mehr »Fülle und Volumen« bekommen, und zwar mit einem Trick aus der *Miss*, der darin besteht, die Haare über Kopf zu föhnen. Das Ergebnis ist in der Tat erstaunlich (um nicht zu sagen wagemutig).
Wir haben uns auch die Schminksachen meiner Mutter geliehen, die uns den Rat gegeben hat: »Weniger ist mehr!« (Die *Miss* sagt genau das Gegenteil: Sie rät zu drei verschiedenen Nuancen Lidschatten, Rouge und Lipgloss.) Meine Mutter hat uns ihren Lipgloss geliehen, der nach Kirsche schmeckt. (Das sollte man als Bonbon verkaufen, aber nicht als etwas, das man auf die Lippe aufträgt, davon kriegt man nur Hunger!)

17:45

Was die Klamotten angeht: Wir tragen beide eine coole Jeans und unser Lieblings-T-Shirt. Nichts Übertriebenes, wir setzen auf die Frisur.

17:50

Meine Mutter hat jede Menge Fotos von uns gemacht, bevor wir gegangen sind (nerv!), weil sie uns »supersüß« findet (ihre Worte). So was Blödes, unser Ziel war doch nicht, *süß* zu sein, sondern *sexy*. Aber wir haben ein bisschen Model gespielt, um ihr eine Freude zu machen.

18:34

Tommy hat uns abgeholt. Meine Mutter hat noch mehr Fotos von uns gemacht. Mir war das etwas peinlich, aber da Kat und Tommy selbst andauernd neue Posen ausprobiert haben, wollte ich mich nicht mit ihr streiten.

18:39

Als wir loswollten, hat meine Mutter zu Tommy gesagt: »Du passt doch auf die Mädchen auf, mein Großer?«
Sie hat ihn echt »mein Großer« genannt und sie hat echt genau diesen Satz gesagt, ich schwöre. (Ich weiß auch nicht, warum ich das erfinden sollte.)

Vermerk an mich selbst: Ich leide immer häufiger unter dem Symptom »heiße Augen«.

Vermerk an mich selbst Nr. 2: Vielleicht ist das eine Nebenwirkung meiner wiederholt fehlgeschlagenen Versuche der visuellen Brandstiftung.

Vermerk an mich selbst Nr. 3: Oder es liegt daran, dass heute der erste richtig schöne Sommertag ist.

18:45

Kat, Tommy und ich sind in einem Fast-Food-Restaurant. Alle gucken uns komisch an.
Kat (gibt mir einen Stoß mit dem Ellbogen und zeigt mit der Nase auf eine Gruppe etwa sechzehnjähriger Typen): »Alle schauen uns an!«

Tommy: »Kein Wunder. Ihr schwebt ja auch in einer Wolke aus Drei-Wetter-Taft!«
Kat: »Du hast doch keine Ahnung! Sie schauen uns an, weil wir so toll gestylt sind!«

18:52

Tommy hat sich einen großen Burger mit Pommes bestellt, Kat und ich nehmen eine Suppe (damit wir keine Stückchen zwischen die Zähne kriegen).
Ich betrachte meine Suppe ohne Appetit.
Kat: »Isst du nichts?«
Ich: »Hmm … ich habe keinen Hunger mehr. Die Suppe ist eklig.«
Kat: »Nein, die ist lecker.«
Ich: »Bäh!«
Kat: »Was denn?«
Ich: »Sie schmeckt irgendwie komisch.«
Kat: »Wonach?«
Tommy: »Nach Dosensuppe?«
Kat: »Bist du nervös? Wegen …«
Ich: »Nach *Gloss*!«
Kat: »Häh?«
Ich: »Meine Suppe schmeckt eklig … nach Lipgloss! Echt wahr, Hühnersuppe mit Kirschlipgloss geht gar nicht. Hühnerkirschsuppe. Keine Ahnung, wie meine Mutter es schafft, den ganzen Tag mit Kirschgeschmack auf den Lippen rumzulaufen … Davon wird man doch wahnsinnig. Außerdem sind da Erbsen drin … Ich hasse Erbsen! Sie hätten doch sagen können, dass da Erbsen

drin sind. Total viele! Das ist doch keine Hühnersuppe, dass ist 'ne Erbsensuppe! So was Blödes. Ha, vielleicht kriege ich ja mein Geld zurück!«

18:55

Ich (am Tresen): »Hallo, ich hätte gerne das Geld für die Suppe zurück, sie schmeckt mir nicht.«
Bedienung: »Dafür kann ich doch nichts!«
Ich: »Mir hat niemand gesagt, dass da Erbsen drin sind. Ich hasse Erbsen.«
Bedienung: »Na … das sieht man doch auf dem Foto … da, die Erbsen.«
Ich: »Hab ich nicht gesehen.«
Bedienung: »Wir geben kein Geld zurück.«
Ich: »Ich mag die Suppe nicht. Ich bin nicht zufrieden. Und ich bin eine treue Kundin!«
Bedienung: »Da kann ich nichts machen.«
Ich: »Es gibt jedenfalls viele Restaurants, die eine bessere Unternehmenspolitik haben. Ihr habt das hier wahrscheinlich nicht nötig, weil ihr alle Multimilliardäre seid, aber …«
Kat (nimmt mich am Arm und zieht mich weg): »He, lass gut sein!«

18:59

Kat hat mich vollgequatscht, dass sie sich noch nie so für mich geschämt habe. Dass, wenn alle Leute mit Kirschlipgloss das Geld für ihre Suppe zurückhaben wollten, alle Restaurants pleitegehen würden usw. usw. Tommy hat uns die ganze Zeit beobachtet und sich eins gegrinst. Ich habe ihr noch mal gesagt, dass es ja auch an den Erbsen lag, aber sie hat gesagt, ich zitiere: »Du bist gestresst, weil du gleich Nicolas siehst, und wolltest deinen Stress auf irgendeinen armen Fast-Food-Restaurantangestellten abwälzen.« Kat kennt mich so SCHLECHT! Ich habe seit Kurzem *Überzeugungen* und einen immer stärkeren Gerechtigkeitssinn. Ich könnte ja auch eine Erbsenallergie haben, in dem Fall wäre es sehr gefährlich, wenn mich niemand darauf hingewiesen hätte, dass in der Suppe Erbsen sind. Ich hätte den Krankenwagen rufen müssen und die Party verpasst, für die ich mich so aufwendig vorbereitet habe, und das wäre wirklich ärgerlich gewesen! Und das wäre ein ganz schön hoher Preis (man denke an die Kosten für den Krankentransport) für eine eklige Suppe! Keine Ahnung, warum Kat das nicht einsieht.

19:17

Obwohl wir 17 Minuten nach 19 Uhr ankommen, sind wir die Ersten (nicht cool). Nicolas ist noch nicht da. Ham auch nicht.

19:23

Kat und ich wiederholen noch mal die Tipps aus der *Miss*. Heute Abend werde ich 1. offensichtlich Spaß haben, 2. unabhängig sein und 3. unerreichbar wirken.

19:38

So langsam kommen die Leute. Kat und ich mustern unsere Haare und fühlen uns plötzlich unbehaglich.
Kat: »Meinst du, das war zu viel?«
Tommy: »Auf jeden Fall.«
Kat: »Ich rede mit Am!«
Tommy: »Entschuldigung, dass ich sage, was Sache ist.«

19:47

Alle sind da. Die Musik wird immer lauter. Tommy redet mit anderen Leuten (was mich erleichtert, weil es einfach zu oft knallt, wenn Tommy und Kat sich in einem zu kleinen Radius aufhalten).
Kat (in mein Ohr, nicht gerade unauffällig): »Nicht umdrehen – Nicolas ist gerade gekommen!«
Ich drehe mich sofort um, ebenfalls alles andere als unauffällig, und entdecke Nicolas, dann drehe ich mich wieder zu Kat.
Kat (flüsternd-kreischend, klingt echt komisch): »ICH HABE DOCH GESAGT, DU SOLLST DICH NICHT UMDREHEN!«

19:48

Folgenden Trick ausprobiert: Ihn nicht beachten, unabhängig und unerreichbar sein.
Ich unterhalte mich nur mit Kat. Manchmal schiele ich zu Nicolas rüber, doch das scheint ihn nicht zu verführen. Es sieht so aus, als hätte er mich noch gar nicht bemerkt.

19:54

Folgenden Trick ausprobiert: Spaß haben.

Ich: »HAHAHAHAHAHAHAHAHAHAHAHAHAHAH-HAHAHAHAHAHAHAHAHAHAHAHAHAHAH! AAAAAAAAAAAH! KAT!!!!!! DU BIST SOOOOOO-OOOOOOOOOOOO LUSTIG!« (Zu Kat: »Hat er gesehen, dass ich Spaß habe?«)

Kat: »Hmm … nein. Er hat gar nicht in deine Richtung geschaut.«

Hmpf.

20:01

Spontaner Trick: Die Wunderwaffe

Ich: »Tommy, schlag doch mal vor, dass wir Flaschendrehen spielen.«

Tommy: »Nein!«

Ich: »Bitte, bitte, bitte!«

Plötzlich steht ein Typ neben uns, Michel, und sagt: »Hey, du willst Flaschendrehen spielen? Gute Idee!!! Deine Freundin ist echt cool, Tommy Baby!«

Ich (zu Tommy): »Tommy Baby?«

Tommy: »Vergiss es, Laf …«

20:04

Alle setzen sich in einen Kreis. Michel nimmt eine leere Sprite-Flasche und legt sie in die Mitte. Nicolas sitzt mir schräg gegenüber und ich zwinge mich, nicht zu ihm rüberzuschauen. Insgeheim bete ich, dass die Flasche, wenn er oder ich dran sind, auf uns zeigt, damit wir uns endlich küssen und er seine Liebe zu mir wiederentdeckt.

20:05

Gerade als wir anfangen wollen, kommt Ham rein. Kat wird ein bisschen rot, aber es scheint alles in Ordnung zu sein. Sie sieht ihn kurz an, lächelt und schaut wieder auf die Flasche in der Mitte des Kreises.
Er geht zu ihr, tippt ihr auf die Schulter und flüstert ihr etwas ins Ohr und sie steht auf und verschwindet mit ihm, bevor das Spiel überhaupt angefangen hat.

20:15

Wir spielen schon seit zehn Minuten und die Flasche hat immer noch nicht auf mich gezeigt. Dafür musste ich mit ansehen, wie Nicolas eine superhübsche Rothaarige geküsst hat (die Lauriane heißt oder so ähnlich, grrrr).
Dann dreht Tommy die Flasche und sie zeigt … auf mich. Ich merke es erst gar nicht, weil ich so in Gedanken bin und mir immer wieder vorstellen muss, wie Nicolas diese Lauriane küsst. Da sehe ich, dass Tommy auf mich zukommt. Ich springe auf und spüre, dass meine Augen kugelrund werden, kurz sehe ich Nicolas an, der mich zum ersten Mal an diesem Abend wahrnimmt (glaube ich zumindest), und weiß nicht, was ich machen soll. Tommy zu küssen würde in Nicolas Erinnerungen wachrufen, die mir bei meinem Zurückeroberungsplan bestimmt nicht helfen. Aber ihn nicht zu küssen würde Tommy in eine unangenehme Lage bringen.

Da sagt Tommy plötzlich:
»Hey, dieses Spiel ist blöd. Ich kann Amélie nicht küssen, wir sind doch Kumpel. Ich passe.«

20:52

Ich sitze auf dem Sofa. Allein. Kat redet mit Ham. Tommy redet mit ein paar Jungs. Ich fühle mich total außen vor. Und habe schon wieder heiße Augen. Bestimmt weil es so warm ist und das Haus keine Klimaanlage hat.
Ich fühle mich total lächerlich mit meinen aufgebauschten Haaren. Ich betrachte Kat und komme zu dem Schluss, dass unsere Frisuren aussehen, als wären sie Signale an die Außerirdischen auf dem Jupiter. Diese blöde *Miss* gibt nur bescheuerte Ratschläge. Wie konnte meine Mutter mich nur so aus dem Haus lassen? Aber das wundert mich nicht. Ihr Fotoalbum beweist, dass sie früher selbst in allen möglichen grässlichen Looks rumgelaufen ist. Zehn Zentimeter hoch toupierte Haare, riesige Ohrringe und total grauenhafte Blusen mit Zeitungsmuster. Man darf ihr in Stylingfragen nicht vertrauen!
Meine Rückeroberungspläne sind komplett ins Wasser gefallen. Im Moment sehe ich jedenfalls weder so aus, als hätte ich Spaß, noch wie ein Mädchen, das tolle Sachen zu erzählen hat, und schon gar nicht, als wäre ich unabhängig und unerreichbar.
Zum Zeitvertreib versuche ich, meine Haare mit den Händen etwas zu glätten.

20:53
Ich habe gerade beschlossen, die Party zu verlassen, als ich sehe, dass Nicolas in meine Richtung kommt.

20:54
Eindruck bestätigt: Nicolas kommt auf mich zu. Ich beuge schnell den Kopf zwischen den Beinen zu Boden (so kriegt man Schwung ins Haar, behauptet zumindest die *Miss* in dem Artikel »Glattes Haar in Bestform«), bevor er bei mir ist. Vielleicht war doch nicht alles umsonst. Als ich den Kopf wieder hebe, steht er dummerweise schon genau vor mir und meine Haare sind ein einziges Durcheinander (o.k., ich habe gerade keinen Spiegel, um das zu überprüfen, aber sie liegen nicht wie sonst rechts und links hinter meinen Ohren, also schließe ich daraus: ein einziges Durcheinander). Ich schüttele den Kopf, um sie wieder in Form zu bringen (er denkt garantiert, ich habe einen nervösen Tick entwickelt), und eine breite Strähne bleibt an meinem Lipgloss kleben. (Oh nein! Jetzt denkt er – so wie alle anderen, die mich noch aus meinen unrasierten Zeiten kennen –, dass ich unter starkem Haarwuchs leide, Härtestufe Damenbart!)

20:55
Nicolas: »Hallo.«
Ich streiche meine Haare hinters Ohr, aber ich schaffe es nicht, die Strähne von meinen klebrigen Lippen zu lösen. Ich versuche, sie wegzupusten.
Ich: »Fffff … hallo.«

Mein Herz: »Bumm-bumm!«
Nicolas: »Wie geht's?«
Ich: »Fffff ... ganz ... ffff ... gut.«
Mein Herz: »Bumm-bumm-bumm-bumm.«

Nie wieder: Lipgloss benutzen! Kann Lispeln verursachen und/oder arrogant wirken.

20:57
Nicolas nähert seine rechte Hand meinem Gesicht. Gerade als ich denke, er will mich küssen, und ihm schon das Kinn entgegenstrecke, befreit er meinen Mund von meinen Haaren und zieht die Hand sofort zurück. Großes Unbehagen.

20:58
Nicolas und ich sitzen uns gegenüber und sehen uns eine lange Minute schweigend an.
Aus dem Augenwinkel sehe ich Kat, die sich mit Ham unterhält. Sie scheint die Situation völlig im Griff zu haben. Immer wenn Ham sich ein bisschen nähert, macht sie eine große Blase mit ihrem Kaugummi und er lacht. Kat spielt die Unerreichbare wirklich perfekt.
Ich breche das Schweigen:
»Magst du immer noch so gerne Melonenkaugummi?«
Er: »Ja.«
Ich: »Hast du welches?«
Er: »Ja. Hier.«
Er gibt mir eins.

Ich: »Danke.«
Mein Herz: »Bumm-bumm-bumm-bumm.«
Ich fange an zu kauen. Dabei drehe ich mich ein bisschen zur Seite, weil das Kaugummi ziemlich hart ist und ich das Gefühl habe, eher wie eine wiederkäuende Kuh als wie eine Verführerin zu wirken.
Er: »Schon ganz schön lange her, dass wir … uns gesehen haben.«
Ich (halte mir die Hand vor den Mund, um nicht ganz so offensichtlich unelegant das Kaugummi zu kauen): »Stimmt.«
Mein Herz: »Bumm-bumm-bumm-bumm.«
Ich (das Kaugummi kaut sich zunehmend einfacher): »Weißt du, wie lange?«
Er: »Nein.«
Ich (kaue immer beiläufiger): »Pfff! Ich auch nicht.«
Zweiundachtzig Tage!
Mein Herz: »Bumm-bumm-bumm-bumm.«
Ich: »Aber … ich habe dich neulich im Freizeitpark gesehen. Du mich auch …?«
Ich sehe wieder deutlich vor mir, wie ich in den Mülleimer kotze.
Er: »Nein.«
PUUUUUUUUUUUUUUUUUUUUUUUH!!!!!!!!!
DANKE, DANKE, DANKE!!!!!!!!!!!!!!!!!!!!!!!!!!!!!!!!!!!
Er: »Warum hast du nicht hallo gesagt?«
Ich: »Ich war gerade … in der Schiffschaukel.«
Er: »Cool, dass du da bist … heute Abend, meine ich.«
Mein Herz: »BUMM-BUMM-BUMM-BUMM!«

Schnell, jetzt sollte ich meine unwiderstehliche Charme-Waffe einsetzen: mein Kaugummi. Ich beobachte Kat und versuche, es ihr nachzumachen, das Gesicht ein bisschen zur Seite zu neigen, ihn anzusehen und dabei mit offenem Mund zu kauen und in strategischen Momenten eine Blase zu machen. Ich glaube, man könnte sagen, dass jetzt so ein strategischer Moment ist.
Ich neige den Kopf, sehe ihn verführerisch an, klimpere kurz mit den Wimpern, ich kaue, lege das Kaugummi auf meiner Zunge zurecht und puste kräftig, um eine Blase zu machen.
Nach einem lauten »fffffft« sehe ich, wie mein Kaugummi aus meinem Mund fliegt, (schön eingespeichelt) auf Nicolas' Wange landet und selenruhig in Richtung seines Kinns rutscht.

Vermerk an mich selbst: Alles in allem ist die Reise meiner Mutter das Beste, was mir passieren konnte. Den Sommer auf dem Land bei meiner Großmutter zu verbringen wird wohltuend und erholsam sein.

Vermerk an mich selbst Nr. 2: Vielleicht kann ich ja für immer zu ihr ziehen.

Juli

Meine Ahnen!

VERMERK: Der schlimmste Moment meines Lebens.

Montag, 3. Juli

Wenn neben der Straße Felder voller Kühe, Pferde und Schafe auftauchen, weiß man, dass es zu meiner Großmutter nicht mehr weit ist.

Nachdem wir uns begrüßt haben und ich in ihr Auto gestiegen bin, hat sie mich aufgefordert:
»So, Amélie, erzähl mir aus deinem Leben!«
Ich habe geantwortet:
»Ich bin geboren, ich lebe und eines Tages werde ich sterben.«
Womit ich nicht nur ihren Fragen ein Ende gemacht habe (wenn sie genaue Antworten will, muss sie eben genaue Fragen stellen), sondern jeglicher Konversation zwischen uns, und dann konnte ich in Ruhe aus dem Fenster gucken und über die letzten Tage nachdenken.

Ich sehe immer wieder vor mir, wie mein Kaugummi über Nicolas' Wange rutscht. Nach diesem kleinen Zwischenfall wusste ich nicht, was ich machen sollte. Das Kaugummi nehmen und mich entschuldigen? Lachen? So schnell wie möglich verschwinden? Ehrlich gesagt, alle drei dieser Optionen wären gut gewesen. Aber in dem Moment habe ich ihn nur mit offenem

Mund angestarrt. Und »Mit-offenem-Mund-Anstarren« ist *nie* eine gute Reaktion. N-I-E-M-A-L-S! Nicolas hat sich das Kaugummi von der Wange gepflückt und es mir zurückgegeben. ZURÜCKGEGEBEN! Immer, wenn ich daran denke, haue ich meinen Kopf gegen die nächste Wand (das Autofenster meiner Großmutter, in diesem Fall).

Meine Großmutter: »Alles in Ordnung, meine Große?«

Ich: »Ja … es ist nur dieser Gestank …«

Meine Großmutter: »Die Gülle? Ach, daran gewöhnt man sich, du wirst sehen!«

Ehrlich gesagt hat der Geruch von Gülle in meinen Nasenlöchern (und meinem Paleocortex) eine geradezu therapeutische Wirkung: Jetzt habe ich keine Chance mehr, mir Nicolas' guten Geruch ins Gedächtnis zu rufen.

Also, wie gesagt, er hat mir mein Kaugummi zurückgegeben. Dann hat er gesagt, ich zitiere nicht: »Ich fand immer, dass du natürlich schöner bist.«

O.k., das war etwas verkürzt, in Wahrheit lief das Gespräch eher so:

Er: »Du bist irgendwie … anders.«

Ich (immer noch irritiert von meinem Kaugummi, das ICH MIR WIEDER IN DEN MUND GESTECKT HABE, WIE BESCHEUERT KANN MAN SEIN!!!): »Nein, ich bin wie immer, du hast mich nur schlecht in Erinnerung, nämlich …«

Er: »Ich habe dich noch nie geschminkt gesehen.«

Ich: »Das liegt daran, dass … du mich lange nicht gesehen hast.«
Und da hat er gesagt: »Ich fand immer, dass du natürlich schön bist.« (Er hat nicht gesagt, *schöner*, aber ich glaube, das wollte er *eigentlich* sagen, dass er mich also *jetzt* weniger schön fand, und deshalb füge ich das »schöner« hinzu, wenn ich mich an diesen Satz erinnere.)

Ich habe das Recht, zu tun, was ich will! (Auch wenn ich mich in Zukunft lieber nicht schminke, aber das hat nichts mit seinem Kommentar zu tun, sondern weil ich den Sinn nicht sehe, meine Zeit mit den megakomplizierten Tipps der *Miss* zu verschwenden …)

Komisch, aber irgendwie hat mich sein Kommentar ein bisschen beleidigt. Und dann hatte ich keine Lust mehr, mit ihm zu reden, und ich bin gegangen.

Tommy hat auf der Party mit einem Mädchen geknutscht und Kat hat sich mit Ham unterhalten. (Ich glaube zwar, dass es keine echte Unterhaltung war, sondern einer von Hams Monologen, aber das habe ich Kat nicht gesagt.) Bei ihr scheint die Verführungsoffensive jedenfalls funktioniert zu haben. Sie hat mir gebeichtet, sie habe mir schon länger sagen wollen, dass sie ihn noch nicht vergessen hat. Es habe ihr gutgetan, ihn zu sehen und von ihm zu hören, dass er sie vermisst. Auf meine Frage, ob sie wieder mit ihm zusammen sein will, hat sie nur gelächelt. Ich habe gesagt:

»Du willst doch nicht ernsthaft wieder mit ihm zusammen sein?!!!«
Sie hat erwidert:
»Nein … natürlich nicht! Ich habe mich nur gefreut, dass ich für ihn doch nicht ein ›Nichts‹ war.«
In dem Moment kam Julianne ins Zimmer und hat uns wegen Ich-weiß-nicht-mehr-was gestört und wir konnten nicht mehr weiter darüber reden.

Vielleicht hätte ich mir auch so einen »Out-of-Bed-Knoten« machen sollen wie Kat …

Am Tag darauf hat meine Mutter eine kleine vorzeitige Geburtstagsfeier für mich organisiert, mit Tommy und Kat (und François Blais – wieso das denn bitte?), weil wir an meinem richtigen Geburtstag in alle Winde zerstreut sein würden. Es war echt schön. Meine Mutter hat mir einen superleckeren Schokokuchen gebacken, auf den sie mit Smarties meinen Namen geschrieben hat! Echt süß!

Gestern habe ich meinen Koffer gepackt. Das war gar nicht so leicht. Aber ich habe beschlossen, die Sache zu vereinfachen: einfach alles einzupacken. Mein Gedankengang war simpel: Es könnte sein, dass ich eines Morgens aufwache und ein ganz bestimmtes Outfit anziehen will, das zu Hause liegt, und dann wäre ich untröstlich und würde den ganzen Tag daran denken, dass ich so gerne dieses und jenes angezogen hätte und dass ich lieber zu Hause wäre und so weiter. Schlussfolgerung:

Ich nehme lieber alles mit. So kann ich wenigstens Klamotten-Depressionen von vornherein ausschließen.

Dann ist Kat auf ihren Reiterhof gefahren und Tommy zu seiner Mutter und heute Morgen sind meine Mutter und François nach Frankreich geflogen und meine Großmutter ist gekommen, um mich abzuholen.

Alles in allem bin ich froh, dass meine Mutter mit François Blais nach Frankreich fährt. Ich habe viel darüber nachgedacht und er ist schließlich ihr Chef. Wenn ich sie daran gehindert hätte zu fahren, hätte das ihrer Karriere schaden können. O.k., sie ist mit ihm zusammen. Na klar denkt sie, dass sie ein paar romantische Momente erleben werden und so weiter. Sie scheint immer noch nicht gemerkt zu haben, dass François Blais der Teufel ist. Am Ende hat meine Mutter, die meint, den »Mann ihres Lebens« getroffen zu haben (nach meinem Vater), nicht nur Liebeskummer, sondern verliert auch noch ihren Job. Aber daran denkt sie nicht. Nein. Sie freut sich nur, dass sie nach Frankreich fährt. Ein bisschen verstehe ich sie. Schließlich ist es spannend, in ein anderes Land zu fahren. Für ihre kulturelle Bildung und so weiter. Einen neuen Job kann man sich immer suchen. Bei der Kultur wird es schon schwieriger.

13:12

Ich bin wirklich superentspannt, was meine Mutter und F.B. angeht. Und wenn meine Großmutter nicht gerade im Radio einen Sender für Großmütter hören würde und ich nicht vergessen hätte, meinen iPod aufzuladen, wäre ich noch entspannter.

13:13

Ich bin echt stolz, dass ich so erwachsen damit umgehe. Gut, o.k., ich schaffe es nicht, mal zwei Sekunden lang die Zeitung zu lesen, aber immerhin bin ich in der Lage, über bestimmte Dinge (zum Beispiel, dass ich meinem Exfreund ein Kaugummi ins Gesicht gespuckt habe oder dass meine Mutter bald ihren Job verlieren wird) sehr ruhig zu bleiben.

13:15

Meine Mutter ist doch intelligent. Sie wird schon noch draufkommen, dass F.B. der Teufel ist.

13:16

Und Nicolas weiß, dass ich das mit dem Kaugummi nicht absichtlich gemacht habe.

13:17

Aber was, wenn sie nicht draufkommt?

13:18

Er weiß auf jeden Fall, dass es keine Rache war, so nach dem Motto: »Jetzt siehst du mal, wie das ist, was Ekliges im Gesicht zu haben!« Dafür ist er zu intelligent.

13:19
Nein, sie ist intelligent, und früher oder später wird er sich verraten.

13:20
Aaaaaaaaaaaaaaaaaaah! Diese unerträgliche Großmuttermusik!!!!!!

13:21
Ganz ruhig bleiben. Ommmmm. Ommmmmm.

15:01
Wir sind vor einer Stunde bei meiner Großmutter angekommen. Sie hat mir ganz aufgeregt alles Mögliche über das Haus und meinen Aufenthalt hier gesagt, wovon ich nur behalten habe, dass sie jetzt einen Internetanschluss hat, wie ich es mir gewünscht habe. Dann hat sie mich in ihr Gästezimmer geführt und gesagt, dass sie alles für mich vorbereitet hat. Ich habe mich zu einem übertriebenen »Wooooow, daaaaaanke!« gezwungen. Jeder andere hätte gemerkt, dass meine Begeisterung nur gespielt war. Nicht meine Großmutter. Sie schien sich über meine Reaktion zu freuen. Puh. Ich will sie schließlich nicht kränken. Es ist ja nicht ihre Schuld, dass ich mich so fühle. Und es ist lieb, dass ich bei ihr bleiben darf. Mit Sybil (die die ganze Autofahrt über geschlafen hat).

16:25
Ich habe begonnen, ein paar Poster aufzuhängen, um mir

das Zimmer »persönlich herzurichten« (Vorschlag und Wortlaut meiner Mutter). Meine Großmutter kommt rein und stößt bei dem Anblick meines *Smallville*-Posters mit Tom Welling in einem Maisfeld mit dem roten Superman-S auf dem nackten Oberkörper einen Schrei aus und sagt:
»Amélie!!! Weiß deine Mutter, dass du dir nackte Jungs ins Zimmer hängst?«

Ich verdrehe die Augen. Hilfe! Ich bin in der Hölle!

Dienstag, 4. Juli

Ich frühstücke. Draußen ist es schön. Sybil scheint sich in ihrer neuen Umgebung wohlzufühlen und streift meiner Großmutter um die Beine, die ihr ein Schälchen Milch hinstellt. Dann setzt sich meine Großmutter zu mir und fragt mich, ob ich gut geschlafen habe, was mich total in Verlegenheit bringt.
Ich beschließe, die Frage zu überhören.
Sie fragt ein zweites Mal.
Ich nehme ihre Zigarettenpackung und lese ihr die Warnung vor, dass Rauchen schlecht für die Gesundheit ist.

Sie fragt ein drittes Mal.
Ich sage, dass sie eine schöne Lampe über dem Tisch hat.
Sie fragt ein viertes Mal.
Ich sage, ich habe gehört, dass es gefährlich sein kann, wenn man Katzen Milch gibt.
Meine Großmutter: »Ist alles o.k. bei dir, Amélie?«
Ich: »Das sage ich nur wegen Sybil …«
Meine Großmutter: »Du hast also nicht gut geschlafen, mein großes Mädchen? Du kannst es ruhig sagen, wir können alles so einrichten, dass es für dich bequem ist.«
Ich: »Das ist es nicht! Es ist nur … Ich mag es nicht, wenn man mir diese Frage stellt. Das ist alles.«
Meine Großmutter: »Warum?«
Ich: »Weil ich keine Lust habe, vierunddreißig Millionen Mal in meinem Leben darauf zu antworten. Was bringt das? Warum sollen wir den anderen erzählen, wie wir geschlafen haben? Weißt du denn, wie du geschlafen hast? Was soll das heißen, ›gut schlafen‹? Was ist der Unterschied zu ›schlecht schlafen‹? Ich schlafe ein und habe keine Ahnung, wie mein Schlaf ist. Was ist der Schlaf? Hmm? Das ist ein Zustand, über den man nichts weiß. Wie fällt man hinein? Wie wacht man auf? Weißt du, das ist echt komisch. Woher soll man also wissen, ob man gut geschlafen hat? Gut geschlafen … im Vergleich zu was? Wenn du mir eine präzise Frage stellst, etwa: ›War das Kissen bequem?‹, dann könnte ich antworten: ›Ich mag lieber Kunstfasern statt Daunen.‹ Und wenn du fragst: ›War dir heute Nacht kalt?‹, könnte ich sagen: ›Ja.‹ Das ist präzise. Aber ob ich gut oder schlecht ge-

schlafen habe – keine Ahnung! Das ist eine falsche Frage und die Leute wollen nur, dass man darauf mit ›Ja‹ antwortet.«

Sybil springt meiner Großmutter auf den Schoß, und die krault ihr den Nacken und sagt:
»Du hast aber ein komisches Frauchen, du, hmm? Aber ja! Aber ja! Du hast eine süße kleine Nase, du! Eine süße kleine Nase! Eine süße süße süße kleine Nase! Ach, was bist du süß-süß-süß! Ach, was bist du süß!«

Ich glaube, sie ist senil.

21:13

Was ich heute getan habe:
– Ein paar Zeitschriften gelesen.
– Alle möglichen Tests aus der *Miss* gemacht (bis auf die, die etwas mit Liebe zu tun haben).
Dabei habe ich erfahren, dass ich keine gute Shopperin bin, dass mein Totemtier der Biber ist (das hat mich enttäuscht, der Panther wäre mir lieber gewesen), dass ich kein Outdoor-Typ bin (was für eine Überraschung!), dass ich mich ziemlich gut mit Filmen und Fernsehsendungen auskenne, dass meine Haare zeigen, dass ich eine klassische Persönlichkeit habe (rebellisch wäre mir lieber gewesen), und dass ich ein Partygirl bin (bei den Antworten habe ich etwas geschummelt, albern, ich weiß).
– Sybils Kacke aus dem Katzenklo geholt.

- Die Frage meiner Großmutter beantwortet, was ich essen will (Spaghetti).
- Fotos von meiner Mutter, Kat und Tommy angeschaut.
- Sybil gestreichelt.
- Mangas gelesen.
- Däumchen gedreht, um herauszufinden, ob der Ausdruck zutreffend ist für Momente, in denen man nichts zu tun hat (nicht schlecht, das geht einem ziemlich schnell auf die Nerven …).
- Noch mehr Zeitschriften gelesen (von meiner Großmutter, darin habe ich viel über die Wechseljahre gelernt, jetzt weiß ich genau, was ich zu tun habe, wenn es bei mir so weit ist).
- Sybil in den Arm genommen, aber die wollte unbedingt auf den Boden.
- Mario Kart gespielt (ich glaube, von dem Spiel habe ich genug).
- Meine Kleidung nach Farben sortiert (darf ich auf keinen Fall meiner Mutter sagen, sonst schlägt sie noch vor, dass ich das auch zu Hause mache).
- Den Kalender meiner Großmutter angeguckt, auf dem Landschaftsfotos von Québec sind (Mai und Oktober gefallen mir am besten).
- Einen Kakao getrunken (ich habe das Kakaopulver nicht richtig verrührt, daher konnte ich es wie eine Art Schokocreme essen, als nur noch ganz wenig Milch im Glas war. Mmmmmh, sehr gut).
- Das ganze Haus besichtigt.

- Ans Telefon gegangen (es war Monique, die Nachbarin meiner Großmutter).
- Etwas enttäuscht gewesen, dass meine Mutter sich nicht gemeldet hat.
- Am Flieder gerochen (wovon ich niesen musste).
- Meiner Großmutter beim Abwasch geholfen (ohne Spülmittel).
- Noch mehr Zeitschriften gelesen (vor allem die Abo-Konditionen, weil ich wirklich *alles* gelesen habe).
- Dem Ticken der Uhr zugehört.
- Noch mal ans Telefon gegangen, dieses Mal war es meine Mutter, die mir sagen wollte, dass sie gut im Hotel angekommen waren und dass sie sich jetzt schlafen legen würde, weil sie einen »Jet Set« habe (sie hat wirklich »Jet Set« gesagt). Dann hat sie sich lachend korrigiert: »Jet Lag, meine ich«, und dann habe ich gesagt: »Sprich doch Französisch, das ist leichter!« Da hat sie mit einem überdrehten Lachen gesagt, dass sie unter der Zeitverschiebung leide, und im Hintergrund hörte ich François Blais lachen. Ich habe ihr mit zusammengebissenen Zähnen gesagt, es wäre ja ganz toll, dass sie so einen Spaß hat. (Ganz ehrlich, mein Knurren ist eher das eines Panthers als das eines Bibers. Ein Biber knurrt gar nicht, glaube ich, allerdings kenne ich mich mit Bibern, auch wenn er laut der *Miss* mein Totemtier ist, nicht wirklich aus.)
- Überlegt, ob ich eine Kochzeitschrift abonnieren soll (die Prämie war ein Luxus-Schokoladensortiment. LUXUS!!!).

- Meine Unterschrift geübt.
- Meine Mails gelesen (Tommy hat mir geschrieben und ein witziges YouTube-Video geschickt).
- Im Internet mit den Fans von Jesse McCartney gechattet.
- *One Tree Hill* geguckt, eine Wiederholung (kann ich nicht oft genug gucken).
- Noch einmal Mario Kart gespielt, obwohl ich das Spiel schon nicht mehr sehen konnte.
- Festgestellt, dass meine Unterschrift am besten ist, wenn ich das ›e‹ am Ende von Amélie in einem Halbkreis weiterführe, der in einem Sternchen auf dem ›i‹ endet.
- Vom Ticken der Uhr genervt gewesen.
- Sybil gestreichelt, und dieses Mal hat sie mich gewähren lassen (ich hatte sie mit Milch bestochen, der Trick meiner Großmutter).
- Meine Fingernägel gefeilt (über den Tag verteilt, nach Bedarf).
- Ins Bett gegangen (endliiiiiiiich! Einen Tag rumgekriegt).

Mittwoch 5. Juli

Meine Mutter hat mir geraten, ich solle ein bisschen die Gegend erkunden, um Freunde zu finden. Und meine Großmutter hat mir gesagt, wo die jungen Leute abhängen. Gar nicht weit von hier, in einem Park hinter der Kirche, direkt bei ihr gegenüber.

16:15

Im Augenblick ist kein Mensch im Park. Ich setze mich auf eine Schaukel und warte. Keine Ahnung, was ich sagen soll, falls wirklich jemand in meinem Alter hier aufkreuzt. »Hallo, ich heiße Amélie.« Oder »Hallo, ich bin Amélie, ich bin neu hier …« oder wie James Bond, »Hallo, Laflamme, Amélie Laflamme.«

16:17

Einfach »Hallo, ich heiße Amélie« müsste schon gehen.

16:32

Eine Mutter kommt mit einem Kleinkind. Ich schneide eine Grimasse und es lacht. Ich fühle mich in meiner Sozialkompetenz bestätigt (auch wenn ich die potenziellen Freunde in meinem Alter bestimmt nicht mit einer Grimasse begrüßen werde).

16:45
Langweilig.

16:47
So langsam wird mir schlecht von der ewigen Schaukelei (und der Hintern tut mir weh).

16:52
Immer noch keiner da.

16:53
Oh! Yes! Da kommt eine ganze Clique. Sie setzen sich auf die Schaukeln gegenüber. Ich lächele ihnen zu, da mir plötzlich ein Artikel aus der *Miss* zum Thema »Freunde finden« einfällt, in dem stand, man solle lächeln.

16:59
Da wir uns jetzt schon ein paar Minuten anschauen und lächeln, beschließe ich, zu ihnen rüberzugehen und mich vorzustellen. Eins, zwei, drei, los …
»Hallo, ich bin Amélie …«
»AMÉLIIIIEEEE, ESSEN IST FERTIG!!!!!!!!!!!«
Das ist meine Großmutter, die aus dem Fenster ruft.
Alle sehen mich an. Mein Mund öffnet sich wie von selbst und sagt: »Tja, also … tschüss.«
Und dann renne ich schnell weg, bevor sie etwas darauf erwidern können, während meine Großmutter weiter aus vollem Halse brüllt, dass ich essen kommen soll.

Vermerk an mich selbst: Im Archiv meines Lebens darf dieser Moment bei den schlimmsten einsortiert werden.

PS: Nach diesem peinlichen Auftritt werde ich das Haus meiner Großmutter für den Rest des Sommers nicht mehr verlassen. Das steht fest.

Donnerstag, 6. Juli

Ich bin eine Massenmörderin.
Und ich fühle mich megaschuldig.

Gestern habe ich eine Ameise getötet. Ich teile mir mein Zimmer hier mit allen möglichen Insekten. Es sind sogar welche darunter, die ich noch nie in meinem Leben gesehen habe. Es tut mir jedes Mal leid – sogar bei den Spinnen, wenn ich eins zerquetschen muss. Man muss dazu sagen, die Spinnen sind so groß, dass sie einen eigenen Pass brauchen! (Die Spinnen bringe ich nicht selber um, ich schreie wie am Spieß und meine Großmutter kümmert sich drum.) Tja. Und gestern habe ich neben dem Sofa im Wohnzimmer eine kleine Ameise gesehen und sie, ohne groß nachzudenken, zerdrückt. Eine halbe

Stunde später bin ich an den »Tatort« zurückgekehrt und da waren plötzlich ... eine Million Ameisen!!! (Ca. dreihundert, um genauer zu sein.) Ich habe panisch eine Flasche Putzmittel geholt und es auf die Ameisen gesprüht. Sie sind an Vergiftung gestorben (nehme ich an ... ich bin ja keine Mordexpertin!). Dann habe ich die Leichen mit Küchentüchern aufgewischt (schrecklich).

Heute Morgen waren schon wieder Ameisen neben dem Sofa. Sie haben ... die ganzen Leichen ihrer Freunde weggetragen, die ich nach dem Genozid nicht mit dem Küchentuch weggewischt hatte!!! Sie haben sie alle in eine Ecke getragen! Wie auf einen Friedhof! ABSOLUT HERZZERREISSEND!!!!!!!!!!!!!!!!! Wie soll ich jetzt die anderen umbringen???

Deshalb bin ich eine schreckliche Massenmörderin!!!!!!!!!!! Ich habe kaltblütig Ameisen hingerichtet, die mir nichts getan haben und nur ein paar Schokoladenkrümel essen wollten, die ich habe fallen lassen. Sie haben doch auch ein Recht darauf, Schokolade zu mögen!

20:00

Meine Großmutter hat eine Ameisenfalle aufgestellt. Damit wird angeblich die Ameisenkönigin getötet. Barbarisch.

PS: Ich frage mich, wie groß ein Tier sein muss, damit man nach dessen Tötung als Mörder gilt. Wenn es wirklich einen Himmel gibt, wie meine Großmutter glaubt, werde ich dann für die Ermordung von dreihundert Ameisen genauso bestraft, wie wenn ich zum Beispiel dreihundert Hunde getötet hätte? Verhält sich die Schwere der Schuld proportional zum Gewicht der Opfer?

PPS: Wenn es eine Organisation zur Verteidigung der Insektenrechte gäbe, würden die Viecher nicht irgendwann die Weltherrschaft an sich reißen? Habe ich nicht vielleicht sogar zum Ökosystem beigetragen?

PPPS: Oder zu einer Art Gleichgewicht der Natur? Vielleicht bringe ich die Verhältnisse wieder ins Lot: Ich züchte Ungeziefer in meinem Kleiderschrank und töte es dafür im Wohnzimmer meiner Großmutter (???).

Vermerk an mich selbst: AM ÖKOSYSTEM UND/ ODER AM NATÜRLICHEN GLEICHGEWICHT MITZUARBEITEN KANN ECHT TRAUMATISIEREN!!!!!!!!!!!!!!!!!!!!!!

Freitag, 7. Juli

Jeden Morgen stellt mir meine Großmutter eine neue Frage nach der vergangenen Nacht, aber nie die Frage: »Hast du gut geschlafen?«
Heute Morgen hat sie gefragt: »Hast du gemerkt, dass ich dir ein Lavendelsäckchen ins Zimmer gehängt habe, damit es gut riecht? Hast du heute Nacht gut durchgeatmet?«

Zugegeben, das ist echt ganz süß von ihr.

13:15

JUUUUHUUUUUUUUUUUU!!!!!!!! Eine Mail von Kat!!!!!!!!!!!!

An: Amélie Laflamme
Von: Katryne Demers
Betreff: News

Liebe Am!
Tut mir leid, dass ich noch nicht früher geschrieben habe, auf dem Reiterhof ist echt was los ... Na, ehrlich gesagt, ich wollte erst mal warten, bis ich was Positives erzählen kann. Hier ist es nicht ganz so, wie ich erwartet hatte, zumindest nicht, wenn

ich erwartet hatte, Spaß zu haben. Also, ich verstehe jedenfalls, wie ich es meine …

Als ich hier angekommen bin, war ich total aufgeregt. Ich habe mich noch nicht mal richtig von meinen Eltern verabschiedet. Überall waren Pferde – ich bin total ausgeflippt!

Aber weil ich fast als Letzte hier angekommen bin (nur weil Julianne unbedingt noch das Ende von *Totally Spies!* hören wollte!), habe ich nicht so ein schönes Zimmer bekommen. Alle anderen sind in einem Zweierzimmer, ich bin in einem Fünferzimmer ganz am Ende des Gangs. Als ich ankam, waren schon vier Mädchen drin. Als ich reingekommen bin, hat Emily, so eine aufgestylte Tussi, die sich gleich als Boss aufspielen muss, gesagt, sie hätten sich schon geeinigt, in welcher Reihenfolge sie rausgehen, wenn es brennt, und weil ich als Letzte gekommen bin, müsste ich auch als Letzte rausgehen!

Also, kurz gesagt, ihr Plan lautet: Wenn es ein Feuer gibt, verbrenne ich!

Und ich sage dir erst gar nicht, wie sie reagiert haben, als sie meinen Disney-Prinzessinnen-Schlafsack gesehen haben …

Außerdem müssen wir, weil der Reiterhof *La Vigie* heißt, jeden Morgen »Oh, La Vigie …« singen, zu der Melodie von diesem alten Schlager »Aux Champs Elysées« von Joe Dassin. Ich habe den GANZEN TAG diese blöde Melodie im Kopf. Das ist echt nervig.

Aber das ist noch gar nicht das Schlimmste! Das Schlimmste ist, dass ich David Desrosiers getroffen habe ... der ist nämlich auch hier! Und, du kannst es dir schon denken, es ist nicht David Desrosiers von *Simple Plan*, das wäre ja cool, sondern der Homo-Dingsda David Desrosiers, den ich am Telefon abserviert habe.

Zum Glück habe ich weder mit den Mädchen aus meinem Zimmer noch mit David Desrosiers Reitunterricht, weil die schon fortgeschritten sind.

Das Reiten an sich ist echt cool! Ich galoppiere jeden Tag auf einem Pferd durch den Wald. Am Anfang hatte ich ein bisschen Angst und bin nur ganz langsam geritten. Aber ich werde immer besser.

Als ich angekommen bin, konnte ich zwischen Englischem Sattel und Westernsattel wählen, und ich habe den Englischen genommen. Aber ich werde auf Western umsteigen, weil die Leute in der Englisch-Gruppe mir zu sehr im »Konkurrenz«-Modus sind ...

Also, jedenfalls ist es cool hier, weil ich lerne, wie man auf ein Pferd steigt und es striegelt und so.

Aber du fehlst mir ... und meine Eltern. Beinahe fehlt mir sogar meine Schwester, stell dir das mal vor!

Und du?

Ich will alles wissen, was du erlebt hast!

Deine beste Freundin 4ever
Kat
xxx

14:54

An: Katryne Demers
Von: Amélie Laflamme
Betreff: Re: News

Hey Kat!
Tja ... tut mir leid, dass nicht alles so ist, wie du es dir erträumt hast!

Mir geht's ungefähr so wie dir. Nur ohne Pferde. Und ohne Rumgebitche. Und ohne David Desrosiers. Und ohne Prinzessinen-Schlafsack. Aber du fehlst mir auch und meine Mutter fehlt mir auch (Julianne allerdings nicht, muss ich zugeben, auch wenn ich gar nichts gegen sie habe).

Ich verbringe die Tage mit meiner Großmutter. Sie legt Patiencen mit ihren Karten. Sie wollte es mir auch beibringen, aber ich spiele lieber Nintendo und chatte. Und sie besteht darauf, dass ich den Leuten, die wir treffen, nicht ihr Alter verrate (als wäre es wahrscheinlich, dass ich irgendwem sage: »Hallo, ich bin Amélie. Meine Großmutter ist übrigens 72.«)

Abgesehen davon könnte man sagen, dass ich dick werde, wenn ich Schokolade nur anschaue. (Allerdings habe ich absolut nichts zu tun, also schaue ich die Schokolade nicht nur an, haha!)

Ich schicke dir den Link zu einem superlustigen YouTube-Video, den Tommy mir geschickt hat, das wird dich aufheitern!

Deine best4ever-Freundin,
Amélie
xxx

Samstag, 8. Juli

Mein Zimmer bei meiner Großmutter ist im ersten Stock. Morgens ist die Sonne so stark, dass sie durch den Vorhang dringt und mich weckt. Obwohl wir erst ein paar Tage hier sind, haben Sybil und ich schon unsere kleinen Rituale. Sie schläft bei mir im Bett und steht erst auf, wenn ich auch aufstehe. Manchmal, wenn sie findet, dass ich zu lange schlafe, weckt sie mich mit kleinen Küsschen ins Gesicht. (*Süüüüüüüüüüüüüß*!)
Dann gehen wir zusammen in die Küche.

Die Treppe nach unten führt ins Wohnzimmer, das auf der Vorderseite des Hauses liegt, wo auch der Eingang ist und zwei große Fenster. Wohn- und Esszimmer sind in einem Wintergarten.
In den letzten Tagen saß meine Großmutter immer am Esstisch, wenn ich runterkam, und las ihre Zeitung oder legte Karten. Aber heute sitzt sie im Wohnzimmer am Fenster und schaut durch ein Fernglas.
Ich: »Was machst du?«
Meine Großmutter: »Du bist immer noch im Schlafanzug? Es ist schon halb elf!«
Ich: »Na ja … ich hab ja auch Ferien …«
Meine Großmutter nimmt wieder ihr Fernglas und schaut zur Kirche hinüber, wo mehrere Leute auf dem Vorplatz stehen und sich unterhalten.
Ich: »Spionierst du irgendwelche Leute aus?«
Meine Großmutter: »Samstags sind immer Hochzeiten. Ich schaue mir an, wer da heiratet … und was sie anhaben. Das ist echt *cool*!«
Ich setze mich auf einen Sessel am Fenster und schaue ebenfalls nach draußen. Anfangs nicht besonders interessiert, aber dann immer aufmerksamer, je mehr Leute vor der Kirche eintreffen.
Meine Großmutter: »Der da hinten in dem blauen Anzug, siehst du den?« (Sie hält mir zwei Sekunden lang ihr Fernglas hin und nimmt es dann wieder selbst.) »Das ist Paul-Émile Bégin. Der trägt immer dieselbe Krawatte! Ob er in die Kirche geht oder zum Angeln. Guck mal, da hängen ein paar kleine Fäden runter.« (Sie gibt mir wie-

der das Fernglas und ich schaue nach.) »Immer wenn ich ihn sehe, versuche ich rauszufinden, ob seine Krawatte nach Fisch riecht, aber er muss damit unter die Dusche gehen, weil sie nicht stinkt! Hahaha!«
Ich lasse mit dem Fernglas vor den Augen den Blick umherschweifen. Große geblümte Kleider, extravagante Hüte, Herren, die mit ihrem Kleingeld klimpern …
Ich: »Die sind ja alle bescheuert angezogen.«
Meine Großmutter: »Bescheuert? Haha. Das ist mein einziges Vergnügen im Leben, mir am Samstag die Hochzeiten anzusehen und mich über die Leute lustig zu machen! Deshalb freue ich mich immer auf den Samstag! Los, gib mir mein Fernglas zurück.«
Ich gebe es ihr und sehe weiter zu, wie die Leute in die Kirche gehen.
Meine Großmutter: »He, Amélie! Siehst du den großen Typen da hinten?«
Ich: »Wo? Den im beigen Anzug?«
Meine Großmutter: »Ja! Na, der ist doch wohl ein hübscher Junge …«
Ich: »Na ja, Junge … der ist doch mindestens 30, oder?«
Meine Großmutter: »Nicht ganz. Er ist 26. Weißt du was? Als er klein war, ist ihm im Erdbeerfeld ein Traktor über den Kopf gefahren. Er hat ein halbes Jahr im Koma gelegen. Und er ist ganz normal! Er unterrichtet sogar Mathe an der Grundschule!«
Ich: »Bäh! Mathe! Dem muss ja wirklich ein Traktor über den Kopf gefahren sein!«
Meine Großmutter: »Hahaha! Schau mal da! Das grüne

Kleid mit dem weißen Hut. Das ist seine Mutter. Sie glaubt, ihr Sohn sei ein Wunder, und ist die beste Katholikin weit und breit. In der Kirche gibt sie immer große Spenden. Dabei ist sie eine echte Elster!«

Ich: »Was meinst du damit?«

Meine Großmutter: »Oh, sie tratscht und schummelt beim Kartenspielen!«

Ich: »Häh?!?«

Meine Großmutter: »Sie glaubt, ich sei fünfundsechzig. Du sagst ihr doch nicht, wie alt ich wirklich bin, hmm? Sonst wissen es bald alle.«

Ich: »Versprochen.«

Meine Großmutter zündet sich eine Zigarette an und sagt:

»So, jetzt sind alle drin. Jetzt müssen wir eine Stunde warten, bis sie wieder rauskommen.«

11:31

Ich habe mich schnell angezogen, gefrühstückt und mich wieder in den Sessel gesetzt, um die Hochzeitsgesellschaft herauskommen zu sehen. Meine Großmutter und ich haben uns kaputtgelacht, als wir die Braut mit ihren riesigen Satin-Puffärmeln gesehen haben! Sybil hat auch aus dem Fenster geschaut, als interessiere sie sich ebenfalls dafür.

Meine Großmutter: »Letzte Woche hatte die Braut ein wirklich schickes Kleid. Das war die schönste Braut, die ich je gesehen habe!«

Ich: »Warum hat diese so riesige Ärmel genommen?«

Meine Großmutter: »Das darfst du mich nicht fragen! Wahrscheinlich hat sie noch extra eine Diät gemacht, um ins Kleid zu passen! Hahahaha! Und kein Mensch merkt es … Hahahaha! Weil die Ärmel … Hahahahaha! So dick sind! Hahahaha! Sie sieht aus wie ein großes Segelschiff! Hahaha!«

15:00

An: Amélie Laflamme
Von: France Charbonneau
Betreff: Paris

Meine liebe Zuckerpuppe!
Wie geht es dir bei deiner Großmutter?

Ich schreibe dir aus dem Hotel. Wir hatten gestern ein sehr interessantes Treffen mit ein paar eventuellen Kunden. Ich glaube, François hat sie um den Finger gewickelt.

In Paris gibt es zum Frühstück keine Eier, keinen Speck, Würstchen, Toast oder Käse. Nur Gebäck oder das berühmte Baguette (ohne Butter), das man in den Kaffee tunkt. Ich habe sogar ein typisches Klischee erlebt! Ein Kellner hat mich nicht verstanden, als ich Butter bestellen wollte. Ich musste lachen, aber er war völlig unbeeindruckt. Damit die einen hier verstehen, muss man »Butter« sehr seltsam aussprechen.

Du würdest es auch lustig finden, wenn du sehen könntest, wie viel Hundekacke hier auf der Straße liegt! Es gibt sogar Schilder, die einen Hund zeigen, dem Kacke aus dem Hintern kommt, mit einem Verbotszeichen drauf. Das fand ich so lustig, dass ich ein Foto davon gemacht habe. Ich hänge es dir an diese Mail.

Ich denke ganz viel an dich. Ich wünschte, du wärst hier, damit wir das alles zusammen sehen könnten.

In dieser Woche haben wir mehrere Termine, aber am Wochenende schauen wir uns viele Sachen an.

Viele Grüße an deine Großmutter.

Ich habe dich lieb!
Mama
xxx

15:35

An: France Charbonneau
Von: Amélie Laflamme
Betreff: Re: Paris

Hallo Mama!
Danke für das Hundekacke-Verbots-Foto, das ist echt lustig! Aber ich dachte, du fährst nach Paris, um dich kulturell zu bilden ... Deshalb finde ich es etwas komisch, dass du mir als Erstes ein Foto von einem Hundekacke-Schild schickst ... So viel dazu.

Oma und ich haben heute bei einer Hochzeit spioniert. Das war echt lustig!

Sybil gefällt es gut hier. Sie hat sogar einen Jagdinstinkt entwickelt! Sie jagt Schmetterlinge! Manchmal sitzen die Schmetterlinge oben auf der Mauer, dann hebe ich sie hoch und sie fängt sie mit den Vorderpfoten. Und guckt dabei ganz stolz! So habe ich sie noch nie gesehen!

Ich für meinen Teil mache Jagd auf Ameisen ... Ich habe eine ganze Kolonie ermordet und das tat mir dann sehr leid ...

Pass auf, dass du nicht in Hundekacke trittst und ausrutschst und dir ein Bein brichst und nicht zurückkommen kannst!

Ich habe dich auch lieb!
Amélie
xxx

PS: Bring mir bitte keinen Souvenir-Eiffelturm mit, das ist total bescheuert.

Sonntag, 9. Juli

Heute habe ich Maoam, Jelly Beans und Gummibärchen gegessen. Immer abwechselnd. Und dazu einen Zitronen-*Slush* getrunken (ich hatte Durst). Dadurch habe ich gelernt, dass man diese Mischung unbedingt vermeiden sollte.

Außerdem habe ich etwas über meine Großmutter gelernt. Meine Großmutter sagt nicht »Supermarkt«, sie sagt »Kaufhalle«. Was für ein komisches Wort! Ich habe erst mal gar nicht verstanden, wovon sie redet. ›Kaufhalle‹, wie Turnhalle … na ja.

Aber ich will eigentlich darauf hinaus, dass meine Großmutter mit mir einkaufen gehen wollte und ich plötzlich – Gott allein weiß, wie – im Gang mit den Weichspülern stand und an jedem Weichspüler geschnüffelt habe, um mir den Geruch von Nicolas ins Gedächtnis zu rufen. Ich weiß, ich weiß, ich wollte ihn vergessen. Und all die vielen Landgerüche (frische Luft, Heu, Mist, Gülle, Veilchen, Rasen, Blumen) scheinen den Effekt einer Dampfwalze auf mein Geruchsgedächtnis zu haben. Und das wollte ich ja auch. Aber, ich weiß nicht warum (Masochismus?), irgendwie stand ich plötzlich vor den Weichspülern und habe meine Nase in jede Flasche gesteckt, um Nicolas wiederzufinden (oder besser gesagt, seinen Geruch). Erfolglos.

15:03

Immer noch beim Weichspülerschnüffeln.
Meine Großmutter: »Was machst du da?«
Ich: »Äh … ich suche … einen Weichspüler aus.«
Meine Großmutter: »Bäh! So was nehme ich nicht! Ich habe gelesen, dass im Weichspüler Pheromone von Schweinen sind!«
Ich: »Pheromone … von Schweinen?????!!!!????«

19:20

Also werde ich nicht von Nicolas' Geruch angezogen, sondern vom Geruch von … Schweinen?!!!???!!!!

Aaaaaaaaaaaaaaaaaak!

19:21

Zu viel Zucker. Viel zu viel Zucker.

Vermerk an mich selbst: Den Zucker herunterschrauben.

Vermerk an mich selbst Nr. 2: Also, nicht den Zucker herunterschrauben, mit einem Schraubenzieher und so weiter, sondern den Zuckerkonsum in meiner Ernährung reduzieren.

Vermerk an mich selbst Nr. 3: Ich wiederhole: den Zucker herunterschrauben (nach der ergänzenden Erläuterung sollte es verständlich sein).

Vermerk an mich selbst Nr. 4: Unmöglich (zumindest in Bezug auf Schokolade).

PS: Ich finde meine Schwäche für Schweinehormone sehr befremdlich.

Montag, 10. Juli

Wer hätte gedacht, dass meine Großmutter die Person wäre, die mich Nicolas vergessen lässt? Hätte man mir schon früher gesagt, dass er nach Schweinen riecht, anstelle dieses ganzen »Einen verlorenen«-Mists, hätte ich ihn schon längst vergessen! Und im Augenblick kann ich sagen (auch wenn ich jetzt gerade von ihm rede), dass ich ihn schon völlig vergessen habe. Ich interessiere mich weder für Schweine noch für ihren Geruch, noch für ihre Zähne. Fertig.

Meine Großmutter war schon immer gut darin, mir schlechte Angewohnheiten abzugewöhnen. Als ich klein war, habe ich immer in der Nase gepopelt. Meine Großmutter hat mir erzählt, dass Popel eine Art Ungeziefer wären, und wenn ich sie aus meiner Nase holte (statt sie ins Taschentuch zu schnäuzen), wäre es, als würde ich klebrige Würmer anfassen. Ich habe nie wieder einen Popel angerührt! Und ich habe panische Angst vor Ungeziefer entwickelt!

14:01

Ich bin in meinem Zimmer und chatte mit Tommy. Er hat mir einen Link zu einem YouTube-Video geschickt, in dem zwei Jungs das Pokémon-Lied singen, und das hat bei mir viele Erinnerungen wachgerufen!

14:02

Meine Großmutter klopft an die Tür.
GM: »Kommst du mit spazieren?«
Ich bin jetzt ungefähr seit einer Woche hier und sie hört nicht auf, mir zu erzählen, dass auf einem Teich in der Nähe schöne Enten sind (›in der Nähe‹ ist relativ, wenn man mich fragt, am anderen Ende der Welt!). Jeden Nachmittag packt sie altes Brot ein und spaziert zu irgendwelchen Enten. Sie will immer, dass ich mitkomme, und versucht jeden Tag, mich zu überreden.
Aber im Augenblick erwarte ich Tommys Antwort auf meine Frage, ob er früher Pokémon-Karten gesammelt hat.

Ich (ohne die Augen vom Bildschirm zu nehmen): »Hmm, nein … bin gerade beschäftigt.«
Meine Großmutter geht wieder. Ich höre ein leises »Dong« und lese Tommys Antwort, es sei ihm ein bisschen peinlich, das zuzugeben, aber er habe tatsächlich Pokémon-Karten gesammelt. Ich auuuuuuch!
Ich hätte doch nicht gehen können, ohne diese spannende Antwort zu erfahren!

20:50

An: Amélie Laflamme
Von: France Charbonneau
Betreff: Verliebt in Paris

Hallo, meine süße Maus!
Ich habe mich in Paris verliebt! Es gefällt mir so gut, dass ich am liebsten hierherziehen würde! Nur die Kellner sind unfreundlich, aber wenn man sie zu nehmen weiß, geht es. Man muss einfach auch unfreundlich sein. Manchmal ist allerdings auch ein netter dabei und dann tut es mir leid, wenn ich ihn angeschnauzt habe.

Das Einzige, was mir hier fehlt, ist Scheiblettenkäse. Nach ein paar Tagen mit Croissants und Gebäck mit Marmelade zum Frühstück träume ich von Scheiblettenkäse. Ich denke die ganze Zeit daran! François macht sich über mich lustig, weil wir im Land des Käses sind und ich mit meinem Scheiblettenkäse nicht so wahnsinnig kultiviert bin!

Ich hatte nach deiner letzten Mail den Eindruck, dass du dich bei deiner Großmutter ganz gut unterhältst, und das freut mich. Sie hat mir immer gesagt, wie sehr sie dich vermisst, und ich hatte nicht immer genug Zeit, um sie so oft zu besuchen, wie sie es sich wünschte. Also umso besser, dass ihr euch gut versteht, da bin ich erleichtert.

Heute war ich allein im Louvre, während François bei einem Meeting war. Ich habe dort viele tolle Bilder gesehen! Ich hatte ein richtiges Kribbeln im Bauch, weil hier so viele Meisterwerke hängen und so viel Geschichte zu spüren ist. Leider konnte ich keine Fotos machen, weil das verboten ist.

Wir besichtigen schon viele der Touri-Attraktionen, aber oft streifen François und ich auch einfach nur Hand in Hand durch die Straßen und bewundern die Häuser.

Falls du dich das fragen solltest, wir waren noch nicht beim Eiffelturm ... Ich habe François also noch nicht gesagt, dass ich ihn liebe. Ich glaube, dass wir beide jeden gemeinsamen Augenblick genießen und beide dasselbe fühlen, ohne dass wir uns trauen, darüber zu reden. Jeder Augenblick ist wunderschön, aber irgendwas hält uns zurück, diesen Schritt zu tun. Ich werde dich jedenfalls auf dem Laufenden halten ...

Ich wünsche mir so, du könntest hier sein! Ich denke immerzu an dich! Schick mir weiter viele Mails. Dann habe ich das

Gefühl, dass ich ganz nah bei dir bin, auch wenn ich am anderen Ende der Welt bin.

Mama

xxx

Dienstag, 11. Juli

Ich weiß nicht, was ich ohne Schokolade machen würde.

Ich würde ja auch Kekse essen, aber meine Großmutter steckt alle Kekse immer gleich in ein Keksglas, und dann werden sie weich und schmecken alle gleich. Ein bisschen eklig.

Eine existenzielle Frage: Ich habe Kat und Tommy geschrieben und beide sagen, dass ihre Großmütter ihre Kekse auch in Keksgläser stecken. Ich frage mich, warum. Am Ende schmecken sie doch wirklich alle gleich. Warum also müssen die Großmütter dieser Welt Kekse in Gläser stecken, obwohl die Keksfabriken jede Menge Geld in die Entwicklung und Herstellung schöner Tüten stecken, die die Frische und den Geschmack bewahren?

Wenn die Großmütter wollen, dass ihre Kekse alle gleich schmecken, müssen sie doch nur einfach *eine* Sorte Kekse kaufen. Tsss!

Mittwoch, 12. Juli

An: Katryne Demers
Von: Amélie Laflamme
Betreff: Re: Western-Sattel

Hallo Kat!
Freut mich, dass du in die Western-Sattel-Gruppe wechseln konntest, wie du es dir gewünscht hast. Danke für das Foto. Als du vom Western-Sattel gesprochen hast, habe ich mir vorgestellt, dass du wie ein Cowgirl angezogen bist … Ich bin also froh zu sehen, dass du deinen üblichen Look beibehalten hast (hihi!). Das Pferd ist echt schön! ;-)

Am
xxx

14:10

An: Amélie Laflamme
Von: Katryne Demers
Betreff: Re: Re: Re: Re: Western-Sattel

Hey Am!
Ich brauche unbedingt deine Meinung!!!!!!!
Ich muss eine sehr, sehr wichtige Entscheidung treffen und bin total durcheinander! Die beiden Optionen sind ganz unterschiedlich, aber beide sind echt cool und haben ihre Vorzüge.

Ich weiß, dass das jetzt viel verlangt ist und du keine Expertin darin bist, aber falls du irgendein Gefühl hast, sag es mir.

Jedenfalls ... schreib schnell zurück!!!!!!!

Kat
xxx

14:16

An: Katryne Demers
Von: Amélie Laflamme
Betreff: Re: Re: Re: Re: Re: Western-Sattel

Hmm ... Hmm ... Hmm ... Das sind echt nicht viele Informationen, um dir zu helfen ... Also, ich sage mal, ganz ohne Infos und ohne Umschweife (bis auf das Hmm ... Hmm ... Hmm), dich für den Typen zu entscheiden, den du lieber magst!

Ham hat dich schon einmal sitzen gelassen und das hat dich sehr traurig gemacht und vielleicht auch deinen Stolz verletzt, also weiß ich nicht, ob es gut wäre, wieder was mit ihm anzufangen. Was David Desrosiers angeht, o.k., der kommt mir etwas jung vor (vor allem charakterlich), aber ihr habt die gleiche Leidenschaft ... und er ist das Homonym deines Idols, also ... hat er mehrere Qualitäten.
Erzähl mir alles!

Amélie
xxx

Donnerstag, 13. Juli

An: Amélie Laflamme
Von: Katryne Demers
Betreff: Re: Re: Re: Re: Re: Western-Sattel

UAHAHAHAHAHAHAHAHA! Das hatte doch gar nichts mit Typen zu tun! Hast du nicht gesehen, dass ich an die Mail zwei

Fotos von Pferden angehängt hatte? Ich musste mir eins für ein Turnier aussuchen. Außerdem habe ich dir am Ende der Mail die Vorzüge jedes einzelnen beschrieben ...

Na ja, jedenfalls habe ich mich dann für Roscoe entschieden und wir haben gewonnen!!!! Aber ein Mädchen aus meiner Gruppe hat gesagt, sie hätte mich nur aus Mitleid gewinnen lassen ... Also, keine Ahnung, was ich davon halten soll. Aber so schlecht bin ich nicht. Ich werde immer besser ...

Es gibt hier ein paar Leute, die ein eigenes Pferd haben und sich deshalb für was Besseres halten. Als wären sie toller als Leute, die kein eigenes Pferd haben. Ich habe meine Mutter angerufen und es ihr gesagt, aber sie will mir trotzdem keins kaufen. Sie hat gesagt, der Reiterhof ist schon teuer genug und ich soll mich über das freuen, was ich habe.

Das ist das erste Mal in meinem Leben, dass mir meine Familie so fehlt ... Aber das sage ich meiner Mutter nicht, wenn wir telefonieren, weil ich weiß, dass sie viel Geld für mich bezahlt hat und ich sie nicht enttäuschen will.

David Desrosiers (der Homo-Dingsda) kann echt gut reiten und bringt mir alle möglichen Tricks bei. Es tut mir ein bisschen leid, dass ich ihn so fies habe abblitzen lassen. Das war echt nicht nett von mir ... ich habe vielleicht zu schnell über ihn geurteilt. ABER ICH BIN DOCH NICHT IN IHN VERKNALLT! WIE BIST DU DENN BITTE DARAUF GEKOMMEN? Und Ham? Hmm ... Ich weiß nicht, was ich sagen soll ... es war jedenfalls cool, ihn auf der Party wiederzusehen! Aber zumindest hier verstehe ich mich mit den Pferden besser als mit den Typen! :-))))

Kat

xxx

PS: Vielleicht sollten wir mal den Betreff der Mail ändern, findest du nicht?

Freitag, 14. Juli

Ich wollte gerade Kat schreiben, als meine Großmutter in mein Zimmer kam (mit Anklopfen, in der Hinsicht ist sie cool).

GM: »Amélie, komm mit nach draußen! Es ist so schönes Wetter! Komm mit mir zu den schönen Enten!«

Sie und ihre Enten: Was soll das bloß?!?

Ich: »Meine Freunde warten auf meine Antwort …«

GM: »Dann lass sie warten! Du siehst sie doch das ganze Jahr! Es ist schön draußen! Komm mit spazieren! Du kannst doch nicht den ganzen Sommer hier drin am Computer hocken!«

Ich: »Ich schreibe Mails … das ist wichtig!«

GM: »Komm mit mir raus! Draußen scheint die Sonne und du bist ganz blass! Außerdem habe ich eine tolle Überraschung für dich! Na los, komm! Sonst backe ich dir keine Pfannkuchen mehr!«
Ich (total resigniert): »Na gut, na gut …«
Die Drohung mit den Pfannkuchen ist echt fies!

14:31
Wir laufen schon eine halbe Stunde und der See ist noch nicht mal in Sicht! Meine Großmutter atmet tief ein und aus und sagt pausenlos, wie gut das tut, an der frischen Luft zu sein (dabei raucht sie: nicht gerade logisch …). Was mich angeht: Ich finde, die frische Luft stinkt nach Kuh … um nicht zu sagen, nach Schwein. Aber seit ich weiß, dass ich den Geruch von Schweinen liebe, denke ich, dass es wohl eher der Geruch von Kühen ist, der mich stört …
GM: »Ach, ist das Leben schön, was? Wir haben Glück, dass wir hier sind! Sieh dir diese schöne Landschaft an. Das ist doch *cool*, oder?«
Ich: »Hmm ja … gibt Schlimmeres.«
Ich kann einfach nicht glauben, dass sie es cool findet, hier langzulatschen. Wir haben nicht die gleiche Vorstellung von »cool«.
Ich: »Wo ist die Überraschung?«
GM: »Du wirst sehen!«

Eine Ewigkeit später (genauer gesagt, um 14:40)
Wir erreichen den See.

Meine Großmutter wirft Brotkrumen ins Wasser, während ich mit den Händen in den Taschen meiner Shorts nach unten gucke und gegen Kieselsteine kicke.
GM: »Schau mal, Amélie! Das wollte ich dir zeigen! Süß, oder?«
Ich sehe aus dem Augenwinkel, wie sich eine Ente nähert.
Ich: »Mmh ja … der Weg hat sich gelohnt.«
Und gucke weiter zu Boden
GM (wirft immer noch Brotkrumen): »Schau mal genauer hin! Piep piep piep piep!«
Ich sehe mich peinlich berührt um, ob mich jemand mit ihr sieht, während sie die Enten nicht mit Entenlauten, sondern mit »piep piep piep« lockt (es wäre mir aber auch peinlich, wenn sie stattdessen »quak quak« machen würde). Dann werfe ich einen kurzen Blick auf den See und sehe, dass hinter der Ente, die ich eben gesehen habe, sechs kleine Baby-Enten schwimmen, die suuuuuuuuuuuupeeeeeeeeersüüüüüüüüüüüüüüüüß sind!!!!!!!!! Ganz winzig klein!!!!!
Ich: »Ohhhhhhhhhhh! Die sind ja superniedlich!!!!!!!!!!!!«
GM: »Ich wusste doch, dass sie dir gefallen!«

Samstag, 15. Juli

An: Katryne Demers
Von: Amélie Laflamme
Betreff: Neuer Titel ;-)

Hallo Kat!
Tut mir leid, dass ich mich so im Thema verschätzt habe! Und herzlichen Glückwunsch zu deinem Sieg! Diese Bitch, die dich angeblich hat gewinnen lassen, ist nur neidisch!

Das war's auch schon. Meine Großmutter wartet auf mich. Wir spionieren bei einer Hochzeit. (Wir machen uns über die Leute und ihre Klamotten lustig!) Danach füttern wir die Entenbabys!

Bis später,
Amélie
xxx

Sonntag, 16. Juli

Morgen habe ich Geburtstag. Ich bin irgendwie … down. Keine Ahnung, warum. Vielleicht, weil ich an Nicolas denken muss. (Schweinewitze strengstens untersagt.)

Ich glaube, meine Großmutter hat was gemerkt (nicht, dass ich ein Faible für Schweinegeruch habe, sondern dass ich ein bisschen niedergeschlagen bin), weil sie mir pausenlos Witze erzählt. Vielleicht will sie mich damit aufheitern. Das Problem ist, dass sie eeeeeeeeeewig lang braucht, um einen Witz zu erzählen.
Diesen Witz hat sie mir heute erzählt, mit völlig unnötigen Details:
»Also, der Witz spielt an einem Flughafen. Du weißt ja, an einem Flughafen ist viel los, ein einziges Gewimmel! Ich frage mich, ob deine Mutter sich da zurechtgefunden hat, es wurde viel umgebaut, seit ich das letzte Mal da war … na, egal. Also, da sind jede Menge Leute, die auf ihr Flugzeug warten. Da kommen zwei Piloten. Piloten sind immer gut angezogen, was? Hast du den Film *Catch me if you can* gesehen? Mit dem hübschen Leonardo DiCaprio? Den findest du doch auch süß, oder? Du hast zwar kein Foto von ihm in Badehose in deinem Zimmer,

aber hässlich ist er nicht.« (Ich, in meinem Kopf: »Seufz.«) »Also jedenfalls, zwei hübsche Piloten kommen, so gut angezogen wie Leonardo DiCaprio. Die beiden gut angezogenen Piloten haben einen Blindenhund und einen Blindenstock dabei. Sie sind nämlich blind! Da kriegen die Leute Panik. Man fühlt sich im Flugzeug ja sowieso schon nicht so sicher und ist gestresst. Die armen Passagiere fragen sich, was sie machen sollen. Sollen sie mitfliegen oder nicht? Vielleicht fliegen sie in den Süden. Sie wollen ja nicht ihren Urlaub sausen lassen. Es ist nämlich ganz schön teuer, in den Süden zu fliegen! Neulich habe ich dazu was in der Zeitung gelesen … du liebe Güte! Da gibt es Fluggesellschaften, die sich auf Kosten der armen Leute eine goldene Nase verdienen! Also, das Flugzeug soll gleich abfliegen. Es fängt schon an zu rollen. Es rollt und rollt und rollt. Die Leute sagen sich, dass das bestimmt ein Witz ist, die Piloten können doch nicht blind sein. Aber das Flugzeug rollt immer weiter … geradewegs auf einen See zu!!! So wie unser See mit den süßen Enten.« (Sie zwinkert mir zu.) »Alle fangen an zu schreien. Da steigt das Flugzeug in die Luft, gerade noch rechtzeitig, damit es nicht im See landet. Und da sagt der eine Pilot zum anderen: ›Wenn sie irgendwann mal nicht schreien, landen wir im See!‹ Und dann stellen sie für den Rest des Flugs auf Autopilot! Der war gut, was?«

Zum Glück beendet sie jeden ihrer Witze mit den Worten »Der war gut, was?«, was für mich das Signal zum Lachen ist.

Vermerk an mich selbst: Ich glaube, ich kenne jetzt die genetische Ursache, warum ich immer so schlechte Referate halte …

Montag, 17. Juli

An: Amélie Laflamme
Von: Katryne Demers
Betreff: Happy Birthday!!!!!!!!!!!!!!!

Liebe Am!
Ich wünsche dir … alles, was du dir wünschst! (Hihi! Ok, das ist eine Wiederholung, aber ich bin halt nicht so gut in Französisch wie du.) Jetzt sind wir wieder gleich alt.
Du bist meine beste Freundin, 4ever!

Kat
XXX

PS: Gestern habe ich den Prinzessinnen auf meinem Schlafsack Schnurrbärte gemalt und plötzlich fand Emily mich cool. Ich finde sie immer noch blöd, aber wenigstens bin ich jetzt etwas beliebter!

10:45

An: Amélie Laflamme
Von: Tommy Durocher
Betreff: Alles Gute, Laf!

http://www.youtube.com/watch?v=JZC7Hng4AWc

Tommy
xx

10:47

An: Amélie Laflamme
Von: France Charbonneau
Betreff: Herzlichen Glückwunsch!

Mein liebes großes Mädchen!

Alles Gute zum Geburtstag!

Ich wünsche dir zu deinem fünfzehnten Geburtstag, dass du alles erreichst, was du dir vornimmst. Ich weiß, dass du ein anstrengendes Jahr mit vielen schwierigen Momenten hinter dir hast, aber mit einem Geburtstag beginnt eine neue Zeitrechnung! Und ich bin überzeugt, dass dies ein schönes Jahr für dich wird!

Ich wünsche dir, dass du weiter so stark bleibst.

Ich habe dich sehr lieb,

Mama

xxx

PS: Ich rufe dich später an.

Hmm … ich weiß nicht, ob ich mich über die Mail meiner Mutter freuen oder ärgern soll.

Mittags

Meine Großmutter hat Pfannkuchen für mich gebacken!!!!!!! JUHUUUU!!!!!!!! DIE BESTEN PFANNKUCHEN IM UNIVERSUM!!!!!!!!

15:00

Ich liege auf einem Liegestuhl im Garten, während meine Großmutter auf der Terrasse ihren Grill inspiziert. Als ich gerade an einer total spannenden Stelle in meinem Manga bin, stellt sie fest, dass die Bürste, mit der sie immer den Grill putzt, keine Borsten mehr hat.

Meine Großmutter: »Amélie!!!! Könntest du zur Eisenwarenhandlung gehen und mir eine neue Bürste kaufen? Die hier taugt nichts mehr und ich würde dir heute Abend gerne ein paar schöne Spieße zum Geburtstag grillen.«

Keine Ahnung, warum sie »neu« dazu sagt, denn wenn man was im Geschäft kauft, ist ja wohl klar, dass es »neu« ist.

Und außerdem habe ich keine Ahnung, warum ich schon wieder der Sklave von jemandem bin. Zu Hause bin ich der Sklave meiner Mutter, hier bin ich der Sklave meiner Großmutter!

15:01

Als ich gerade loswill, klingelt das Telefon.
Vorerst gerettet.
Ich sage »Ja, hallo?« in einem leidenden Ton, damit die Person am anderen Ende der Leitung (von der ich hoffe, dass sie meine Mutter ist) mein trauriges Schicksal errät: dass ich bei einer schwerhörigen Kettenraucherin, Kartenspielerin und Entenliebhaberin wohne, die sich weigert, der Öffentlichkeit ihr wahres Alter zu verraten (das man ihr ohnehin ansieht, wenn man mich fragt), die darauf spezialisiert ist, mich lächerlich zu machen, und mich selbst an meinem Geburtstag zu ihrem Sklaven macht, während meine Mutter sich in Frankreich die Sonne auf den Bauch scheinen lässt. Ich würde am liebsten schreien: »Ich bin hier eingesperrt!!!!!« Aber na ja. Ich halte mich zurück. Der Anruf ist für meine Großmutter. Es ist Monique, die sie für heute Abend zum Kartenspielen einlädt. Meine Großmutter lehnt ab, weil heute der Geburtstag ihrer Enkelin ist (also meiner). Und da fühle ich mich plötzlich schlecht wegen meiner vorherigen Gedanken …

15:15

Ich gehe grummelnd zur Eisenwarenhandlung und versetze jedem Kieselstein auf dem Weg einen Fußtritt (derzeit meine Lieblingsbeschäftigung).

Ich habe Geburtstag und trotzdem muss ich Botengänge machen, obwohl ich das hasse!

Ich habe Geburtstag und es gibt Fleischspieße, dabei ist das Einzige, was ich an Fleischspießen mag, der Schokoladenkuchen, der danach kommt.

15:17

In der Eisenwarenhandlung.

Ich suche nach einer Bürste, mit der man den Grill reinigen kann, aber ich finde nichts.

Während ich einen Duschvorhang mit *Arielle, der Meerjungfrau* anschaue, tippt mir jemand auf die Schulter.

Ich drehe mich um und sehe Nicolas!

Eine Sekunde später stelle ich fest, dass es gar nicht Nicolas ist, sondern ein mir unbekannter Junge, etwa in meinem Alter, der sagt:

»Hey, yo, was geht!«

Und ich antworte mit den folgenden Worten:

»Abala, abala, abala …«

Schade, eigentlich hätte ich gerne etwas Intelligenteres gesagt. Zum Beispiel was mit echten Worten, die in einem französischen Wörterbuch stehen. Meinetwegen auch in einem englischen. Oder spanischen, wenn wir schon dabei sind. Aber ich war ein bisschen durcheinander, nach meiner Nicolas-Halluzination.

Komisch. Er sagt »Yo, was geht!«, aber er hat gar nichts von den Typen, die sonst »Yo, was geht!« sagen.
Er hat halblange blonde, lockige Haare und braune Augen. Er trägt weite Jeans, aber nicht so weit wie die »Yo, was geht«-Typen, ein weißes T-Shirt und eine dunkelblaue Schürze mit dem Logo der Eisenwarenhandlung.
Ich weiß nicht, ob ich jetzt auch »Yo!« sagen soll. Diesen Ausdruck habe ich schon mal im Spiegel geübt, und wenn ich »Yo« sage, kann mein Mund seltsamerweise nicht bei »o« stehen bleiben. Er geht zurück in seine Ausgangsposition und dazu muss er ein »a« formen. Das klingt dann also wie »Yo…aaa«. Und ich kann doch nicht sagen: »Hey, yoa!« Niemand sagt das. Wenn ich drüber nachdenke, sollte ich lieber überhaupt nichts sagen, was auf »o« endet, wenn mein Mund nicht in der Lage ist, den Laut richtig auszusprechen. Ich sage am besten nur Wörter, die auf »a« enden.
Jetzt schnell nachdenken. Irgendwas sagen. Schnell!
Ich könnte es wie die Leute auf Hawaii machen, die sagen: »Aloha!« Das könnte wie ein neuer cooler Ausdruck klingen. Außerdem klingt das nach Sommer. Und dann würde ich vielleicht nicht mehr ganz so wie ein Mensch wirken, der Wörter aus einem Wörterbuch sagt, das nicht existiert. Schnell jetzt!
Ich: »Alohaaaaa!«
Bescheuert.
Er lächelt, man könnte sagen, perplex, als käme ich von einem anderen Planeten und spräche eine für Menschen unverständliche Sprache.

Ich: »Das war ein Witz!«
Ich bewege die Arme in einer Art Hawaii-Tanz, um mein »Aloha« zu untermalen.
Er sieht mich immer noch perplex an.
Ich hab's vermasselt.
Ich (beende meinen Tanz): »Ähm … vergiss es. Also, ich bräuchte einen Spezialisten, ich möchte mich erkundigen …«
Er: »Ich arbeite hier, ich kann dir helfen.«
Ich: »Ja, aber ich suche jemanden mit etwas *Erfahrung*.«
Er: »Das Geschäft gehört meinem Vater, ich kenne mich ganz gut aus.«
Ich: »Ich brauche eine Bürste, mit der man den Grill reinigen kann. Für meine Großmutter.«
Er: »Willst du auch den Arielle-Duschvorhang?«
Ich: »Äh … nein! Haha! Ich stand nur … rein zufällig davor.«
Er: »Na klar! Die Grillbürsten sind da drüben.«
Er streicht sich die Haare hinters Ohr und hüpft zur Grillecke (den Eindruck habe ich zumindest, aber vermutlich hüpft er nicht wirklich, sondern meine Augen spielen mir noch immer einen Streich. Vermerk an mich selbst: Augenarzt konsultieren).
Er gibt mir eine Bürste, die ich skeptisch betrachte.
Ich: »Damit soll man die Bakterien abtöten?«
Er: »Erst lässt man den Grill ein paar Minuten heiß werden und dann putzt man ihn mit der Bürste. Du wirst sehen, wenn er heiß ist, geht das ganz leicht. Und die Bakterien sterben durch die Hitze.«

Ich: »Wooooow! Du kennst dich aber gut aus mit Grillbürsten!«

Oh Mann! Was rede ich für einen Müll?

Er: »Die Kasse ist da vorne.«

Ich: »Warum sagst du das?«

Er: »Äh … die Bürste gibt's nicht umsonst.«

Ich: »Ach so … ja«, (ich schüttele die Bürste und zeige darauf) »das stimmt.«

Ich steuere auf die Kasse zu und er sagt:

»Bist du neu hier in der Gegend?«

Fragt er mich das, a) weil er mich blöd findet, b) weil ich nicht kapiert habe, warum er mir sagt, wo die Kasse ist, oder c) weil er mich noch nie vorher gesehen hat?

Ich: »Ähm … nein. Also … doch. Also … es ist so …«

Er: »Du musst nicht antworten, wenn es topsecret ist.«

Ich: »Haha! Es ist nicht topsecret.« (Oh Gott! Der muss mich für total bescheuert halten!) »Es ist nur … ich bin den Sommer über bei meiner Großmutter. Laflamme. Das ist ihr Name. Nachname. Ihr Vorname ist Simone. Simone Laflamme. Das ist meine Großmutter. Kennst du sie?«

Liebe 11 Uhr 11 (egal in welchem Erdteil),
lass mich ein Maulwurf werden, damit ich mich unter der Erde verkriechen kann. Je schneller, desto besser. Danke.

Er: »Ja, ich mähe manchmal für sie den Rasen.«

Ich: »Aha.«

Er: »Schön, dass sie beschlossen hat, doch mal eine neue

Grillbürste zu kaufen. Ich habe ihr schon vor einer Ewigkeit gesagt, dass ihre nichts mehr taugt.«
Ich: »Ich heiße …«
Er: »Amélie.«
Ich: »Woher weißt du das?«
Er: »War ja nicht zu überhören: ›Amélie, Essen ist fertig!!!‹ Ich bin Gabriel.«
In manchen Momenten wäre es wirklich praktisch, wenn man sich unsichtbar machen könnte.
Ich: »Äh … ach so.«
Er: »Das war echt lustig. Ganz schön peinlich.«
Ich: »Aber echt!«
Er: »Großeltern!«
Ich: »Mhmm …«
Er: »O.k., also … Amélie, nach dem Essen gehen wir alle zusammen bei Mathieu baden. Hast du Lust mitzukommen?«
Das sagt er, als müsste ich »Mathieu« kennen.
Ich: »Äh … also … ich habe heute schon was vor. Mit meiner Großmutter. Ich hab heute Geburtstag. Außerdem gehe ich nicht so gerne baden, ich muss mich immer ewig überwinden, ins Wasser zu gehen …«
Er: »O.k. Dann bis zum nächsten Mal. Schönen Geburtstag!«

17:15

Ich schrubbe den Grill mit der neuen Bürste.
»Ich muss mich immer ewig überwinden, ins Wasser zu gehen …« OH MANN, BIN ICH BLÖD!!!!!!!!!!!!!!!!!!

Donnerstag, 20. Juli

An: Katryne Demers
Von: Amélie Laflamme
Betreff: Mein Geburtstag und anderes ...

Hallo Kat!
Tut mir leid, dass ich jetzt erst zurückschreibe. Ich hatte total viel zu tun!
Erst habe ich meinen Geburtstag mit meiner Großmutter gefeiert. Sie hat einen suuuuuuuuuperleckeren Schokoladenkuchen gebacken. Es war gar nicht so schlimm, wie ich dachte (nicht der Kuchen, sondern ohne euch Geburtstag feiern zu müssen ...). Und dann haben wir in Decken gekuschelt in ihrem Garten gelegen und die Sterne angeguckt. Ich habe mir ein paar Sachen gewünscht (auch wenn ich ehrlich gesagt keine Sternschnuppen gesehen habe ...). Meine Großmutter scheint echt froh zu sein, dass ich da bin. Eigentlich ist es ganz schön mit ihr.
Um deine Frage zu beantworten, ich hätte auch nie gedacht, dass ich mal ein Fan von Entenbabys werden würde. Aber das war, bevor ich welche in echt gesehen habe! Ganz anders als im Internet! Die sind supersüß! Sie haben winzige Schnäbel und wackeln mit den Schwänzen! Ich werde nie wieder Ente essen.

Ich habe jetzt einen Freund hier, Gab. Er ist supernett. Gestern hat er mich zu sich eingeladen und mir seine Frösche gezeigt. Er hat ein Aquarium mit drei kleinen Fröschen: Shrek, Zelda und Frodo. Die sind echt süß! Er schlägt immer alle möglichen Unternehmungen vor. Er will auch, dass ich mit zu einem seiner Freunde zum Baden komme, aber irgendwie will ich nicht vor Leuten, die ich nicht kenne, im Badeanzug rumlaufen, deshalb denke ich mir irgendwelche Ausreden aus …

Sag mal, warum heißt dein Reiterhof eigentlich *La Vigie*, »Der Ausguck«? Das hat doch nichts mit Pferden zu tun, sondern mit Schiffen!

Bis bald,
Amélie
xxx

15:20

An: Amélie Laflamme
Von: Katryne Demers
Betreff: Ich bin ein Gespenst!

Hey Am!
Ich komme gerade von einem Ausritt aus dem Wald zurück. Ich bin richtig gut geworden. Je mehr ich lerne, desto mehr Spaß macht es, schnell zu reiten. Wenn das Pferd galoppiert, ist es, als ob ich fliege!

Weil ich vor dem Ausmisten und Striegeln noch etwas Zeit habe, bin ich ins Haus gegangen, um dir eine Mail zu schreiben. Rate mal, was in der Zwischenzeit passiert ist!
Ein paar Leute haben es so eingerichtet, dass ein Typ und ich zusammen in einer Zweiergruppe sind. Ich glaube, weil er auf mich steht! Ich hätte eigentlich mit Daphne zusammen ausmisten sollen, aber die hat gesagt, sie wäre lieber mit einem anderen Mädchen zusammen, und da hat dieser Typ, Luc, gesagt, dass er in meine Gruppe kommt ... Und er ist echt süß! Wuhuuuuu!

Die Zeit vergeht so schnell! Es kommt mir so vor, als wäre ich erst gestern hier angekommen, aber seit ich hier bin, sind eine Million Sachen passiert! Ich habe in den letzten Turnieren nicht mehr gewonnen, aber ich habe mich total in Roscoe verliebt (das Pferd!), und ich glaube, das beruht auf Gegenseitigkeit, denn immer, wenn er mich sieht, verhält er sich ganz aufgeregt.

He, was ich dir noch nicht erzählt habe: Wenn mir abends im Bett langweilig ist, klopfe ich an die Wand neben meinem Bett und alle Leute auf dem Hof denken, es spukt!!!!!!! Hahahahahaahaha! Sogar die Emily-Bitch!!!!!!!!! Und ich halte das Gerücht am Leben. Ursprünglich habe ich damit angefangen, weil ich so schlecht geschlafen habe. Ich musste die ganze Zeit daran denken, dass ich bei einem Feuer verbrennen würde, weil ich nach Emilys Regeln erst als Letzte rausdarf. Und jetzt haben die anderen nachts Angst. Hihi! Ich bin ganz schön fies, was?

Du und deine Fragen! Ich habe mich noch nie gefragt, warum der Hof »Der Ausguck« heißt! Ich wäre jedenfalls froh, wenn er anders hieße, weil wir dann nicht jeden Morgen dieses blöde Lied singen müssten (und manche Leute singen es sogar, wenn sie nicht müssen).

So, und jetzt striegele ich die Pferde mit dem hübschen Luc!
Kat
xxx

PS: Mag dein neuer Freund … eigentlich Wasserrutschen? ;-)

Freitag, 21. Juli

Ich glaube, wenn man in der Stadt lebt, ist es wie Highsein, wenn man plötzlich auf dem Land ist. Das muss an der frischen Luft liegen. Man hat einen Mangel, und wenn man plötzlich so viel davon kriegt, wird man euphorisch.
Das sage ich mir jedenfalls, während ich in meinem gelben Kanu über den See paddele (und das ist jetzt nicht metaphorisch gemeint). Gabriel hat diesen Ausflug vorgeschlagen. Wir sind mit dem Mofa hierhergekommen.

Erst war meine Großmutter beunruhigt, dass ich mit einem »kleinen Bengel« (wie sie sich ausdrückt) auf einem Mofa herumfahre. Aber als sie erfahren hat, dass es der »kleine Bouchard« ist, hat sie es mir erlaubt, weil »der schon ganz vernünftig ist, der Bengel«.

Dabei ist Gabriel gar nicht »klein«. Er ist sogar ziemlich groß. Also, im Vergleich zu anderen. Im Vergleich zu mir, würde ich sagen, er hat ungefähr meine Größe.

O.k., also, heute Morgen hat Gabriel angerufen und gefragt, ob ich mit ihm Kanu fahren will. Ich bin noch nie in meinem Leben Kanu gefahren! Das habe ich ihm übrigens auch gesagt. Aber er hat gesagt, das sei nicht schlimm, weil man im Kanu nicht kentern könne usw. Und dass er mir eine schöne Ecke des Sees zeigen würde. Damit hatte er echt recht! Kanufahren ist nicht nur easy, es macht auch echt Spaß!

Gabriel will wissen, warum ich mein T-Shirt und meine Shorts anlasse, obwohl es superheiß ist und wir am See sind. Ich sage das Erste, was mir einfällt: dass ich eine Sonnenallergie habe. Und als er einwendet, dann müsste ich doch auch meine Arme und Beine verdecken, erwidere ich, ich hätte *noch* keine Sonnenallergie, aber ich *würde* eine bekommen, wenn ich mich *zu sehr* der Sonne aussetzte, nämlich wegen des Ozonlochs und so weiter.

14:10
An einer abgelegenen Ecke des Sees hören wir auf zu paddeln. Auf beiden Seiten des Wassers sind Bäume und Büsche. Es ist echt schön! Wir liegen in der Sonne, jeder in seinem Kanu, den Kopf auf der Sitzbank.
Ich liiiiiieeeeeeeeebe das Landleben!

14:12
AAAAAAHHHHHHHH!!!!!!!!!!!!!!!! GEFAHR!!!!!!!!!! DA IST EINE SPINNE! EINE SPINNE! DIREKT VOR MEINEN FÜSSEN! UND SIE KOMMT AUF MICH ZU! AHHHHHHH!!!!!!! ICH WERDE STERBEN! ICH WILL NICHT STERBEN! HILFE!!!!!!!
Ich fange wie verrückt an zu paddeln und schnappe nach Luft. Ich drehe mich im Kreis. Ich streife einen Busch UND DREI WEITERE SPINNEN FALLEN IN MEIN KANU!!!!! Ich stehe auf und hüpfe.
Ich: »Hilfe!!!!! HILFE!!!!!« (Ich fange an zu heulen und zeige auf die Spinnen.) »DA SIND DREI SPINNEN!!!!!!! ICH WERDE STERBEN!!!!!!!!!! ICH HASSE ES HIER! ICH HASSE ES, HIER ZU SEIN, WÄHREND MEINE MUTTER IN FRANKREICH IST! KAT FEHLT MIR! UND DER FREUND MEINER MUTTER IST BESCHEUERT! UND ICH HASSE KEKSE AUS DEM KEKSGLAS! SIE WERDEN WEICH UND EKLIG!!!!! UND ICH FAND ENTEN NOCH NIE GUT! UND JETZT SIND HIER AUCH NOCH SPINNEN, AAAAHH!!!«
Während meines Geschreis hallt meine Stimme wider

und Gabriel paddelt zu mir und versucht wortlos, die Spinnen mit der Hand aus meinem Kanu zu fegen.
Ich (hüpfe weiter): »ICH WILL NACH HAAUUUSE, AHHHH …«
Und plötzlich schwankt mein Kanu und PLATSCH! falle ich ins Wasser.
Gabriel springt hinterher und hilft mir, wieder ins Boot zu steigen (nachdem ich mich überzeugt habe, dass keine Spinne mehr drin ist), dann klettert er zurück in sein Kanu.
Gabriel: »Alles o.k. bei dir?«
Ich (etwas verlegen): »Hm-hm … Ja. Danke.«
Gabriel: »Ich habe noch nie erlebt, dass jemand aus dem Kanu gefallen ist … Das war eine Premiere!«
Er fängt an zu lachen, hört aber gleich wieder auf, als er sieht, dass ich nicht mitlache.
Gabriel: »Aber … man darf sich in einem Kanu nicht hinstellen. Auch nicht, wenn Spinnen drin sind. Das hätte gefährlich werden können. Du hättest unglücklich fallen können. Wenn du beim nächsten Mal eine Spinne siehst, sagst du einfach: »Da ist eine Spinne«, und ich kümmere mich drum. Und dann paddeln wir weiter ganz entspannt über den See. Klar?«
Pffffff! Für wen hält der sich? Mister Superentspannt?
Ich: »Klar …« (Falls ich jemals wieder hierherkommen sollte, was mich überraschen würde.)
Dann lehnt er sich wieder zurück, die Hände hinterm Kopf, und sagt mit einem kleinen Lächeln:
»Hast du eine krasse Spinnenphobie. Ist ja echt crazy.«

Samstag, 22. Juli

Ich kann nicht garantieren, dass ich diesen Sommer heil überstehe.

Es hat alles damit angefangen, dass ich heute Morgen einen kleinen Kommentar über den Zigarettenkonsum meiner Großmutter gemacht habe, während sie gerade mit ihrem Fernglas die Hochzeit beobachtete. Wir haben gelacht und sie hatte ihr Fernglas in der einen Hand und ihre Zigarette in der anderen. Ich habe so was in der Art gesagt wie: »Du könntest irgendwann an Krebs sterben.« Also nichts, was nicht auch in den Werbeanzeigen oder auf der Zigarettenpackung steht. Aber sie ist böse geworden und hat mir vorgehalten, ich sei genauso abhängig wie sie selbst … von Schokolade! Häh?!? Das ist doch nicht das Gleiche. Schokolade ist eine kleine Schwäche, aber Zigaretten sind ein Laster, das töten kann.
Und da sagt sie, Schokolade könne auch gefährlich sein, denn man habe bei einigen Schokoladenherstellern Salmonellen in der Schokolade entdeckt.

Erst dachte ich, das habe sie sich ausgedacht. Ein Trotzargument. Das sie hervorzauberte, weil sie kein stichhaltiges Argument mehr hatte.

Aber dann habe ich (nur so aus Neugier) im Internet recherchiert und gesehen, dass es stimmt. Mehrere Hersteller mussten Schokolade vom Markt nehmen, weil sie mit Salmonellen infiziert war!

In Anbetracht der Menge, die ich in den letzten Monaten verdrückt habe, bin ich eindeutig gefährdet.

Demnächst an dieser Stelle: mein unmittelbar bevorstehender Tod.

Also, das hat die Stimmung zwischen uns schon merklich abgekühlt (nicht mein bevorstehender Tod, sondern unser kleiner Streit). Wir haben kommentarlos zugesehen, wie die Braut aus der Kirche kam (obwohl sie ein bananengelbes Kleid mit goldenen Pailletten trug).

Dienstag, 25. Juli

Meine Großmutter und ich gehen uns schon seit ein paar Tagen aus dem Weg. Ehrlich gesagt liegen unsere Nerven etwas blank. Am Sonntag haben wir beschlossen, mit dem Rauchen aufzuhören (sie) und mit der

Schokolade (ich). Dieses Abkommen haben wir gemeinsam getroffen, als ich gerade ein Snickers aß und sie eine Zigarette rauchte. Sie hat den Vorschlag gemacht. Und ich habe eingewilligt. Aber seitdem ist sie ein bisschen ätzend. Ich habe doch nur eingewilligt, um meiner Großmutter zu helfen. Ich weiß, dass mein Schokoladenkonsum eher eine Liebhaberei als eine Abhängigkeit ist. Aber wenn ich damit aufhöre, helfe ich meiner Großmutter, mit dem Rauchen aufzuhören, und darauf kommt es an.

14:00

Ich muss schon sagen, dass ich sehr erwachsen bin. Ich bringe Opfer und so weiter. Das ist erwachsen. Sehr erwachsen.

14:01

Ich bin ziemlich stolz auf mich.

14:02

Ehrlich gesagt, normalerweise würde ich mich bei so einem Stolzgefühl mit einem Stück Schokolade belohnen … Aber … keine zu essen ist auch in Ordnung. Schließlich dient es einem guten Zweck.

14:04

Man könnte sagen, ich verschaffe meiner Großmutter eine längere Lebenserwartung.

14:07

Uff! Was für eine Verantwortung!

14:14

Ich esse Butterkekse und stelle mir vor, es seien Schokokekse (aber ich muss zugeben, das ist nicht das Gleiche). Ein paar Krümel fallen auf den Boden und ich sehe eine Ameise. Ich hocke mich neben sie und sage: »Ameise, tut mir echt leid, was ich getan habe. Weißt du, ich wollte das deiner Clique … nicht antun. Ich … weißt du … auf einmal waren sie alle da und … Ich habe Panik bekommen …«

Die Ameise hat sich einen Krümel geschnappt und steuert auf ihr Loch zu.

Ich: »Sag deinen Freunden bitte, dass ich mich entschuldige … für den Genozid. Sag es ihnen. Und die Falle für eure Königin hat meine Großmutter aufgestellt. Nicht ich. Aber mal ehrlich, es gibt hier ganz in der Nähe einen Wald, warum geht ihr nicht einfach da hin?«

»Weil wir lieber Kekse essen!«

Ich drehe mich um und sehe Gabriel lachen. Etwas verlegen (immerhin bin ich auf allen vieren auf dem Boden und rede mit einer Ameise) sage ich: »Haha! Das war doch nur Spaß … Ich spreche sonst nicht wirklich mit Ameisen …«

Gabriel: »Dafür schien euer Gespräch aber ziemlich ernst zu sein.«

Ich (stehe auf): »Ich habe nur … so getan. Was machst du hier?«

Gabriel: »Deine Großmutter hat mich reingelassen. Ich war kurz bei ihr im Garten. Ich bin hinten reingekommen. Sie scheint ein bisschen gestresst zu sein. Sie hackt ganz schön in die Erde …«
Ich: »Mmhja … sie hat mit dem Rauchen aufgehört.«
Gabriel: »Vorsicht, jetzt ist die Ameise auf deinem Arm.«
Ich (schlage fest auf meinen Arm): »AAAAAHHHH!!!!!«
Die Ameise ist ein bisschen lädiert.
Ich: »Oh nein! Jetzt hätte ich fast schon wieder eine umgebracht.«
Die Ameise bringt sich in Sicherheit und setzt ihren Weg ohne den Kekskrümel fort.
Ich: »Ufff …«
Gabriel: »Was ist?«
Ich: »Ich habe jede Menge Ameisen umgebracht … Ich fühle mich so schlecht! Und dann hat meine Großmutter auch noch eine Falle für die Königin aufgestellt …«
Gabriel: »Tja, selbst schuld. Sie leben eben riskant, wenn sie jemandem die Kekse wegfuttern, der hunderttausendmal größer ist als sie …«
Ich (während ich erleichtert zuschaue, wie die Ameise ihr Loch erreicht): »Hihi! Du bist lustig!«
Hihihi, hehe, haha. Wenn ich mit Gabriel rede, habe ich immer eine blöde Stimme.
Gabriel: »Es ist so schönes Wetter heute. Ich würde mich freuen, wenn du mit mir und den anderen zum Baden an den See kommst!«
Ich: »Ähm … also … ich muss hierbleiben, wegen äh … meiner Großmutter. Ich muss sie überwachen.«

In diesem Moment kommt meine Großmutter rein und sagt:
»Geh baden! Es ist eine Affenhitze!«
Ich werfe ihr einen düsteren Blick zu und versuche mich einmal mehr an der Brandstiftung mit den Augen. Erfolglos, offensichtlich.
Gabriel: »Kommen Sie auch mit, Madame Laflamme?«
GM: »Hahaha! Du bist ja süß, mein Kleiner. Das ist nichts mehr in meinem Alter.«
Ich: »Ich kann meine Großmutter nicht allein lassen, sie wird rauchen!«
Gabriel: »Das ist immer noch besser, als mit Ameisen zu reden!«
GM: »Na los, geh baden, meine Große! Ich werde schon nicht schummeln! Und übrigens, Gabriel, sie darf keine Schokolade essen.« (Und sie zwinkert ihm zu.)
Noch ein Versuch der Augenbrandstiftung scheitert.

Vermerk an mich selbst: Aufhören, mich imaginär selbst zu verteidigen. Das passt nicht zu meiner neuen »Reife«.

15:15

Ich bin mit Gabriel und seinen Freunden am See und hocke, noch immer in Shorts und T-Shirt, auf einem Stein, während alle anderen im Wasser sind.
Gabriel (aus dem Wasser): »Komm rein, Amélie!«
Ich (wische mir einen Schweißtropfen von der Stirn): »Mir ist noch … nicht heiß genug.«

Gabriel: »Du kriegst schon keine Sonnenallergie.«
Gabriels Freunde schauen mich an und lachen ein bisschen, woraufhin ich mich sehr unwohl fühle.
ES IST MIR UNANGENEHM, VOR VÖLLIG FREMDEN LEUTEN IM BADEANZUG RUMZULAUFEN, O.K.!? DAZU HABE ICH JA WOHL DAS RECHT!

Zum Glück sind meine Beine rasiert. Es ist wirklich ein Riesenaufwand und man muss immer wieder von vorne anfangen und ich hasse alle Aufgaben, die man immer wieder von vorne anfangen muss. Aber es dient einem guten Zweck. Nämlich dem Zweck, nicht haarig zu sein.

16:35
Ich bin zurück zu meiner Großmutter gegangen. Ich fühle mich nirgends an meinem Platz. Nirgends. Warum bin ich immer so eine Außerirdische? Kann ich nicht einmal wie alle anderen sein? Nur einen einzigen Tag? Einfach normal sein?

16:37
Das wäre der perfekte Moment, um Schokolade zu essen. Ich frage mich, ob die Ameisen in ihrem Loch welche haben. Ich bücke mich auf alle viere, um nachzuschauen (was, ich gebe es zu, wirklich bescheuert ist).

16:40
»So langsam glaube ich, du hockst immer so da!«
Ich drehe mich um. Es ist Gabriel.

Ich: »Sag mal, hast du jetzt schon einen Schlüssel, oder was?«
Meine Großmutter kommt hinter ihm durch die Tür.
Gabriel: »Deine Großmutter hat gesagt, dass du dich im Badeanzug schämst.«
Ich: »Oma!«
GM: »Sonst halten dich doch alle für verrückt! Ich wollte dich nur verteidigen!« (Sie dreht sich zu Gabriel.) »Außerdem leidet sie gerade unter Schokoladenentzug.«
Ich: »Ha, du leidest unter Zigarettenentzug!«
Und dann knallen meine Großmutter und ich uns alle möglichen Sachen an den Kopf, bis Gabriel in Lachen ausbricht. Ich drehe mich zu ihm und sage: »Was ist denn da so lustig?«
Gabriel: »Ich weiß nicht. Ihr seid *süß*.«
GM: »Isst du mit uns, Gabriel? Ich mache uns Hamburger auf dem Grill.«

18:30

Gabriel und ich sind im Garten meiner Großmutter. Da es immer noch total heiß ist, versucht er mich zu überreden, mit ihm zurück zum See zu kommen. Er sagt, er verstehe, dass ich schüchtern bin, und er werde nicht gucken! Ich könne in meiner Shorts schwimmen, wenn ich wolle!

19:30

Ich schwimme schon seit einer halben Stunde im See. Ich muss schon sagen, das Wasser tut echt gut! Normalerweise bade ich im Sommer fast nie. Ich habe mich irgendwie daran gewöhnt. Aber jetzt schwimme ich in einem See … im Badeanzug.

19:32

Ich schwimme, als ich sehe, dass Gabriel zu mir schaut.
Ich: »He! Du hast gesagt, du guckst nicht!«
Gabriel: »Ich gucke gar nicht dich an.« Er zeigt hinter mich.
Gabriel (spricht ganz leise weiter): »Schau mal! Da ist eine Schwalbe auf dem Baum.«
Pah! Da kennt er mich aber schlecht, wenn er meint, er könne mich mit seiner Ornithologie beeindrucken!
Gabriel (immer noch mit leiser Stimme): »Hör zu, ich glaube, sie singt gleich.«
Ich: »Hmmpf … ich sag's dir lieber gleich, ich fahre nicht so auf Vögel ab.«
Gabriel: »Aber Schwalben sind echt cool, die fressen Insekten im Sturzflug.«
Ich (ohne rechte Überzeugung): »Beeindruckend.«
Da dreht er sich zu mir um und sagt, ich müsse mich nicht im Badeanzug schämen, er finde mich echt schön … Was mir ein bisschen die Sprache verschlägt, weil ich erst denke (ich glaube, ich habe Wasser in den Ohren), er rede noch von seinen Schwalben, und nachfrage: »Was?«, und da merke ich erst, dass ich mich verhört habe und er *mich* s-c-h-ö-n findet. (Er hat ja auch noch nie meine haarigen Beine gesehen.) Dann sagt er:
»Amélie …«

Also sage ich, mit dem Wasser bis zum Hals:
»Weißt du, ich fahre bald wieder nach Hause. Fast schon in ein paar Tagen. Also, jedenfalls bald. Es bringt also gar nichts, wenn du …«
Gabriel: »… wenn ich dich zur Hochzeit meiner Cousine einlade, am Samstag?«

21:00

Ich habe Ja gesagt, ohne groß nachzudenken, weil ich so verlegen war. Meine Antwort klang etwa so: »Hihi, japp.« (Oh Mann, »hihi japp«.)

To do: Mir einen Sprechtrainer zulegen. Und ein schönes Kleid (vielleicht noch etwas wichtiger bei einer Hochzeit …).

Mittwoch, 26. Juli

An: Amélie Laflamme
Von: Tommy Durocher
Betreff: Du wirst lachen

http://www.youtube.com/watch?v=TbiedguhyvM

13:11

An: Tommy Durocher
Von: Amélie Laflamme
Betreff: Neuigkeiten

Hey Tommy!
Was gibt's Neues?

Ich habe einen neuen Freund, Gabriel. Er ist echt cool. Ich gehe mit ihm zur Hochzeit seiner Cousine. Aber in ein paar Tagen fahre ich schon wieder nach Hause, also ...

Ich weiß, du kommst erst später zurück als Kat und ich, aber ich freue mich schon, wenn wir uns wiedersehen ...

Schreib mir schnell!
Amélie

15:01

An: Amélie Laflamme
Von: Tommy Durocher
Betreff: Re: Neuigkeiten

Hallo Laf!
Cool zu hören, was bei dir so passiert!

Ich muss echt lachen! Ehrlich jetzt, du hast dich verknallt?

Jedenfalls scheint dich die Landluft nicht verändert zu haben, und dass du jetzt fünfzehn bist, auch nicht!

Bei mir ist alles entspannt. Ich mache viel mit meiner Mutter und ihrem Freund. Er ist ganz cool. Neulich haben wir Pferdesteaks gegessen. Ich weiß, ich habe es Kat versprochen, aber ... Sag's nicht weiter.

Ich treffe mich auch oft mit meinen alten Freunden. Das ist super. Das sind echt gute Freunde!

Und ich spiele viel Gitarre. Ich kann jede Menge neue Lieder. Ich freue mich schon darauf, sie dir vorzuspielen. Und du, hast du neue Gedichte geschrieben?

Bis bald,
Tom
xx

15:05

Tommy nervt! Sogar wenn er am anderen Ende der Welt ist (o.k., wenn ich besser in Erdkunde wäre, würde ich nicht sagen, dass er am anderen Ende der Welt ist, schließlich ist er nur in einer anderen Region Québecs ...), schafft er es, mir auf die Nerven zu gehen! Pfff! Er denkt, dass ich in Gabriel verknallt bin! Pfff! A-b-s-o-l-u-t nicht! Noch mal pfff! Und als würde ich mitten im Sommer Gedichte schreiben! Pfff! Ich. Ha. Be. Fe. Ri. En. Pfff!

15:06

Meine Großmutter (aus der Küche): »Amélie? Kommst du mit zu den Enten?«
Ich: »Jaaaaaaaaa!«

16:00

Die Enten sind schon ein bisschen größer geworden. Sie hüpfen am Wasser herum. Bei ihrem Anblick durchströmt mich plötzlich eine so starke Glückswelle, dass ich meiner Großmutter in die Arme springe, die von meiner Umarmung etwas überrascht ist. Dann gibt sie mir einen Kuss auf den Kopf und sagt: »Ist gut.« Und wirft weiter ihre Brotkrumen.

Donnerstag, 27. Juli

An: Amélie Laflamme
Von: Katryne Demers
Betreff: Es ist alles viel zu schnell gegangen!

Hallo, meine Freundin!
Ich komme nicht darüber weg, dass alles viel zu schnell gegangen ist. Ich kann gar nicht glauben, dass ich in ein paar Tagen

schon wieder nach Hause fahre. Ich habe das Gefühl, gerade erst angekommen zu sein ...

Übrigens habe ich wegen dir die Betreuer gefragt, warum der Reiterhof »Der Ausguck« heißt, obwohl das ein Bootsbegriff ist, und alle haben mich angeschaut, als wäre ich ein Mega-Klugscheißer, so eine Frage zu stellen. Also, vielen Dank, dass ich hier als Nerd rüberkomme!

Ich hatte dir doch von Luc erzählt? Er war dann doch nicht mein Typ. Außerdem hat er damit angegeben, dass er das Hofgespenst »gesehen« hat ... DABEI BIN ICH DOCH DAS GESPENST! (Das habe ich ihm natürlich nicht gesagt!) Aber ich muss gestehen, dass ich mir dann doch nicht mehr so sicher war, ob es vielleicht noch einen anderen Geist gibt, und seitdem schlafe ich wieder schlecht.

Apropos schlafen, jetzt tut es mir leid, dass ich auf meinen Schlafsack gemalt habe ... Außerdem sind ein paar Leute meinem Beispiel gefolgt und haben irgendwelche Sprüche draufgeschrieben. David Desrosiers hat sogar unterschrieben, als wäre er der ECHTE David Desrosiers. Das ist zwar witzig, aber meine Mutter wird mich umbringen!

Als ich gestern Roscoe gestriegelt habe, habe ich gemerkt, dass er gar keinen Unterschied zwischen mir und anderen Leuten macht. Solange man nett zu ihm ist, ihm seinen Hafer gibt oder eine Karotte und ihn schön striegelt, mag er jeden. Pferde sind echt nett. Aber die, die auf ihren Rücken steigen, können ganz schöne Idioten sein! Ganz ehrlich, wenn es hier nur Pferde gäbe, hätte ich einen wunderbaren Sommer gehabt!

Am liebsten würde ich Roscoe mitnehmen ... Aber das würden meine Eltern natürlich nicht erlauben. Sie haben es mir schon zwanzigmal gesagt. Er wird mir so fehlen.

Meine Lehrer haben gesagt, dass ich wirklich Talent zum Reiten habe und dass ich weitermachen soll. Cool, oder? Drück mir die Daumen, dass ich meine Eltern zumindest davon überzeugen kann!

Kat
xxx

PS: Wenn ich wieder da bin, verbrennen wir eine CD von diesem blöden Schlagersänger Joe Dassin!

Freitag, 28. Juli

Ich bin echt beeindruckt von meiner Gelassenheit in Anbetracht der neueren Entwicklungen.

Ich habe gerade mit meiner Mutter telefoniert. Sie hat

gesagt, dass sie, obwohl sie im Anschluss an ihre Geschäftsreise mehrere Tage für Urlaub eingeplant hatten, letztlich noch gar nicht so viel Urlaub machen konnten (das ist doch der Beweis, dass F.B. nicht so ehrlich ist, wie sie denkt ...). Sie hat mir erklärt, dass ein wichtiges Treffen, das heute stattfinden sollte, verschoben worden ist. Sie hat gesagt, dass sie François nicht zu diesem Treffen begleiten müsse, und mich gefragt, ob ich wolle, dass sie zurückkommt. Ich habe erwidert, es würde mich nicht stören, wenn sie erst mit François zusammen zurückkommt. Ich glaube, das hat sie gefreut, auch wenn sie ein bisschen erstaunt schien, dass meine Antwort so schnell kam (natürlich dank meiner neuen Reife, die sich immer weniger übersehen lässt).
Es hat mich gefreut, dass sie mich nach meiner Meinung gefragt hat (auch wenn ich kaum eine andere Wahl hatte, als ihr zu sagen, dass sie noch bleiben kann ... schließlich ist es nicht mein Ziel, als egoistisch zu gelten).
Am Schluss hat meine Mutter gesagt, dass sie mich lieb hat, dass ich ihr sehr fehle und dass sie dieses Wochenende an den Strand fährt. Sie hat mir wieder versprechen müssen, dass sie sich nicht im »Monokini« sonnt.

Das geht schon in Ordnung. Ich habe gerade gar keine Lust, hier wegzufahren. Ich habe noch nie in meinem Leben besser gegessen! Und ich habe Angst, dass meine Großmutter wieder mit dem Rauchen anfängt, wenn ich weg bin. Oder das ganze Haus kurz und klein schlägt, weil sie nicht immer bei klarem Verstand ist, seit sie nicht mehr raucht. Außerdem merke ich, dass die Landluft mir wirklich guttut. Vor allem meinen Gehirnzellen. Ich werde ein völlig neuer Mensch sein, wenn die Schule wieder anfängt. Monsieur Beaulieu wird mich nicht wiedererkennen! Er wird sich noch beklagen, dass ich nicht mehr so oft in sein Büro geschickt werde.

Vermerk an mich selbst: Nicht vergessen: Vor Ende des Monats an die Schule zu denken schadet meinem seelischen Gleichgewicht.

Samstag, 29. Juli

Tam Tam Tam Tam Tam Tam Tam Tam Taaa taaa taaa taaa taaa taaa taaa taaa taaa …

Ich begutachte mich im Badezimmerspiegel und trällere dabei den Hochzeitsmarsch. Sybil leckt meine Waden (das macht sie immer, wenn ich mich frisch rasiert habe).

Gestern haben meine Großmutter und ich ein Kleid für die Hochzeit gekauft.

Meine Großmutter kommt rein und zupft mir ein paar (unsichtbare, wenn man mich fragt) Fussel vom Kleid.

GM: »Was singst du?«

Ich: »Na, den Hochzeitsmarsch, was denkst du denn!«
GM: »Der Hochzeitsmarsch geht so: Tatamtatam, tala-tataaaaaaaaaam, tatatatatatatatatltataaaaaaam. Du singst den ›Kanon‹ von Pachelbel.«
Ich: »Warum fragst du dann, was ich singe, wenn du es weißt? Außerdem hängt das von der Hochzeit ab. Im Film ist es ganz oft der Kanon von diesem Dingsda.«
GM: »Pachelbel.«
Ich: »Du sagst es. Also, sehe ich jetzt gut aus oder wirst du nachher am Fenster über mich lachen?«
GM: »Ich werde stolz auf dich sein!«
Ich: »Aaaach! Hör auf! Lach besser nicht! Ich fühle mich blöd, so angezogen.«
Während ich mich betrachte, stelle ich fest, dass ich auch nicht besser bin als die ganzen Hochzeitsgäste, über die ich in den letzten Wochen gelacht habe. Meine Großmutter und ich haben nichts anderes finden können als ein türkisfarbenes Organsinkleid. (O.k., meine Großmutter hat mir gesagt, dass es Organsin ist, ich wusste nicht mal, dass dieses Wort existiert. Erst dachte ich, sie macht Witze. Das ist eine Art Seide. So. Ich habe dieses Kleid statt eines anderen, schöneren genommen, weil das andere echt zu teuer war. Meine Großmutter hat zwar gesagt, es wäre ihr eine Freude, es mir zu schenken, aber ich fand das zu teuer für ein Kleid, das ich nur einmal anziehe.
Mich stört an dem Kleid ein bisschen, dass es trägerlos ist. Da meine Brüste echt ziemlich klein sind, denke ich die ganze Zeit, dass das Oberteil runterrutscht.

GM: »Du siehst toll aus, meine Große! Ich werde dir auf der Treppe vor der Kirche zusehen!«

Und das stört mich ja gerade.

10:15

Gabriel klingelt. Ich habe die Szene mit meiner Großmutter einstudiert. Da die Treppe genau gegenüber der Eingangstür ist, tut sie so, als wäre ich noch nicht fertig, sie lässt ihn rein und dann komme ich eine Minute später die Treppe runtergeschwebt und er sieht mich (so wie in dem Film *She's All That*, heißt auf Deutsch *Eine wie Keine*. Wuhuuuu!).

10:16

Ich schwebe die Treppe runter.

10:18

Ich verlasse das Haus etwas enttäuscht. Gabriel hat überhaupt nicht so reagiert wie Freddie Prinze Jr in *She's All That*. Er hat mir keine bewundernden Blicke zugeworfen. Er hat bloß gesagt: »Hey, cooles Kleid!« (Etwa so, als würde er sagen: »Hey, cooles Skateboard!«) Nicht, dass ich unbedingt will, dass er mich anhimmelt. Ich finde nur, es ist das Mindeste, einem Mädchen etwas Interesse entgegenzubringen, das Zeit in seinen Look gesteckt hat. Und Geld. Und das alles für die Hochzeit *seiner* Cousine, die ich noch nicht mal kenne! Also echt, oder? Pffff!

To do: Noch mehr Landluft atmen. Es scheint meinen Gehirnzellen echt gutzutun und macht mich sehr überzeugend, wenn ich etwas überzeugend darstellen will, und sei es nur in meinem Kopf.

10:21

Wir steigen die Stufen zur Kirche hoch. Ich drehe mich zum Haus meiner Großmutter um und lächele. Ich ziehe mein Oberteil hoch, um sicherzugehen, dass es an seinem Platz bleibt.

10:25

Gabriel stellt mir Paul-Émile Bégin vor. Ich beuge mich etwas vor und seine Krawatte, obwohl sie alt und abgewetzt ist, riecht in der Tat sehr gut. Ich drehe mich diskret zum Haus meiner Großmutter und hebe den Daumen als Zeichen, dass sie recht hatte.

10:35

Gabriel wurde von seinen Cousins überfallen (es sind mindestens zehn) und ich stehe etwas unbeholfen alleine herum. Ich versuche zu lächeln, aber niemand spricht mit mir. Ich hasse solche Situationen, in denen ich alleine unter Leuten bin, die sich alle kennen. Ich sehe zum Haus meiner Großmutter hinüber und schirme mit der Hand die Augen ab. Obwohl die Sonne sich in der Fensterscheibe spiegelt, glaube ich, ihre Hand zu erkennen. Ich fange an, ihr Grimassen zu schneiden. Ich mache eine lange Nase. Dann ziehe ich mein Gesicht mit den

Händen zurück und mache mit dem Mund ein »o«. Dann ziehe ich den Mund mit den Zeigefingern auseinander und strecke die Zunge raus.

»Amélie?«

Ich zucke zusammen. Ich drehe mich um und sehe Gabriel, seine Eltern und seine Schwester, die mich perplex anschauen.

Gabriel: »Was machst du da?«

Ich: »Äh … nichts … Ich hatte … etwas … zwischen den Zähnen … Aber ich habe es … rausbekommen.«

HILFE!!!!!!!!!!!!!!!!!!

Seine große Schwester, die etwa so alt ist wie die Braut, streicht ihm über die Haare und sagt:

»Ich wusste ja gar nicht, dass du deine Freundin mitbringst.«

Gabriel: »Lass das! Wir sind … nur Freunde.«

Ich: »Mmhh … nur Freunde.«

Sie lacht, dreht sich zu mir und sagt belustigt:

»Es ist echt blöd, was zwischen den Zähnen zu haben.«

Ich: »Mmhh … echt blöd.«

10:47

Nach einem ziemlich peinlichen Gespräch mit Gabriels Eltern und seiner Schwester (mein Wortschatz hätte die Leute in der Steinzeit garantiert beeindruckt, schien Gabriels Familie aber ziemlich kaltzulassen) haben wir uns dem Eingang der Kirche genähert, und als wir reingegangen sind, habe ich meiner Großmutter kurz zugewinkt.

11:02

Meine Großmutter hatte recht, der Hochzeitsmarsch geht tatsächlich so: Tatamtataaaaaaaaaam, tatatatatatatalamtatataaaaam.
Das Kleid von Gabriels Cousine ist wunderschön (total hässlich, aber das sage ich nur zu meiner Großmutter, hihi).

11:07

Die Messe dauert schon dreißig Millionen Jahre (laut meiner Uhr erst ein paar Minuten. Ich schüttele sie, um zu testen, ob sie noch funktioniert). Die Stimme des Priesters hallt in der Kirche wider. Ich kann mich einfach nicht auf seine Worte konzentrieren, weil er sich so, sagen wir mal, umständlich ausdrückt.

11:08

Ich glaube, das letzte Mal war ich bei der Beerdigung meines Vaters in der Kirche. Das war natürlich nicht diese Kirche, aber sie sah irgendwie ähnlich aus … Ich saß zwischen meiner Mutter und meiner Großmutter Laflamme. Meine Großeltern Charbonneau saßen hinter uns. Der Chor sang irgendwas. Ich weiß nicht mehr, was. Ich habe nicht geweint. Meine Mutter dagegen schon. Sie hatte ein ganz rotes, verheultes Gesicht. Besonders schlimm war für mich, dass mein im Sarg aufgebahrter Vater rosige Wangen hatte. Mein Vater hatte nie rosige Wangen. Ich hatte das Gefühl, es sei gar nicht er. Und ich habe mich gefragt, wo er wohl stecken könnte, wenn er nicht da vor mir im Sarg lag. Ich hätte am liebsten gesagt, dass sich alle getäuscht hätten. Und dass alle, die nach vorne kamen, um ihm die letzte Ehre zu erweisen, sich von dem Falschen verabschiedeten.

11:09

Ich war kurz davor, emotional zu werden, als mir eine andere Erinnerung in den Sinn kam. Mir fiel ein, dass ich mit etwa sechs Jahren an Weihnachten in dieser Kirche in der Mitternachtsmesse war. Mit meiner Mutter, meinem Vater und meiner Großmutter. Ich wende den Kopf zur Seite und erinnere mich, dass dort der Chor war. Auf der anderen Seite war eine große Krippe. Irgendwann sagte der Priester, wir sollten uns alle erheben und in den Chor einstimmen. Ich konnte mich nicht zurückhalten und habe gefurzt. Unauffällig, natürlich. Aber meine Großmutter hat mir ins Ohr geflüstert, ob ich es war, die da gerade gefurzt habe. Ich habe nichts erwidert (das war ja auch echt peinlich, und dabei hatte ich doch versucht, ganz leise zu sein) und sie hat gesagt, wenn man beim Furzen in der Kirche erwischt werde, komme man ins Gefängnis. UND ICH HABE IHR GEGLAUBT!!!!
Solche Späße hat sich meine Großmutter mit mir erlaubt und deshalb mochte ich sie nicht besonders, aber heute ruft diese Erinnerung in mir eine Welle der Sympathie für sie hervor. Komisch, wie sich eine Erinnerung, die man immer als »schlecht« verbucht hat, so verändern kann. O.k., ich benutze das Pronomen »man«, aber eigentlich meine ich mich, deshalb sollte ich sagen »ich«.

Ich weiß nämlich nicht, ob das anderen auch schon mal passiert ist, dass sie sich eine schlechte Erinnerung ins Gedächtnis gerufen und plötzlich gemerkt haben, dass es eine gute Erinnerung war. Hmm …

To do: Einen Neurologen aufsuchen, um die Neigung in den Griff zu kriegen, in den Ferien an Grammatik (oder andere Unterrichtsthemen) zu denken.

11:10

Ich lache bei dieser Erinnerung ganz leise in mich hinein.
Trotzdem scheinen alle mein Lachen zu hören, denn jede Menge Köpfe drehen sich nach mir um (einschließlich dem des Priesters). Ich kneife schnell die Lippen zusammen und sehe mich ebenfalls um, als hätte jemand anderes gelacht, und die Messe geht weiter. Puh.
Gabriel (in mein Ohr): »Ist was?«
Ich: »Nichts … Nur eine Erinnerung … an diese Kirche.«
Er dreht den Kopf wieder zum Brautpaar.
Ich versinke erneut in meinen Gedanken, während der Priester seine Predigt hält. Nachdem meine Großmutter zu mir gesagt hatte, dass ich ins Gefängnis kommen könnte (haha, die ist echt eine!), habe ich ängstlich nach der Hand meines Vaters gegriffen, der sich zu mir drehte und mich anlächelte.
Ich spüre ein leichtes Drücken im Herz.

11:11

Ich schaue wieder auf die Uhr. 11:11. Juhuuu! Ich kann mir was wünschen!

Liebe 11 Uhr 11 … ich möchte in einen Berg aus Schokolade fallen.

11:12

Ich schließe kurz die Augen. Plötzlich will ich bei jemandem sein, den ich lieb habe. Meiner Großmutter. Ich öffne die Augen, drehe mich zu Gabriel und sage:
»Gabriel … ist es o.k., wenn ich gehe?«
Und bevor er etwas sagen kann, fühle ich einen Kloß im Hals und beschließe zu gehen. Ich laufe gebückt an den Sitzreihen vorbei (das ändert auch nichts, weil die Leute alle sitzen, also gebückt oder nicht, wer in meine Richtung schaut, sieht mich, aber das fällt mir erst jetzt auf und es würde ja blöd aussehen, wenn ich mich gleich wieder aufrichte, also laufe ich gebückt weiter und halte dabei das Oberteil meines Kleids gut fest) zum Ausgang.

11:17

Ich betrete das Haus meiner Großmutter.
Meine Großmutter (aus der Küche): »Amélie?«
Sie kommt, um zu gucken, ob ich es wirklich bin.
Ich: »Ich bin's …«
Meine Großmutter: »Was ist los, meine Große?«
Ich fasse mir an den Hals, der sehr wehtut, als stecke ein scharfes Messer darin, das mich am Atmen hindert.

Ich: »Ich wollte … bei dir sein.«
GM: »Ist alles in Ordnung? Bist du aus der Messe gegangen?«
Ich: »Da drin liegt zu viel Staub, ich konnte kaum atmen. Keine Sorge! Dafür komme ich nicht ins Gefängnis!«
GM: »Was redest du da? Falls du Hunger hast, ich habe uns leckere Himbeeren gekauft …«
Ich: »Ich … ich würde jetzt wirklich gerne Schokolade essen. Wirklich.«

11:25

Mmmmmh. Ich esse Himbeeren (echte, die kleben nicht so an den Zähnen wie die aus Fruchtgummi) mit meiner Großmutter.
Meine Großmutter lacht Tränen. Ich schaue zu, wie ihr beim Lachen der Bauch wackelt.
GM: »Das habe ich wirklich gesagt?«
Ich: »Ich schwöre es! Du hast wortwörtlich gesagt: ›Man kann ins Gefängnis kommen, wenn man in der Kirche furzt.‹«
Sie lacht noch mehr.
GM: »Das ist ja schrecklich, so was zu sagen!«
Ich: »Ganz genau! Das hat mich traumatisiert! Das Schlimmste ist, irgendwann habe ich das zu einem Mädchen aus meiner Klasse gesagt und sie hat mich angeguckt, als wäre ich die größte Idiotin der Welt!«
GM: »HAHAHAHAHAHAHAHAHAHAHAHAHAHAHAHAHA! Hör auf! Ich ersticke! So viel habe ich noch nie in meinem Leben gelacht!« (Sie zeigt aus dem Fens-

ter.) »Der kleine Gabriel kommt. Er fragt sich, warum du gegangen bist. Du solltest jetzt zum Sektempfang gehen und auf andere Gedanken kommen, na los! Das ist besser, als bei einer alten Großmutter zu hocken, die verrückte Geschichten erzählt!«

Ich schaue aus dem Fenster und sehe Gabriel vor unserem Haus.

Es klingelt. Meine Großmutter klopft mir auf die Schenkel, bevor sie zur Tür geht. Ich stehe auf und ziehe mein Kleid hoch.

Gabriel: »Was ist los?«

Ich: »Ähm … ich musste nur mal ganz dringend zur Toilette.«

Meine Großmutter und ich werfen uns einen verschwörerischen Blick zu und ich verschwinde mit Gabriel.

23:30

Ich liege in meinem Bett (also, in meinem Bett im Haus meiner Großmutter) und kraule Sybil den Nacken. Ich habe die Vorhänge offen gelassen und schaue durchs Fenster den Mond an.

Gabriel und ich haben auf der Feier getanzt. Ziemlich eng. Dabei ist er mit seinem Gesicht immer näher gekommen. Ich habe mich irgendwie unwohl gefühlt und wollte zurückweichen, was fast zu einer Katastrophe geführt hätte, weil ich das Gleichgewicht verloren habe und beinahe in die (!!!) Hochzeitstorte (!!!) gefallen wäre, die direkt hinter mir stand. Ich habe laut »Uaahhhh! Ah! Ahhhhhh!« gerufen, und Gabriel hat mich gerade noch

rechtzeitig aufgefangen (uff! diese peinliche Szene will ich mir gar nicht vorstellen).
Er hat gesagt: »Du bist schon ein Spezialfall, was?«
Ich habe erwidert: »Wie meinst du denn das?«
Er hat nicht geantwortet, sich die Haare hinter die Ohren gestrichen und ist wieder mit seinem Gesicht näher gekommen (dieses Mal habe ich ihn gewähren lassen, weil ich das für sicherer hielt) und wir haben weitergetanzt. Sein Atem an meinem Hals hat mir Gänsehaut gemacht.
Übrigens habe ich »Wie meinst du denn das?« in einem echt blöden, nervigen Ton gesagt. Ich schlage mir gegen die Stirn, wenn ich jetzt daran denke. Ich weiß echt nicht, warum meine Stimme in seiner Gegenwart immer so einen ätzenden Klang kriegt.

Meine Theorie: Meine Stimme passt sich seiner an, weil er im Stimmbruch ist. Das ist es!

Vermerk an mich selbst: Unsere (selbstverständlich rein freundschaftliche) Beziehung wäre perfekt, wenn er nicht im Stimmbruch wäre.

Vermerk an mich selbst Nr. 2: Wo ich gerade von der Hochzeitstorte spreche (ich habe nicht wirklich davon gesprochen, aber daran gedacht), nach dem Beinahe-Unglück habe ich auch etwas davon gegessen. Ziemlich viel sogar (vielleicht zu viel?). Sie war außen mit Marzipan überzogen und innen aus Schokolade (Juhuuuuuuuuu!).

Megalecker!!!!!!! Kein Wort ist stark genug, um diesen Kuchen zu beschreiben (oder ich habe wirklich meinen gesamten Wortschatz vergessen).

Vermerk an mich selbst Nr. 3: Ich finde, das ist meine persönliche Meinung, dass 11 Uhr 11 überhaupt keinen Sinn für Humor hat. Sie nimmt alles ganz genau und man kann nicht mal einen etwas, sagen wir mal, blumigen Wunsch äußern. Ich sollte von jetzt an genau aufpassen, wie ich meine Wünsche formuliere. Die Art und Weise, wie sie erfüllt werden, könnte extrem peinlich werden.

To do: Das alles in meinen Kalender schreiben, damit ich mich später daran erinnere, denn ich bin so gut erholt von meinem Urlaub auf dem Land, dass ich es glatt vergessen könnte.

To do Nr. 2: Meinem Kalender weitere Seiten hinzufügen, weil meiner nur das Schuljahr von September bis Juni abdeckt. (Ich frage mich übrigens, warum ich den Kalender überhaupt mitgeschleppt habe, wahrscheinlich war mein Koffer deshalb so schwer!)

Montag, 31. Juli

An: Amélie Laflamme
Von: Katryne Demers
Betreff: Fiese Überraschung

Amélie!!!!!!!!!
Ich bin gerade zurück nach Hause gekommen! Hast du bei deiner Großmutter Post bekommen? Bestimmt nicht. Meine Mutter wollte es mir nicht sagen, um mir nicht die gute Laune zu verderben (ich hatte ihr nichts von Emily erzählt oder was ich mir wegen meinem Schlafsack anhören musste, obwohl sie sauer war, dass ich ihn »verschandelt« habe, wie sie sich ausdrückt).
Aber jedenfalls, um es kurz zu machen, unsere Schule macht zu!!!!!!!!!

Krass, was?

Ich habe jetzt keine Zeit, mehr zu schreiben, antworte schnell!

Kat
xxx

August

Große Veränderungen

Dienstag, 1. August

AH-FUUUUUUUUUU, AH-FUUUUUUUUUUU, AH-FUUUUUUUUUUU.

Nur keine Panik. Nur keine Panik! Nur. Keine. Panik.

Komischerweise hatte ich seit einiger Zeit das Gefühl, dass mein Leben auf »Pause« steht. Dass ich ein anderes Leben führe, eine Art Parallelleben, und dass ich nach meiner Abreise mein altes Leben wieder da aufnehmen würde, wo ich es unterbrochen habe. Aber während ich hier auf »Pause« war, hat der Rest der Welt sich dafür umso schneller gedreht.

Alle Schülerinnen haben einen Brief von Monsieur Beaulieu bekommen, dass die Schule in finanziellen Schwierigkeiten steckt, blablabla, aufgrund von Budgetkürzungen, blablabla, und die Schülerinnen sich bei einer anderen Privatschule anmelden könnten, blablabla, mit einem Empfehlungsschreiben und ohne Aufnahmeprüfung, dass sie aber auch, blablabla, auf die öffentliche Schule in unserem Viertel wechseln könnten.

13:01

Ich bin echt sauer auf die Mädchen, die gegen unsere Schuluniform protestiert haben! Die sind schuld, dass unsere Schule schließen muss! Und ich bin sauer auf Monsieur Beaulieu! Er hätte doch was dagegen unternehmen können. ICH BIN SAUER AUF DIE GANZE WELT!!!

13:17

In Wahrheit ist alles meine Schuld. Ich bin der Grund, dass die Schule schließen muss. Wegen meiner, sagen wir mal, paranormalen Kräfte. Ich … Ich habe … Also, erst neulich habe ich mir gewünscht, in einen Berg Schokolade zu fallen, und wenn Gabriel nicht gewesen wäre, wäre ich in eine riesige Schokoladentorte gestolpert! Und ich habe mich gerade erinnert (o.k., in Wahrheit habe ich mich schon früher daran erinnert, aber ich wollte nicht glauben, dass ich wirklich übersinnliche Fähigkeiten habe), also, … ich hatte mir doch gewünscht, dass … ich hatte gesagt, das Einzige, was ich mir im ganzen Universum wünsche, sei, dass Nicolas mich nicht kotzen gesehen hat. Und er hat mich nicht gesehen. Na?!

13:24

AH-FUUUUUUUUUU, AH-FUUUUUUUUUUU, AH-FUUUUUUUUUUUUUU.

13:54
Ich habe meine Mutter angerufen, um mit ihr über die Schule zu sprechen (ich habe ihr nicht gesagt, dass die Schließung meine Schuld ist), und sie konnte es nicht fassen. Sie hat gesagt, wir würden einen Ausweg finden, sobald sie wieder da ist.

19:20
AH-FUUUUUUUUUU, AH-FUUUUUUUUUUU, AH-FUUUUUUUUUU.

Mittwoch, 9. August

Man darf über sein Los nicht in Selbstmitleid zerfließen, habe ich mir gesagt. (Ehrlich gesagt, das steht im Kalender meiner Großmutter, auf der Mai-Seite, in kursiver Schrift unter dem Foto eines Sonnenuntergangs am See, und das hat mich inspiriert!) Deshalb habe ich beschlossen, die Sache selbst in die Hand zu nehmen! Kat und ich haben eine Telefonkette aller Mädchen unserer Schule organisiert (wir haben sogar Nadine und Marilou angerufen) und wir haben gemeinsam beschlossen, vor unserer Schule zu demonstrieren, damit sie nicht schließt. Ich muss dazu sagen, dass meine Großmutter mir viel dabei geholfen und mich ermutigt hat. Gabriel auch. Er hat mir jede Menge Kartons aus dem Geschäft seines Vaters gebracht, damit ich daraus Plakate basteln kann (die *Miss* hatte doch recht, ich bin wohl ein Biber, nur dass ich Werkzeug benutze und nicht meine Zähne). Tommy hat gesagt, es sei echt super, dass wir das machen, und wenn er schon wieder zu Hause wäre, würde er auch kommen! Echt cool! Also, ich bin bei den letzten Vorbereitungen (ich schreibe mit Gabriel auf einen Karton »Kürzt euch selber, und nicht uns!«) und dann fahren meine Großmutter und ich zu meiner Schule. Ich werde ihnen allen sagen, dass sie die Schule nicht schließen dürfen! Niemand kann mich stoppen! UAAAAAH!

13:11

Im Auto sage ich zu meiner Großmutter, wie sehr ich mich freue, Kat wiederzusehen. Ich erkläre ihr, dass sie meine beste Freundin ist und dass ohne sie die Schule total blöd wäre, usw. usw. Ich kann kaum still sitzen, so aufgeregt bin ich. Eine echte Quasselstrippe! Ich habe wirklich das Gefühl, dass ich den Lauf der Dinge verändern kann. Meine Schule wird nicht schließen!

13:50

Bevor wir zur Schule fahren, holen wir unsere Post ab. Ich bin echt gespannt auf mein Zeugnis. Hauptsächlich Dreien und Vieren. Die beste Note ist eine 2+ in Französisch, was mich ein bisschen enttäuscht. Aber jetzt, wo meine Schule vielleicht schließt, muss ich mir eingestehen, dass ich mich vielleicht nicht ganz so angestrengt habe, wie es nötig gewesen wäre. Aber meine Großmutter scheint stolz auf mich zu sein (total parteiisch: Sie ist mein größter Fan).

14:01

Als wir bei der Schule ankommen, sehe ich Kat in einer Gruppe Mädchen und wir fliegen uns in die Arme. Meine Großmutter sagt zu Kat, dass sie schon viel von ihr gehört hat. Es sind echt viele Mädchen da und sogar ein paar Eltern (Kats Eltern nicht, weil sie arbeiten müssen). Ich bin ganz schön stolz. Die Demonstration war meine Idee. Ich fühle mich total erwachsen, so richtig weise, mit weißen Haaren und allem. Erst hatte ich einen Schock, aber dann habe ich die Ärmel hochgekrempelt und die Sache in die Hand genommen. Ich fühle mich richtig euphorisch.

14:15

Ich habe alle Plakate ausgeteilt. Einige Mädchen haben auch selbst welche gebastelt. Wir rufen: »Wir lieben unsere Schule!«, »Kürzt euch selber, und nicht uns!« und »Schule statt Bambule!« (O.k., das war der Vorschlag eines Mädchens aus der Elften, keinen blassen Schimmer, was sie damit sagen will, aber im Feuer des Gefechts fanden wir das irgendwie cool, also haben wir das auch gerufen).

15:34

Monsieur Beaulieu ist gekommen. Er hat ein Megafon dabei und hält eine Rede. Er sagt, was die Mädchen da gerade tun, berühre ihn sehr. Meine Großmutter gibt mir einen Stoß mit dem Ellbogen und flüstert: »Sag ihm, dass es deine Idee war«, aber ich schüttele den Kopf und höre ihm weiter zu, während meine Augen brennen.

15:54

Monsieur Beaulieu kommt zu uns rüber und sagt, er freue sich, dass ich da bin. Meine Großmutter erklärt ihm, dass es meine Idee war, eine Demonstration zu organisieren.
»Aha, du rettest also nicht nur Mäuse? Demonstrieren ist übrigens verboten, nach den Ferien musst du nachsitzen!«
Ich: »Waaaas?!«
Eigentlich hätte ich sagen sollen: »Umso besser, das heißt ja, dass die Schule doch nicht schließt.« Aber darauf bin ich in dem Moment nicht gekommen.
Monsieur Beaulieu: »Haha! War nur ein Scherz!«
Er geht weiter, um mit anderen Eltern zu reden, und meine Großmutter sagt:
»Sieht gar nicht schlecht aus, euer Direktor!«
Ich: »Omaaaaaaaa! BÖÖÄÄÄÄÄ!!!!!«
Dann erzähle ich ihr, dass ich schon mal gedacht habe, meine Mutter hätte was mit ihm, und dass ich sie vor den Ferien verkuppeln wollte, um an die Prüfungsfragen zu kommen. Meine Großmutter bricht in Lachen aus.

Ich glaube, wir sind wie auf Drogen vor lauter guter Laune.

16:15

Wuhuuuuuu!!! Unsere Botschaft wird gehört! Es kommen mehrere Autos von Fernsehsendern an und Journalisten mit Mikros und Kameramänner steigen aus! Als wir das sehen, rufen wir noch lauter: »Kürzt euch selber, und nicht uns« und »Unsere Schule macht nicht zu!« Ich spüre es, ich spüre es, dass meine Schule nicht zumachen wird!

16:27

Ich habe alles getan, um nicht von den Journalisten interviewt zu werden. Ich habe alles getan, was man tut, um in der Klasse nicht aufzufallen, also den Kopf gesenkt und vor allem niemandem in die Augen gesehen. Nur einmal habe ich – keine Ahnung warum – ganz kurz aufgeschaut und sofort hat sich ein Journalist auf mich gestürzt, um mich für seine Reportage zu interviewen.

16:29

Sobald das Licht an der Kamera blinkt, denke ich, ich müsse unbedingt lustig sein, um mit meinem Witz und meiner Schlagfertigkeit unsere Schule zu retten.
Journalist: »Also, du magst die Schule?«
Ich: »Äh … ob ich die Schule mag? Gute Frage. Fffff. Ich mag *meine* Schule, ja. Das heißt aber nicht, dass ich ein Streber bin. Also … Hausaufgaben mag ich nicht beson-

ders, hehe … Und laut einem Test aus der *Miss* bin ich eher faul. Aber der Test war sowieso bescheuert, weil …«
Journalist (unterbricht mich): »Was hältst du davon, dass deine Schule geschlossen werden soll?«
Ich: »Kommt drauf an. Gibt's dann weniger Hausaufgaben? Haha.«
Ich muss dazu sagen, dass die Kamera mich ganz schön einschüchtert. Deshalb wird mein Humor so zweifelhaft.
Ich: »Ähm … was war noch mal die Frage?«
Journalist: »Was hältst du davon, dass deine Schule geschlossen werden soll?«
Ich: »Na, dass ich hier bin, heißt doch wohl, dass es mich stört!«
Journalist: »Glaubst du, dass die Einsparungen im Bildungsbereich deine Zukunftschancen beeinträchtigen?«
Ich: »Vielleicht … schon? Das wissen Sie vermutlich besser als ich … Jedenfalls … ist es blöd, wenn Schulen schließen müssen und man auf eine Schule kommt, auf der schon zu viele Schüler sind. Also, heutzutage, wenn man sich informieren will, kann man einfach googeln … Bei Google kann man alles finden und es kostet nichts, aber … man kann sich nicht immer auf die Informationen verlassen, weil …«
Kat schaut mich an, hebt fassungslos die Hände und formt mit dem Mund die Worte »Was machst du da?!?«. Ihre Stimme ist nicht zu hören, aber ihr Blick sagt mir, dass ich dabei bin, mich zu verrennen, und unserer Sache schade. Ich wusste gar nicht, dass es so schwierig ist, vor dem Fernsehen seine Meinung zu äußern!

Journalist: »Glaubst du, die Tatsache, dass es sich um eine Mädchenschule handelt und man eine Uniform tragen muss, könnte abschreckend wirken?«
Ich: »Bestimmt! Aber das ist Blödsinn! Eine Französischstunde ist eine Französischstunde, ob mit oder ohne Jungs.«
Kat hält den Daumen hoch.
Journalist: »Einige Kritiker von Schuluniformen sagen, dass sie die Jugendlichen daran hindert, ihre Persönlichkeit auszudrücken.«
Ich: »Pfff! So ein Blödsinn. Sie müssen doch auch im Hochsommer Anzug und Krawatte tragen und haben trotzdem eine Persönlichkeit.«
Journalist: »Ich muss keine Uniform tragen!«
Ich: »Ach so … na dann … jeder nach seinem Geschmack.«

Zu meiner Verteidigung: Das war echt unangenehm und der Journalist hat mich eingeschüchtert.

16:43

O.k., es stimmt ja. Ich hätte das besser machen können. Kat lässt es sich nicht nehmen, mich wiederholt darauf hinzuweisen. Sie findet meinen Auftritt total bescheuert und sagt mir alles, was ich statt dieses Blödsinns hätte sagen sollen. Ich erwidere, ich würde gerne sehen, was sie an meiner Stelle gesagt hätte und ob sie wirklich so eloquent vorm Fernsehen aufgetreten wäre. Darauf sie: »Siehst du, warum kannst du vor mir so große Reden

schwingen, aber nicht, wenn du interviewt wirst, um unsere Schule zu retten?« Da schaltet sich meine Großmutter ein und sagt:
»Nun hört auf zu meckern, ihr beiden Zicken, sonst wachsen euch noch Hörner!«

Wir sind kurz perplex, dann müssen wir lachen.

Donnerstag, 10. August

Gabriel hat mich ins Feld-Kino eingeladen. Das ist ein Feld neben dem echten Kino, auf dem auf einer großen Leinwand Filme gezeigt werden, und den Ton empfängt man über ein Radio. Scheint ganz cool zu sein. Ich würde echt gerne mit ihm da hingehen, aber ich muss unbedingt die Nachrichten gucken. Nicht, dass ich mich neuerdings dafür interessiere, aber gestern Abend wurde die Reportage über meine Schule noch nicht gesendet und ich will sehen, ob sie heute kommt.

17:59

Noch nie habe ich so gespannt auf die Nachrichten gewartet. (Ehrlich gesagt habe ich *überhaupt noch nie* auf die

Nachrichten gewartet.) Sogar meine Großmutter ist nervös und kaut heftig auf ihrem Kaugummi.

18:00

Meine Großmutter und ich sind ganz hibbelig. In der Zusammenfassung vorab haben sie angekündigt: »Demonstration zum Erhalt einer Privatschule.« Wuhuuu!

18:17

Der Journalist interviewt Monsieur Beaulieu, der erklärt, er habe das ganze vergangene Jahr Verhandlungen geführt, um die Schule zu erhalten.
Plötzlich erinnere ich mich an das Telefonat, das ich gegen Ende des Schuljahres unbeabsichtigt belauscht habe, als ich an seinem Büro vorbeiging. Als er von »den Mädchen« gesprochen hat, meinte er also uns, die Schülerinnen seiner Schule … Wenn ich das gewusst hätte! Dann hätte ich also doch versuchen können, ihn mit meiner Mutter zu verkuppeln, F.B. loszuwerden und an die Prüfungsfragen zu kommen, was meinem Notendurchschnitt sehr zugutegekommen wäre! Upps. Konzentration auf die Nachrichten.

18:19

Ein Mädchen, das ich nicht kenne, sagt, sie wolle die Schule nicht wechseln, weil sie ihre Schule und die Lehrer so mag, und dann sieht man … mich! Das Interview geht ungefähr so:
Journalist: »Also, magst du die Schule?«

Ich: »Ich bin ein bisschen faul.«
Im Fernsehen habe ich eine riesige Nase und ein Gesicht wie ein Reh, das gegen die Windschutzscheibe geknallt ist (nicht, dass ich das schon mal gesehen hätte, aber ich stelle mir vor, wenn ein Reh gegen eine Windschutzscheibe knallt, sieht es so aus wie ich). Außerdem entdecke ich zwei Pickel, von denen ich nicht mal wusste, dass ich sie habe. Ich berühre meine Wange, um zu sehen, ob sie noch da sind. In der Tat, da sind zwei Pickel. Aha.
Journalist: »Glaubst du, dass die Kürzungen im Bildungssystem deine Zukunftschancen beeinträchtigen?«
Ich: »Man kann auch auf Google alle möglichen Informationen finden und das kostet nichts.«
Außerdem sieht man, wie ich die Augen verdrehe, und das macht den Eindruck, als wäre mir meine Schule total egal, dabei habe ich in dem Moment doch nur versucht, Kat zu verstehen zu geben – die mich fassungslos ansah –, dass der Journalist mich einschüchterte.

Feststellung (philosophischer Natur): Im Leben kann man Opfer ganz unterschiedlicher Kürzungen werden.

18:20
Weiter geht's.
Journalist: »Glaubst du, die Tatsache, dass es eine Mädchenschule ist und man eine Uniform tragen muss, könnte abschreckend wirken?«
Ich: »Eine Französischstunde ist eine Französischstunde, egal ob mit oder ohne Jungs.«

18:21

Meine Großmutter dreht sich zu mir und sagt:

»Du warst echt gut! Du solltest zum Fernsehen!«

Das war der letzte offizielle Beweis, dass sie mich liebt.

Ich: »Macht der Nikotinentzug dich taubstumm? Ich habe mich total lächerlich gemacht!«

Ring! Das Telefon klingelt. Es ist Kat.

»Was sollte denn das mit Google?«

Ich: »Ich wollte einen Witz machen, aber ich habe mich verheddert … Ich wollte eigentlich sagen, dass die Erwachsenen unsere Bildung nicht einfach Google überlassen sollten, auch wenn man damit angeblich alles finden kann, was man wissen muss. Aber es ist nicht richtig rübergekommen. Versuch du doch mal, mit einer Kamera im Gesicht zu reden! He, warte mal kurz, ein Anruf auf der anderen Leitung.«

Es ist Gabriel: »Hey, echt cool, dein Interview. Aber ich habe nicht genau verstanden, was du mit Google sagen wolltest … dass es die Schule ersetzen kann?«

Ich: »Ich wollte sagen, dass die Erwachsenen unsere Bildung nicht nur dem Internet überlassen sollen. Dass die Schule wichtig ist und man eine gute Schule wie meine Schule nicht schließen sollte. Aber in der Aufregung habe ich mich schlecht ausgedrückt. Ah! Niemand versteht mich!«

Meine Großmutter: »Ich habe das so verstanden! He, Amélie, lass das Telefonieren, jetzt läuft noch eine Debatte zum Thema öffentliche Schulen und Privatschulen, das solltest du dir anschauen!«

Ich: »He, Gabriel, ich lege auf, es kommt noch eine Debatte!«
Gabriel: »Komm nach der Debatte mit mir ins Feld-Kino!«
Ich: »O.k.! Bis nachher.«
Ich schalte auf die andere Leitung.
Kat: »Das hat aber lange gedauert!«
Ich: »Sorry! Das war Gabriel.«
Kat: »Ah-haaaaaa …«
Ich: »Ich lege jetzt auf, es läuft noch eine Debatte über Privatschulen. Solltest du dir auch anschauen!«
Kat: »Och nö! Ich hab von dem Thema die Nase voll!«

18:34
Komisch, das Thema interessiert mich, trotzdem schweifen meine Gedanken alle zwei Sekunden ab. Laut den Experten sollten Privatschulen nicht mit öffentlichen Geldern finanziert werden, auch wenn es sich nur um eine Teilfinanzierung handelt, usw. usw. Die Uniform gehört angeblich nicht in eine moderne Gesellschaft usw. usw. Ich stelle fest, dass ihre Meinung mit meiner nicht viel zu tun hat. Ob eine Schule schlechter, besser oder sonst was ist, ist mir egal, ich will MEINE Schule. (Jetzt wäre ich gerne dabei, um ihnen meine Meinung zu sagen, aber ich hatte meine Chance und hab's vergeigt … Pech!)
Meine Großmutter dreht sich zu mir.
GM: »Interessant, was?«
Ich: »Hmm.«

GM: »Mach dir keine Sorgen. Wenn du die Schule wechseln musst, findest du neue Freunde.«
Ich: »Ich brauche keine neuen Freunde, ich habe Kat.«
GM: »Denk mal an die kleinen Enten. Hast du gesehen, wie groß sie geworden sind? Schon am Ende des Sommers werden sie ihren See verlassen und nach Süden fliegen. Sie lernen einen neuen Ort kennen.«
Ich: »Kommst du mir da gerade mit einer Metapher? Nach dem Motto, den Enten geht es hier gut, aber woanders werden sie auch glücklich sein, blablabla?«
GM: »Ähm … ja.«
Was haben die Erwachsenen bloß immer mit ihren Metaphern?
Ich: »Mensch, Oma, ich bin im Französisch-Begabtenkurs, ich bin Expertin für Sätze, die eine Sache sagen und eine andere Sache meinen! Nur wenn sie von meiner Mutter kommen, wird's mir zu kompliziert!«
GM: »Na gut, ich war wohl nicht subtil genug.«
Ich: »Nicht wirklich.«

20:30

Ich liege mit Gabriel auf einer Decke im Feld-Kino und beklage mich über meinen jämmerlichen Auftritt im Fernsehen.
Gabriel: »Das, was man im Gedächtnis behält, ist der letzte Satz. Und der war doch super. Außerdem sahst du toll aus und hast gelächelt. Im besten Fall haben die Leute gar nicht auf deine Worte geachtet.«

21:15

Der Film hat angefangen. Echt cool, dieses Feld-Kino. Wenn ich gewusst hätte, dass es das gibt, wäre ich jeden Abend mit Gabriel hierhergekommen.

Ich (drehe mich zu Gabriel): »Warum sind wir nicht schon früher hierhergekommen?«

Er: »Na! Du hattest ja schon Probleme, baden zu gehen!«

Ich: »Das ist doch was anderes!«

Gabriel: »Dich soll mal einer durchschauen!«

Ich: »He, wieso? Ich gehe nur nicht gerne baden, dazu habe ich ja wohl ein Recht!«

Gabriel: »Ich habe dich noch nicht vorher mitgenommen, weil ich dachte, dass du Angst vor Spinnen hast.«

Ich (springe auf): »UAAAAAAAAAAHHHHHHHHHHHHHH! SPIIIIIIIIIINNEN???????????« Alle um uns rum zischen: »Pssssst!« Gabriel steht auf und flüstert mir ins Ohr:

»Na, was dachtest du denn? Wir sind hier auf einem Feld. Setz dich wieder hin. Wenn eine kommt, erledige ich das.«

Wir setzen uns wieder auf die Decke und gucken weiter den Film an. Nach ein paar Minuten, als in einer Szene nur Musik läuft und niemand redet, dreht er sich zu mir und sagt:

»Weißt du was? Ich bin sicher, dass deine Schule nicht schließen wird.«

Er sieht mich an und ich (und ich rede hier von mir, Amélie Laflamme) küsse ihn. Einfach so, paff!

Also, ich hätte ja auch einfach »Danke« sagen können, weil er so nett ist. Aber nein, ich habe, peng, den Kopf verloren.
Als meine Lippen seine berühren, fange ich an zu zittern.
Er sagt:
»Ist dir kalt?«
Ohne meine Antwort abzuwarten, zieht er seine Jacke aus und legt sie mir um die Schultern. Und dann küssen wir uns noch mal. Ich höre, wie seine Freunde, die ein bisschen weiter weg sitzen, uns necken. Aber das ist mir egal. Es fühlt sich einfach gut an, mit jemandem zu knutschen (ihm).

22:18
Hihi!

22:19
Was soll das denn heißen, »hihi«?!

22:20
O.k., es ist so weit, ich bin verrückt.

Samstag, 12. August

An: Amélie Laflamme
Von: Nicolas Dubuc
Betreff: Hi

Hi Amélie!
Ich habe dich im Fernsehen gesehen und ich fand dich echt gut!
Ich hoffe, dass deine Schule nicht schließen muss.
Ruf mich an, wenn du wieder da bist! :-)

Nic

14:00

Am Telefon mit Kat, immer noch unter Schock.
Ich: »Was glaubst du, wollte er damit sagen: ›Ich hoffe, dass deine Schule nicht schließen muss?‹«
Kat: »Na, er hofft, dass deine Schule nicht schließen muss.«
Ich: »Nein, ich meine … Denkst du, er will nicht, dass ich dann auf seine Schule gehe?«
Kat: »Ich glaube, du interpretierst zu viel. Er will einfach nur das sagen, was er geschrieben hat.«
Ich: »Aber der Smiley, soll der heißen, dass ich ihn anru-

fen soll, damit er sich über mich lustig machen kann, oder dass er mir nicht mehr böse ist und Gras über die Sache gewachsen ist? Meinst du, er will wieder mit mir zusammen sein? Oh! Mein Gott! Er will wieder mit mir zusammen sein!!!!!!!«

Kat: »Es ist nur ein Smiley …«

Ich: »Ja, aber … der steht genau hinter dem Satz, in dem er schreibt, dass ich ihn anrufen soll … Ich finde, ein Smiley hinter diesem Satz ist ganz schön vielsagend.«

Kat: »Er sagt also, ›ruf mich an, weil ich wieder mit dir zusammen sein will‹?«

Ich: »Nein! Er sagt, ›ruf mich an, ich bin nicht mehr böse auf dich, du hast mir gefehlt, und wenn wir uns wiedersehen, sage ich dir, dass ich dich noch liebe!‹«

Kat: »Amélie, ich glaube, dass es wirklich einfach nur ein Smiley ist, der … für gute Laune steht.«

Ich: »Aber gute Laune warum? Weil er in den Sommerferien festgestellt hat, dass es blöd war, wegen dieser lächerlichen Sache mit mir Schluss zu machen, und er wieder mit mir zusammen sein will! Findest du, ich sollte ihm zurückschreiben?«

Kat: »Du sollst ihn anrufen, wenn du wieder da bist.«

Ich: »Ja, aber wenn ich ihm vorher nicht schreibe, denkt er vielleicht, dass ich schmolle und nicht mit ihm sprechen will. Vielleicht denkt er, als ich ihm mein Kaugummi ins Gesicht gespuckt habe, wollte ich ihm *wirklich* mein Kaugummi ins Gesicht spucken.«

Kat: »Also, du kommst in drei Tagen von deiner Großmutter zurück. Er wird doch nicht glauben, dass du ihm absichtlich ein Kaugummi ins Gesicht gespuckt hast, nur weil du ihn erst in drei Tagen anrufst.«

Ich: »Oder vier! Ich kann ihn doch nicht am selben Abend anrufen, an dem ich zurückkomme. Das wirkt dann, als hätte ich nur darauf gewartet. Ich glaube, es ist am besten, wenn ich ihm gleich zurückschreibe und einen Zwinker-Smiley ans Ende setze, der bedeutet ›ich verstehe, was du mit deinem Smiley sagen willst, und ich denke das Gleiche‹, und dann rufe ich ihn nach zwei Tagen an, wenn ich wieder da bin. Hmmm ... andererseits hat er keine Kreuzchen unter seinen Namen gesetzt ... Das verwischt die Spur.«

Kat: »Welche Spur? Du machst mir Kopfschmerzen.«

Ich: »Pfff! Aber du! Du dachtest, Homonym heißt das Gleiche wie homosexuell, und dir soll ich glauben?«

Kat: »Siehst du ... du machst mir Kopfschmerzen! Wenn du auf mich nicht hörst, dann hör auf die *Miss*: Sei unabhängig.«

Ich: »O.k. In Ordnung ... wenn du das sagst. Dann schreibe ich ihm halt nicht! Also, eine Affäre weniger.«

Kat: »Wie das, *eine* Affäre?«

Ich: »Ähm, also ... gestern Abend ... habe ich mit Gabriel geknutscht.«

Kat: »Monsieur Frosch?«

Ich: »Nenn ihn nicht so! Willst du, dass ich dich Madame Hamster nenne, nur weil du Hamster hast?«

Kat: »Ich habe *einen* Hamster: Caprice! Wenn ich vier Hamster hätte, würde man mich vielleicht tatsächlich so nennen, wer weiß!«

Ich: »Er hat nicht vier Frösche, er hat drei. Und die sind echt süß. Ganz klein und grün. Die hättest du auch süß gefunden, wenn du sie gesehen hättest.«
Kat: »Du bist ganz schön verknallt in ihn, was?«
Ich: »Er ist echt cool ... Ich war in den letzten Wochen echt verknallt in ihn, aber ...«
Kat: »... du wirst alles kaputt machen, weil dein Ex dir einen Smiley geschickt hat.«
Ich: »Das ist es nicht! Es ist nur ... Nicolas ... ist Nicolas, weißt du. Und Gabriel ... wohnt auf jeden Fall weit weg.«
Kat: »Du hast keine Wahl, du musst mit ihm reden.«
Ich: »Mit Nicolas? Ja, du hast recht, ich schreibe ihm gleich eine Mail. Ich wusste doch, dass es das Beste ist.«
Kat: »Neeeiiin! Nicht mit Nicolas, mit Gabriel. Kleiner Tipp, erklär ihm die Situation. Das ist besser, als einfach so Schluss zu machen. Es hat mir echt leidgetan, dass ich das mit David Desrosiers gemacht habe, bevor ich ihn überhaupt richtig kannte. Hahaha! Das klingt jetzt, als wäre ich mit dem *echten* David Desrosiers zusammen gewesen!«
Ich: »Mann, Kat!«
Kat: »Jedenfalls ... Sag ihm, dass du noch nicht bereit bist, dein Herz schon wieder zu öffnen, oder so was.«
Ich: »Oh ja, ›noch nicht bereit‹, sehr gut! Du bist spitze!«

16:00

Im Park hinter der Kirche mit Gabriel. Er sitzt auf einer Schaukel und ich stehe vor ihm und gestikuliere mich

durch eine endlose Erklärung. Also, zuerst habe ich gesagt: »Ich bin noch nicht bereit, mein Herz wieder für jemanden zu öffnen«, aber er hat mich nur wortlos angeschaut, also habe ich etwas unbeholfen zu einer laaaaaangen Erklärung ausgeholt:
»Blablabla, erster Kuss … Blablabla, mit meinem Nachbarn … Blablabla, VOR DEN FENSTERN VON *MUSIQUE PLUS*! … Blablabla, Vogelkacke … Blablabla, zurückerobern, aber in einen Sack Katzenfutter gefallen … Blablabla, Kaugummi … IN SEIN GESICHT! Also … er hat mir gerade geschrieben und jetzt bin ich verwirrt … Blablabla … Aber du bist echt super. Ich weiß nicht, was ich diesen Sommer ohne dich gemacht hätte. Du bist wie … mein bester Freund. Blaaaaaaaablaaaaaablaaaaaaaa.«
Gabriel: »Ich wusste doch, dass du ein Spezialfall bist.«
Ich: »Tut mir leid …«
Gabriel: »Macht nichts … Ich bin trotzdem froh.«
Ich: »Ach ja? Warum?«
Gab: »Weil ich jetzt sagen kann, dass ich mit ›Amélie-Essen-ist-fertig‹ geknutscht habe!«
Ich: »Ach, du bist doof!«
Das sage ich mit einem kleinen Lächeln und gebe ihm dabei einen Klaps auf die Schulter. Er steht von der Schaukel auf und nimmt mich in den Arm. Nach ein paar Minuten trete ich einen Schritt zurück und sage:
»Gabriel … ich fände es wirklich schön, wenn wir Freunde bleiben.«
Er streicht sich die Haare hinters Ohr.

Gabriel: »Das sagt man immer, aber weißt du, die Schule geht wieder los und man lernt jede Menge Leute kennen und am Ende schreibt man sich doch nicht, weil man so viel zu tun hat und so weiter. Ich schlage vor, wir verabschieden uns, und wenn du mal bei deiner Großmutter bist, meldest du dich, wenn du magst. Ich wünsche dir wirklich, dass deine Schule nicht schließen muss … und dass dein Nicolas einsieht, dass er blöd war. Ach, und übrigens, öffentliche Schulen sind gar nicht so schlimm.«
Ich: »Meine Schule wird schon nicht schließen. Ich bin zuversichtlich.«

Sonntag, 13. August

Es ist schon spät und meine Großmutter und ich sitzen draußen. Sie hat gesagt, es sei die Zeit der Perseiden, in der ganz viele Sternschnuppen zu sehen sind, und ich könnte mir ja wünschen, dass meine Schule offen bleibt. Seit wir hier sitzen, habe ich schon zehn Sternschnuppen gesehen! Wir hören den Grillen zu, und auch wenn die letzten Ereignisse mich ein bisschen gestresst haben, fühle ich mich entspannt. Ich schaue meine Großmutter an, die den Himmel anschaut. Von der Seite sieht

sie wirklich so aus, wie mein Vater in meiner Erinnerung von der Seite aussieht. Ich weiß nicht, ob das sein echtes Profil war oder ob ich es mit den Jahren vergessen und mit dem Gesicht meiner Großmutter verschmolzen habe. Eine Art Photoshop der Erinnerung.
Ich habe noch nie mit meiner Großmutter über meinen Vater gesprochen. Ich habe es diesen Sommer mehrmals versucht, aber dann habe ich es doch gelassen, weil ich dachte, dass es sie traurig macht. Irgendwie denke ich, dass alle so sind wie meine Mutter. Dass man lieber nicht darüber redet, um keine schmerzhaften Erinnerungen auszugraben.
Aber heute ist mein letzter Abend hier, in dem Haus, in dem mein Vater gelebt hat, und ich würde gerne mit meiner Großmutter über ihn reden. Ich würde einfach gerne sagen: »Oma, erzähl mir von Papa. Stundenlang.« Aber die Worte kommen mir nicht über die Lippen.

21:55

Eine Sternschnuppe fällt.

Liebe Sternschnuppe, bitte mach, dass meine Großmutter mir von meinem Vater erzählt.

22:05

Ich kuschele mich noch tiefer in meine Decke, weil der Wind frisch ist.
Ich (schaue immer zum Himmel): »Hast du manchmal Sehnsucht nach … deinen Zigaretten?«

Meine Großmutter: »Nein. Das ist eine dumme Angewohnheit! Aber wenn du weg bist … fällt es mir vielleicht schwerer. Jedenfalls hoffe ich, du isst jetzt nur noch Schokolade zum Vergnügen, und nicht, um deine Gefühle runterzuschlucken.«
Ich: »Häh? Was soll das denn heißen?«
GM: »Ich habe dich doch gesehen! Wenn man eine Schraube locker hat, gibt es auch noch andere Lösungen als zu essen, weißt du!«
Ich: »He! Du tust ja, als wäre ich verrückt!«
GM: »Du? Ach was! Aber du musst aufpassen, wenn du keine Plauze kriegen willst wie deine Großmutter!«
Sie zwickt sich die Plauze.
Ich: »Aber Schokolade ist so gut! Und außerdem ist das deine Schuld!«
GM: »Meine Schuld?«
Ich: »Ja, die ganze Schokolade, die du mir zu Ostern geschenkt hast, hat mich abhängig gemacht!«
GM (zwickt mich in die Wange): »Hahaha! Ach, du! Und, hat es dir gefallen, den Sommer bei deiner alten Großmutter zu verbringen?«
Ich: »Meine Mutter fehlt mir, aber ich muss schon sagen, es fällt mir schwer, wieder zu gehen.«
GM: »Du kannst jederzeit wiederkommen, das weißt du.«
Ich: »Als ich klein war, fand ich dich immer so streng … Aber eigentlich bist du total cool.«
GM: »Was? Du fandest mich streng? Ich wollte nicht so nachgiebig sein, weil ich Angst hatte, meine Autorität zu verlieren …«

Nach kurzem Schweigen dreht sie sich zu mir und sagt: »Ich war ganz schön beleidigt, als dein Vater uns eröffnet hat, dass er in die Stadt zieht.«
Ich: »Ja?«
GM: »Ja! Ich habe eine Riesenszene gemacht, du hättest mich sehen sollen. Dabei lebte er so gerne auf dem Land. Ich konnte seine Entscheidung nicht verstehen.«
Ich: »Er lebte gerne auf dem Land? Das wusste ich nicht.«
GM: »Ja. Ich war sehr überrascht, dass er in die Stadt ziehen wollte. Aber dort wollte er hin. Nach der Uni. Mit deiner Mutter. Als du geboren wurdest, war ich noch beleidigter. Meine kleine Enkeltochter …«
Ich: »Du warst sauer, weil ich geboren wurde?«
GM: »Nein, weil du so weit weg warst und ich dich nicht öfter sehen konnte.«
Ich: »Echt?«
GM: »Du hast mir sehr gefehlt, weißt du … Ich hätte dich gerne öfter gesehen.«
Ich: »Auf jeden Fall machst du die besten Pfannkuchen der Welt!«
Sie gibt mir einen Klaps auf den Schenkel und kneift zu. Nur mein Stolz sorgt dafür, dass ich nicht »Aua!« schreie.
Ich: »Ich glaube, er hat gerne in der Stadt gelebt. Mein Vater. Er mochte auch unser Haus. Er hat immer irgendwas gewerkelt, um es schöner zu machen.«
GM: »Ach ja, er war geschickt, dein Vater! Wie sein Vater … Magst du ihn, den Freund deiner Mutter?«
Ich: »Hmmmmmmmnja.«

GM: »Nein?«
Ich: »Also … mein Vater …«
GM: »Er fehlt mir auch, weißt du …«
Ich sehe sie an und lächele.
GM: »Es ist nicht leicht, sein eigenes Kind zu überleben.«
Ich: »Ich kann dir sagen, seine Eltern zu überleben ist auch kein Vergnügen.«
GM: »Du kleiner Fuchs …«
Ich: »Und du hast dir nie einen Freund gesucht?«
GM: »Hahaha! Ich?« (Sie denkt einen Augenblick nach.) »Ich habe ihn sehr geliebt, deinen Opa. Ich war sicher, dass ich ihm bald folgen würde. Aber … ich bin immer noch hier. Und wenn ich ihm gefolgt wäre, hätte ich dich nicht kennengelernt.«
Ich: »Ich glaube, du könntest leicht einen Freund finden. Paul-Émile mit seiner schönen Krawatte!«
GM: »Hahahaha! Nein, den bestimmt nicht!«
Ihr Bauch hüpft hoch und runter.
Ich: »Ich mag deine Plauze.«
Ich kraule ihr den Bauch und sie lacht.
Ich: »Oh, schau mal! Eine Mega-Sternschnuppe!«
GM: »Hui! Wenn sie so groß sind, darf man seine Wünsche laut sagen!«
Ich: »Stimmt nicht! Wir dürfen unsere Wünsche niemandem sagen!«
GM: »Ach komm, an deinem letzten Abend kannst du mir doch sagen, was dich am meisten glücklich machen würde. Ich will dich verwöhnen. Egal was. Auch wenn

ich noch mal an den Herd muss, um dir Pfannkuchen zu machen!«
Ich sehe sie an. Ich atme ein. Ich öffne die Lippen. Ich sage:
»Ich wünsche mir, dass … du … mir … noch mehr … von meinem Vater erzählst.«
Autsch. Mir ist ein Kloß im Hals hochgestiegen und ich spüre, wie meine Augen nass werden, aber meine Großmutter lächelt und fängt an zu reden und ich höre zu.

Mitternacht

Ich habe in Erdkunde gelernt, dass Sternschnuppen keine echten Sterne sind. Es sind kleine Anhäufungen von Weltraumstaub, die in unsere Atmosphäre eintreten, sich erhitzen, innerhalb von Sekundenbruchteilen verbrennen und dabei einen Lichtstreif an den Himmel zeichnen. Man könnte sagen, kosmischer Müll. Also hat es technisch gesehen überhaupt keinen Sinn, sich beim Anblick einer Sternschnuppe etwas zu wünschen. Ehrlich gesagt, ich kann verstehen, warum man sich um 11 Uhr 11 etwas wünscht – es ist, als wäre es ein gutes Zeichen, wenn man auf die Uhr guckt und lauter gleiche Ziffern sieht, warum soll man sich da nicht gleich etwas wünschen? Im Fall der Sternschnuppen ist mir das weniger klar. Eigentlich sind das nur ein paar Steine, die durch den Weltraum sausen, und das Phänomen ist noch nicht mal besonders selten. Aber faktisch war ich noch nie zufriedener mit der Erfüllung eines Wunsches als an die-

sem Abend. Die Geschichten meiner Großmutter über meinen Vater waren wie ihre Witze: voller unnötiger Details. Aber seltsamerweise erschien mir gerade dieser Sinn fürs Detail (auch wenn er bei Witzen ganz schön anstrengend sein kann) wesentlich in diesem Gespräch. Ich habe jede Menge über meinen Vater erfahren. Viele lustige Sachen!
Vielen Dank, liebe Sternschnuppe!

Dienstag, 15. August

Eeeeeeiiiiiiiin Fooooootoooooooooo naaaaaaaaaaach deeeeeeeeeeeeem aaaaaaaaaaandeeeeeeeereeeeen.

Ich bin gestern kurz nach meiner Mutter und François nach Hause gekommen, die sich wegen der Zeitverschiebung fast sofort schlafen gelegt haben.
Meine Mutter und ich haben uns ganz fest umarmt. Ich kann mich nicht erinnern, dass wir schon mal so lange getrennt waren, und ich war sehr froh, sie zu sehen.
Heute Morgen hat mir meine Mutter jede Menge Geschenke überreicht und dann haben François und sie angefangen, mir die Fotos ihrer Reise zu zeigen. Und

die schaue ich immer noch an und höre dabei ihre Geschichten.
Meine Mutter vor dem Grab von Jimmy Morrison, dem Idol ihrer Jugend, auf dem Friedhof Père Lachaise.
Meine Mutter und François vor einem Haus, dessen Architektur sie interessant fanden.
Meine Mutter liest eine Zeitschrift auf irgendeiner Terrasse.
Meine Mutter und François im Schloss von Versailles.
François Blais vor einem Schild mit der Aufschrift »Bitte weiträumig umfahren«. (Zugegeben, das ist ganz lustig.)
Der Eiffelturm.
Der Eiffelturm aus einer anderen Perspektive.
Der Eiffelturm verschwommen.
Der Eiffelturm am Abend.
Das Gesicht meiner Mutter und das halbe Gesicht von François vor einem Teil eines verschwommenen Eiffelturms am Abend.
Usw. usw. usw.
Das Problem an Digitalkameras ist, dass die Anzahl der Urlaubsfotos, die man sich angucken muss, uuuuuuuuneeeeeeendliiiiiiiich ist.

13:15

Meine Mutter und François erzählen eine endloooooos lange Geschichte, die ihnen auf den Champs-Élysées passiert ist (weshalb ich an Kat und ihr Reiterhof-Lied denken muss, das sie mir gestern Abend am Telefon vorgesungen hat und das ich immer noch im Kopf habe).

13:27
Oh Gott! Diese Geschichte findet nie ein Ende! Ich setze ein aufmerksames Lächeln auf und lasse meine Gedanken schweifen.

14:00
Meine Mutter: »Oh, und ich muss dir unbedingt noch eine Geschichte erzählen!«
Ich (in meinem Kopf: »Seufz«, in echt): »Super.«
Meine Mutter: »François und ich mussten beide so an dich denken, dass wir uns kaputtgelacht haben!«
François: »Ah ja! Die Sache mit dem Popcorn?«
Meine Mutter: »Jaaaa! Du wirst sehen, es ist superlustig! Also, ich war dabei, einer unserer Kundinnen irgendwas zu erzählen, ich weiß nicht mehr, was es war, aber jedenfalls ging es um Puffmais … Ich habe also gesagt, ›blablabla … Puffmais‹ …«
Ich: »Seit wann sagst du Puffmais?«
Meine Mutter: »Na, ich wollte mich gut ausdrücken. Wo ich doch in Frankreich war. Verstehst du? Und da hat die Frau, mit der ich mich unterhielt, gesagt, ›Was ist denn Puffmais?‹«
François: »Und da hat deine Mutter gesagt: ›Na, Popcorn halt!‹, in haargenau deinem Tonfall! Hahahahaha!«
Ich: »Häh? Was denn für ein Tonfall?«
François: »Genau dieser!!!«
Ich: »Was soll das denn heißen?«
François: »So ein kleiner kratzbürstiger Tonfall.«

So hat sich also eine Geschichte, die mir auch noch als lustig angekündigt wurde, als totale Beleidigung entpuppt.

Und dann heißt es, ich übertreibe, wenn ich mich beschwere, dass F.B. der Teufel ist. (O.k., das habe ich noch nie zu jemandem gesagt, also hat auch noch nie jemand gesagt, dass ich übertreibe, aber ich bin sicher, wenn ich es täte, hieße es gleich, ich übertreibe, dabei habe ich faktisch recht, doch niemand außer mir scheint das zu sehen.)

Mittwoch, 16. August

Heute ist es so weit. Heute rufe ich Nicolas an. Und dann werde ich erfahren, ob sein Smiley für einen neuen Anfang zwischen uns stehen sollte oder nicht.
Aber erst mal habe ich Tommy angerufen, um ihn nach seiner Meinung zu dem Smiley zu fragen (auch wenn er nicht von hier ist, ich brauchte die Einschätzung eines Jungen), und er hat gesagt: »Ganz klar, das heißt, dass er wieder mit dir zusammen sein will«, aber sein Ton war sarkastisch, daher glaube ich nicht, dass er das ernst

meinte. Ich pfeife auf seinen Zynismus! Er kann sagen, was er will! Ich komme wieder mit Nicolas zusammen! Titilititiiiiiiii!

13:45

Nicolas und ich treffen uns in seiner Mittagspause. Wir haben uns hinter der Zoohandlung verabredet, in der er arbeitet. Als ich ankomme, ist er noch nicht da.
Ich lehne mich an die Mauer hinter dem Laden, und als es plötzlich »ding-dong« macht, kriege ich fast einen Herzinfarkt (ich wusste gar nicht, dass das Geräusch einer Tür so einen Effekt haben kann)!
Als ich ihn sehe, fühle ich mich sehr komisch (nicht wegen meines Pseudo-Herzinfarkts, sondern weil ich plötzlich vor ihm stehe …). Wir sagen »hallo« und dann wissen wir nicht mehr weiter. Wir stehen uns schweigend gegenüber. Ich stelle fest, dass er nicht mehr so riecht wie früher. Also sage ich (gegen meinen Willen, weil mich unser Schweigen so stresst):
»Du riechst … anders.«
Nicolas (schnuppert unter seinem Arm): »Stinke ich?«
Ich: »Nein! Haha! Nein! Nein! Nein! Das wollte ich nicht sagen! Es ist nur …«
Nicolas: »Könnte mein neues Deo sein. Vielleicht hätte ich das lieber nicht nehmen sollen …«
Ich (mit echter Überraschung, bedauerlicherweise): »Aaaaaaaaah! Du riechst also nicht nach Schwein?!!!!!!!!!«
Nicolas: »Was?«
Ich: »Ähm … entschuldige. Es ist nur … in Weichspü-

lern sind manchmal … das hat meine Großmutter gesagt, aber egal, vergiss es, ich habe das nie gesagt, o.k.?«
Nicolas: »Du bist … komisch.«
Ich: »Hmm ja … mit diesem ›Phänomen‹ muss ich wohl lernen zu leben.«
Nicolas: »Hattest du schöne Ferien?«
Ich: »Mhmm … nicht schlecht.«
Nicolas: »Ah.«
Ich: »Es gab … schöne Enten.«
Nicolas: »Ah … Enten.«
Ich: »Ja, total süße.«
Nicolas: »Deine Schule macht zu. Kommst du jetzt auf meine?«
Ich: »Meine Schule macht nicht zu.«
Nicolas: »Und wenn doch?«
Ich: »Wir haben demonstriert und haben viele Leute erreicht. Ich hoffe, es hat was gebracht.«
Nicolas: »Ich habe dich im Fernsehen gesehen.«
Ich: »Ich habe nur blödes Zeug geredet! Aber das lag nur daran, dass mich die Kamera so gestresst hat …«
Nicolas: »Ich fand dich gut.« (Er senkt den Kopf.) »Und du sahst toll aus …«
Ich (verlegen): »Danke …«
Ich sehe ihn an. Er sieht mich an. Ich spüre, dass wir uns gleich küssen und wieder ein Paar sein werden. Und all die Monate, die wir getrennt waren, liegen hinter uns. Endlich!!! Nicolas wird sich mit Tommy anfreunden und die beiden werden über die Geschichte bei *MusiquePlus* lachen! Das wird ein *Running Gag* zwischen uns. Wir

werden unzertrennlich sein, wir drei und Kat. Wir werden alles Mögliche zusammen unternehmen, ins Kino gehen, in den Park usw. usw. Wir werden sogar in den Freizeitpark fahren, bevor die Schule wieder anfängt, und dieses Mal werde ich nicht kotzen, wenn ich ihn sehe, weil ich nämlich schon mit ihm ankomme. Nicolas! Hi-hi-hi-hu-hi! Das wird das absolute Glück. Das …

Nicolas: »Ich habe gehört, du hast einen Freund.«

Ich: »Was??!???????? Wer hat das denn gesagt? DAS STIMMT ÜBERHAUPT NICHT!«

Nicolas: »Das hat mir Julianne neulich im Park erzählt.«

Ich: »Julianne?«

Nicolas: »Ja. Sie hat gesagt, du hättest bei deiner Großmutter einen Typen kennengelernt.«

Ich: »Ja. Nein. Also, schon. Aber nein!«

Nicolas: »Was jetzt?«

Ich: »Das ist nur *ein Freund.*«

Nicolas: »So wie Tommy.«

Ich (in einer Wahnsinnsgeschwindigkeit): »Nein! Tommy ist ein ›Freund‹-Freund. O.k., der andere Typ, Gabriel, der ist … wir haben den ganzen Sommer zusammen verbracht und da … haben wir halt mal geknutscht. Aber nur einmal im Kino! Das war so … der Augenblick! Aber wir waren nicht mehr zusammen. Du und ich, meine ich. Ich dachte, ich müsste dich vergessen. Du hast dich nie wieder gemeldet. Bis zu deiner Mail, und da dachte ich, dass …«

Nicolas: »›Das war so der Augenblick‹, wie bei *Musique-Plus*?«

Ich: »Ja! NEIN! *MusiquePlus* war ganz allein Tommys Schuld. Jedenfalls. Mit dem anderen ist nichts. Wir bleiben nicht mal in Kontakt. Außerdem war ich weit weg … Und du? Hattest du einen schönen Sommer?«

Nicolas: »Ich habe auch eine Freundin.«

Ich: »*Nur* du hast eine Freundin, nicht *›auch‹*. Denn *ich* habe keinen Freund.«

Nicolas: »Als ich dich im Fernsehen gesehen habe, war ich total durcheinander. Ich wollte dich wiedersehen. Aber da hat Julianne mir erzählt, dass du einen Freund hast … und es gibt da ein Mädchen … wir haben diesen Sommer viel gemacht, und weil ich dachte … dass du einen Freund hast …«

Ich: »Hab ich aber nicht!«

Nicolas: »Na … dann hast du bestimmt bald einen. Du bist ein tolles Mädchen, Amélie.«

Ich (genervt): »Ich will aber gar keinen Freund, o.k.? Bevor ich dich kannte, fand ich alle Jungs blöd! Ich laufe niemandem hinterher. Wenn der richtige Typ (nicht gesagt: du) mein Freund sein will, dann will ich einen. Aber ich habe es nicht nötig, mich an den nächstbesten Typen zu hängen (nicht gesagt: so wie du mit deiner Freundin), nur damit ich einen Freund habe.«

18:00

Ich bin in der Dusche und wasche mir wütend die Haare (zumindest die, die ich mir noch nicht vom Kopf gerissen habe) und sage immer wieder: »Schokolade nur zum Vergnügen, Schokolade nur zum Vergnügen.«

Heute nach meinem Treffen mit Nicolas

Ich bin zu Kat gestürmt, um ihr zu sagen, dass ihre Schwester eine Ameise ist, die ich ohne Erbarmen zerquetschen würde, auch wenn ich diesen Sommer eine gewisse Sympathie für diese Tiere entwickelt habe. Oh Julianne! Julianne! Julianne! Zum Glück, ehrlich, habe ich keine übersinnlichen Fähigkeiten, wie die Brandstiftung mit den Augen, denn ich weiß nicht, was ich sonst mit ihr gemacht hätte, auch wenn sie die Schwester meiner besten Freundin ist. Kat hat nur gesagt: »Hörst du jetzt auf, sie immer in Schutz zu nehmen?«
Woher sie das mit Gabriel wusste? Sie hat am Telefon gelauscht! Kat und ich haben Julianne in den Schwitzkasten genommen, damit sie uns gesteht, was genau sie zu Nicolas gesagt hat. Julianne hat beteuert, das habe sie nur für mich getan. Sie habe Nicolas mit einem Mädchen gesehen, und als das Mädchen weg war, sei sie zu ihm gegangen und habe ihm gesagt, dass ich auch einen neuen Freund hätte, damit ich unerreichbar erschiene, genau wie es in der *Miss* stand.
Nebenbei bemerkt, in der *Miss* stand nichts davon, dass die kleine Schwester deiner besten Freundin eure Telefongespräche belauscht und irgendwelche Gerüchte über dich in die Welt setzt!
O.k., sie hat es gut gemeint. Sie ist kein schlechter Mensch. Aber ich hatte eine Mini-Chance, wieder mit Nicolas zusammenzukommen. NICOLAS! Und sie hat sie mir vermasselt. VERMASSELT! Julianne hat ange-

fangen zu heulen und uns versprochen, dass sie uns nicht mehr belauscht. Und ich bin (sehr frustriert) nach Hause gekommen, um mir die Haare zu waschen.

Zurück unter der Dusche, wo ich mir immer noch wie wild die Haare wasche

Arrrrrrrggggghhhh! Ich schreie und hüpfe auf der Stelle und kann meine Wut kaum beherrschen. O.k., erst mal runterkommen. Ich könnte ausrutschen, mir ein Bein brechen und ins Krankenhaus kommen. Und dann würde ich keine Karte von Nicolas kriegen, auf der »Gute Besserung, mein Schatz« steht, weil er jetzt eine neue Freundin hat. UND NUR WEGEN JULIANNE!!!!!!!!
ARRRRRGGGGGGHHHHH!!!!!!!!!!!

18:10
Mir fehlen die Worte, um meine Wut auszudrücken. Und mein Körper braucht eine Pause.

18:12
Ich muss durch die Nase atmen. Ah-fuuuuu, ah-fuuuuu. Ahhhhhhh! Gluck-gluck! Hust-hust!

Vermerk an mich selbst: Wenn Wasser im Spiel ist, bleibt man lieber wütend. Entspannungsübungen unter der Dusche sind unmöglich. Man kriegt Wasser in Nase und Lungen. Also, großes Risiko zu ertrinken (alles andere als entspannend).

Wichtige Nachricht an alle: SEIN SMILEY SOLLTE SEHR WOHL BEDEUTEN, DASS ER WIEDER MIT MIR ZUSAMMEN SEIN WOLLTE, O.K.!?

Donnerstag, 17. August

O.k., also, noch ist nicht alles verloren. Ich werde noch einmal aufmerksam den Artikel »Wie eroberst du ihn zurück?« in der *Miss* lesen, es gibt bestimmt etwas, das ich übersehen habe.

13:14

Die Wahrheit sagen! Das ist der Tipp, den ich nicht probiert habe. Ich werde ihn anrufen. Und ihm alles sagen. Und versuchen, alles wieder in Ordnung zu bringen.

13:15

Oder mich lieber kneifen? Und direkt hinter der Zoohandlung aufwachen? Ja! Vielleicht ist alles nur ein Albtraum! Gute Idee!

13:16

Autsch. 1. Kneifen tut weh und 2. wenn man es mehrmals

hintereinander macht, wird die Haut rot und sieht aus wie bei einem Ausschlag.

15:25

Ich bin mit Kat im Jugendzentrum und tanze zu *Dance Dance Revolution*. Bei dem schönen Wetter ist nicht viel los, und Kat nutzt die Gelegenheit, um mir Nachhilfe zu geben. Es macht echt Spaß und wir schaffen fast einen ganzen Tanz gemeinsam! Für eine Weile vergesse ich meinen Kummer.

Wir sind hierhergekommen, nachdem ich Kat angerufen und sie um Hilfe gebeten habe, mir einen neuen Rückeroberungsplan für Nicolas auszudenken. Sie hat ohne Umschweife erwidert, dass ich aufhören solle, an Nicolas zu denken, und dass ich was Besseres zu tun hätte, als einem Typen hinterherzulaufen. Ich hätte ihr gerne mit allen möglichen Lautmalereien von Pfff bis Tssss über Hmpf geantwortet, aber irgendwie fand ich, dass sie recht hatte.

15:45

Wir spielen noch eine Runde, obwohl wir schon völlig außer Atem sind.

Während wir tanzen, frage ich Kat, ob sie sich auch wegen Ham abreagieren muss. Sie antwortet, das letzte Minibisschen, das sie noch an Gefühlen für ihn hatte, sei jetzt verschwunden. Dann hat sie hinzugefügt, sie hätten sich über den Sommer ein paar Mails geschrieben (ich war überrascht, weil sie mir nichts davon erzählt hatte),

aber nach und nach sei ihre Korrespondenz eingeschlafen.
Ich habe aufgehört, den Schritten zu folgen, obwohl die Musik weiterlief, und gefragt:
»Warum hast du mir das nicht erzählt?«
Kat: »Ich hab's vergessen.«
Ich: »Wer's glaubt!«
Kat (tanzt immer noch): »Ich hatte Angst, dass du mich verurteilst ...«
Der Bildschirm zeigt an, dass ich Punkte verliere.
Ich: »Ich?!?«
Kat: »Na ... ich weiß doch, dass du ihn nicht magst.«
Ich: »Das stimmt nicht ... ich finde ihn super!«
O.k., das war ein kleines bisschen übertrieben.
Kat: »Das spielt jetzt auch keine Rolle mehr, weil es definitiv vorbei ist. Meine neue Liebe heißt Roscoe! Aber ich bin jedenfalls froh, dass zwischen uns alles geklärt ist, wenn wir nächstes Jahr vielleicht auf dieselbe Schule gehen.«
Ich: »Na schön, aber ... Das mit der Schule ist Schwachsinn.«
Und dann habe ich all meine Pfffs, Tssss und Hmpfs vorgebracht, bevor ich wieder den Schritten folgte, die vom Bildschirm vorgegeben wurden.

Freitag, 18. August

Gipfeltreffen mit Kat, um unsere neue Schule auszusuchen, für den Fall (und das ist nur eine Vorsichtsmaßnahme), dass unsere Schule schließt.

Kat hat darauf bestanden, dass wir einen Plan B haben, weil ich weiter darauf beharre, dass wir nach den Ferien wieder in unsere Schule gehen.

Die Leute gehen mir alle auf die Nerven mit ihrem Pessimismus! Unsere Schule wird nicht schließen: Das ist un-mög-lich!

Kat will auf die öffentliche Schule, ich will lieber auf die Privatschule. (Wenn wir auf die öffentliche Schule gehen, müsste ich jeden Tag Nicolas und seine Freundin treffen, und das würde ich gerne verhindern!)

Kat: »Meine Mutter hat mich auf unsere Schule geschickt, weil sie selbst schon da hingegangen ist und an ihr hängt. Aber an irgendeiner anderen Schule hängt sie nicht. Das ist meine Chance! Ich will endlich auf eine Schule, auf der es Jungs gibt und wo ich mich anziehen kann, wie ich will!«

Ich: »Die Uniform macht das Leben viel einfacher! Man muss sich nicht immer den Kopf über seine Klamotten zerbrechen! Und was haben uns die Jungs bislang eigentlich gebracht, bis auf Probleme?«

Kat: »Wenn ich nicht mit Ham zusammen gewesen wäre, hätten wir nicht Schluss gemacht und dann hätte ich nicht meine Leidenschaft für Pferde entdeckt und wäre den ganzen Sommer allein gewesen, als du bei deiner Großmutter warst.«
Guter Punkt. Da kann ich nichts gegen sagen.
Ich: »O.k., dann machen wir Schere-Stein-Papier, ja?«

15:16

Erste Runde.
Kat und ich (die Hände hinterm Rücken): »Schnick-schnack-schnuck!«
Ich habe Schere. Kat Stein.
Kat gewinnt. Sie schiebt ihre zum Stein geballte Faust in meine zur Schere geformte Hand.

15:17

Zweite Runde.
Kat und ich (die Hände hinterm Rücken): »Schnick-schnack-schnuck!«
Kat hat Stein (war ja klar), deshalb habe ich Papier gewählt.
Ich gewinne. Ich umschließe ihre Faust mit meiner zum Papier ausgebreiteten Hand.

15:18

Dritte Runde.
Kat und ich (die Hände hinterm Rücken): »Schnick-schnack-schnuck!«

Ich habe Papier, Kat Schere.
Kat gewinnt. Sie zerschneidet meine ausgebreitete Hand mit ihren Scherenfingern.

Sie hat gewonnen und wir gehen gemeinsam auf die öffentliche Schule, FALLS, und nur FALLS, unsere Schule schließt.

Samstag, 19. August

Meine Mutter und ich sind beim Einkaufen. Sie fragt, was ich NÄCHSTE WOCHE GERNE ESSEN WÜRDE! Tsss! Spinnt die? Woher soll ich das denn wissen? Ich hab doch keine Ahnung, worauf ich in drei Tagen Lust habe, ich bin doch nicht Gott! Also antworte ich:
»Schokoladenkuchen.«
Darauf habe ich auf jeden Fall immer Lust (nur zum Vergnügen, rein zum Vergnügen und nicht, um meine »Gefühle runterzuschlucken«, wie meine Großmutter es genannt hat).
Meine Mutter: »Schokoladenkuchen ist doch keine Mahlzeit! Man braucht Proteine, Gemüse, Obst …«

Ich: »Na, warum fragst du mich dann überhaupt, was ich will, wenn du es sowieso schon weißt?« (Tsss, tsss, tsss.)
Während wir weiter durch die Gänge laufen, sehen wir plötzlich Monsieur Beaulieu im Freizeitlook, einem kurzärmligen Hemd und einer beigen Shorts. Er steht an der Fleischtheke, mit einem kleinen Einkaufskorb in der linken Hand. Meine Mutter fordert mich auf:
»Geh hin und sag guten Tag!«
Ich: »Nein!«
Meine Mutter schubst mich ein bisschen und sagt:
»Na los!«
Ich: »Nein, Mama, das ist mir unangenehm! Lass mich in Ruhe!«
Meine Mutter (hebt die Hand): »Monsieur Beaulieu!«
Sie steuert mit unserem Einkaufswagen auf ihn zu. Ich sage kaum hörbar »Hallo« und schaue zu Boden.
Monsieur Beaulieu: »Und, Amélie, auf welche Schule gehst du im nächsten Schuljahr?«
Ich: »Auf meine Schule.«
Monsieur Beaulieu: »Hmm … ich befürchte, da musst du dir eine Alternative suchen.«
Meine Mutter: »Ich habe sie schon bei der Privatschule angemeldet, die Sie in Ihrem Brief erwähnt haben.«
Ich sehe meine Mutter überrascht an.
Ich: »Aber … was ist mit unserer Demonstration, um die Schule zu retten?«
Monsieur Beaulieu: »Das war wirklich eine tolle Idee … aber es hat leider nicht gereicht. Ich habe vorgestern an alle einen Brief geschickt. Hast du ihn nicht bekommen?«

Meine Mutter: »Entschuldige, meine Große, er ist gestern angekommen, ich habe es irgendwie vergessen.«
Monsieur Beaulieu: »Ich habe im letzten Jahr alles Mögliche probiert, um Subventionen zu bekommen. Ich habe sogar versucht, die Schule in eine gemischte Schule umzuwandeln. Aber … es gibt Dinge, auf die wir keinen Einfluss haben. Anscheinend interessiert sich schon ein Käufer für das Gebäude. Ich glaube, sie wollen Eigentumswohnungen daraus machen.«
Ich: »Eigentumswohnungen?!?«
Monsieur Beaulieu: »Amélie, du musst mir versprechen, dass du dich auch weiterhin anstrengen wirst.«
Meine Mutter: »Bei ihren Noten kommt sie auch nicht dran vorbei.«
Ich sehe meine Mutter an und würde ihr am liebsten so fest auf den Fuß treten, dass sie mindestens zwei Wochen lang an Krücken gehen muss (aber ich halte mich zurück).
Monsieur Beaulieu: »Amélie, man bekommt nichts geschenkt, nicht mal, wenn man so intelligent ist wie du. Ich habe große Hoffnungen für deine Zukunft, vorausgesetzt, dass du etwas dafür tust. Versprochen?«
Ich: »Mmmhja … Aber faktisch gesehen habe ich noch Ferien, also jetzt von der Schule zu sprechen … echt mal!«
Meine Mutter (unterbricht mich, weil ihr anscheinend unangenehm ist, was ich sage): »Haha! Äh … Monsieur Beaulieu, was machen Sie denn jetzt?«
Monsieur Beaulieu: »Ich unterrichte wieder Literatur an

der Uni. Ich kehre zurück zu meiner ersten Leidenschaft.«

Meine Mutter: »Ich danke Ihnen, dass Sie sich so gut um meine Tochter gekümmert haben.«

14:00

Im Auto mit meiner Mutter.

Ich: »Ich danke Ihnen, dass Sie sich so gut um meine Tochter gekümmert haben???«

Meine Mutter: »Was denn? Er hat sich doch gut um dich gekümmert.«

Ich: »Er hat mich die ganze Zeit nachsitzen lassen! Er hat nur den Hut auf dem Tisch gesehen und so weiter, erinnerst du dich? Das hast du selbst gesagt!«

Meine Mutter: »Dieser Mann hat an dich geglaubt. Er hat versucht, dich auf den richtigen Weg zu bringen. Weißt du, Amélie, unsere Feinde sind nicht immer die, die wir dafür halten.«

Ich: »Ich habe ja auch nie gesagt, dass er mein Feind ist, was soll das denn jetzt?!?«

14:15

Nach einigen Minuten Schweigen parkt meine Mutter das Auto vor unserem Haus und ich nutze die Gelegenheit, um ihr mitzuteilen:

»Übrigens, Kat und ich haben beschlossen, auf eine öffentliche Schule zu gehen. Du kannst mich bei der anderen Schule wieder abmelden.«

Meine Mutter: »Hat Kat das beschlossen?«

Wir steigen aus dem Auto und schleppen unsere Tüten.
Ich: »Teilweise …«
Meine Mutter: »Und wenn Kat in den Fluss springt, springst du dann auch?«
Ich: »Na ja … kommt drauf an.«
Wir gehen ins Haus und stellen unsere Tüten in der Küche auf die Arbeitsplatte.
Meine Mutter: »Kommt drauf an?!? Das ist nicht die Antwort, die ich mir wünsche. Du beunruhigst mich. Worauf kommt es denn bitte an?«
Ich: »Na … keine Ahnung, wenn es zum Beispiel richtig heiß ist, sehe ich keinen Grund, warum ich nicht auch in den Fluss springen sollte, um mich abzukühlen.«
Meine Mutter: »Gut, gut, gut. Du machst dich über mich lustig?«
Ich: »Nein, ich bin nur logisch.«
Meine Mutter: »Hör zu, Amélie, deine Noten sind nicht berauschend, du brauchst klare Regeln und die hast du am ehesten in einer Privatschule.«
Ich: »Aber dann sehe ich Kat nicht!«
Meine Mutter: »Dann siehst du sie eben nach der Schule!«
Ich: »Das ist nicht das Gleiche!«
Meine Mutter: »Kat hat keinen guten Einfluss auf dich. Als du sie noch nicht kanntest, hattest du bessere Noten!«
Ich: »DAS HAT DOCH DAMIT NICHTS ZU TUN!«
Meine Mutter: »Hör mal, ich glaube, es ist besser, wenn wir auf der Privatschule weitermachen.«

Ich: »Wenn ICH auf der Privatschule weitermache. DU gehst arbeiten! Erst war ich es ja, die auf eine Privatschule wollte. Du hattest noch nicht mal daran gedacht! Also kann ich wieder zurückwechseln, wenn ich will.«
Meine Mutter: »Ganz genau, *du* wolltest auf die Privatschule. Und da wirst du auch bleiben, weil deine Noten schlecht sind!«
Ich: »Alle sagen, es sei ein Irrtum zu glauben, dass Privatschulen besser sind, weil die öffentlichen Schulen genauso gut sind!«
Meine Mutter: »Wer sagt das?«
Ich: »Das haben sie neulich in den Nachrichten gesagt!«
Meine Mutter: »Es bringt nichts, Amélie, meine Entscheidung steht fest. So wie deine Noten im Moment aussehen, gehst du auf die Privatschule. Basta.«
Ich: »DU HATTEST ÜBERHAUPT KEIN RECHT, MICH AN EINER SCHULE ANZUMELDEN, OHNE MICH ZU FRAGEN! DAS IST *MEIN* LEBEN! *ICH* ENTSCHEIDE DAS!«

Meine Stimme wurde immer lauter und blieb dann auf der Höhe mehrerer Dezibel, bis ich irgendetwas brüllte, was ich schon wieder vergessen habe (vielleicht war es »es ist mir scheißegal, was du denkst«), und meine Mutter schrie: »GEH IN DEIN ZIMMER!«
Ich: »Na klar gehe ich in mein Zimmer! Das ist mir der liebste Ort in diesem Haus!«
Meine Mutter: »Das hoffe ich! Denn da kannst du erst mal bleiben!«

Ich: »UMSO BESSER!«
Ich renne in mein Zimmer und knalle die Tür zu.
Plötzlich höre ich ein Kratzen und denke, dass meine Mutter kommt, um sich zu entschuldigen, aber die Tür geht auf und niemand ist da. Ich senke den Blick und sehe Sybil, die die Tür mit ihren Pfoten geöffnet hat. Ich nehme sie in den Arm und drücke sie an mich.

20:00

Von Kat getrennt sein … das ist das Ende meines Lebens. Aber echt! Die Schule wird mir wie ein Gefängnis vorkommen. Ich werde die Tage zählen und jeden überstandenen Tag auf dem Kalender durchstreichen. Kat und ich werden getrennte Wege gehen, so wie diesen Sommer. Und uns nur noch oberflächliche Nachrichten schicken! Als wir uns neulich wiedergesehen haben, habe ich mich gefragt, wie ich die ganze Zeit ohne sie ausgehalten habe, ohne zu wissen, was wirklich in ihrem Leben passiert. Wir haben Stunden gebraucht, um uns gegenseitig auf den aktuellen Stand zu bringen. Ich wusste nicht mal, dass sie Ham gemailt hat! Außerdem bin ich völlig austauschbar! Kat hat mich einfach durch EIN PFERD ersetzt!!! Wenn sie mich schon durch ein Pferd ersetzen kann, dann erst recht durch die erste halbwegs annehmbare potenzielle Freundin. (O.k., ich übertreibe, um meinen Zustand noch dramatischer zu machen, aber ein bisschen stimmt es auch.) Also, wenn wir auf verschiedene Schulen kommen, wird es genau so sein, wie Gabriel es beschrieben hat: Am Anfang werden wir uns melden, dann werden wir nach und nach neue Freunde finden und uns vergessen. Bin ich noch mit den Leuten aus der Grundschule befreundet, die ich seit Jahren nicht mehr gesehen habe? Nein. Ich hatte aber auch keine so gute Freundin wie Kat. Das ist der Beweis, dass ich recht habe. Der Beweis, der beweist ... Das erinnert mich an Schwester Rose von meiner Schule. Von meiner Schule, die schließt. Ich verstehe das einfach nicht. Ich verstehe nicht, warum. Monsieur Beaulieu. Alles, was er zu mir gesagt hat. Ich fange an zu heulen und meine Tränen durchnässen Sybils Fell, die neben mir schnurrt.

21:15

Wenn mein Vater noch da wäre, hätte er meine Mutter zur Vernunft gebracht! Dann wäre er in mein Zimmer gekommen, um mir zu sagen, dass er meine Mutter überzeugt hat, mich auf die Schule meiner Wahl zu schicken. Aber er ist nicht mehr da. Ich bin ganz allein. Mit ihr. Ohne Verbündeten. Meine einzige Verbündete ist Sybil, aber wenn ich sie bitten würde, »Miau, miau« zu meiner Mutter zu sagen, würde die nicht verstehen, dass das heißen soll »Lass Amélie auf die Schule ihrer Wahl gehen!«, weil sie die Katzensprache nicht versteht. (Null Sprachbegabung!)

21:21

Ich komme nicht drüber weg, dass unsere Demonstration umsonst war. Dabei habe ich sie doch voller Überzeugung organisiert, die Plakate gebastelt, ich habe wirklich daran geglaubt. Wenn ich in einem Film wäre und, zum Beispiel, von Lindsay Lohan gespielt würde, wäre meine Schule nicht geschlossen worden. Die Szene, in der wir die Plakate gebastelt haben, wäre eine schnelle Szenenfolge mit dynamischer Musik gewesen. Man hätte gesehen, wie Gabriel mir die Kartons bringt und mir hilft, sie an Stöcken zu befestigen. Man hätte gesehen, wie ich mir einen roten Farbklecks auf die Nase male und in Lachen ausbreche. (Dieser Teil wäre erfunden, weil es im echten Leben nicht passiert ist.) Dann hätte man die Demonstration gesehen mit schneller Musik im Hintergrund. In den Nachrichten hätte die Schlagzeile gelautet: »Eine Schülerin rettet ihre Schule«, statt dass ich völligen Quatsch mit einem zerquetschten Rehgesicht im Fernsehen erzähle. Und am ersten Schultag wäre Nicolas zu mir in die Schule gekommen, hätte mich (immer noch gespielt von Lindsay Lohan) in die Arme genommen, herumgewirbelt und gesagt: »Bravo, du hast deine Schule gerettet, du bist einfach großartig!« Er hätte mich geküsst und dann käme der Abspann mit irgendeinem berührenden Love-Song.

WARUM PASSIERT DAS NICHT IM ECHTEN LEBEN, UND WARUM KOMMT BEI DER SACHE NUR HERAUS, DASS ICH MICH MIT MEINER MUTTER STREITE?!!!!!!

21:23

Ich spiele mit Sybil, die es schafft, mich zum Lachen zu

bringen, indem sie nach dem Gürtel meines Bademantels schnappt. Dann klopft meine Mutter an die Tür. Mein Gesicht wird sofort wieder finster. Sie kommt zu mir ans Bett, und je näher sie kommt, umso stärker ziehe ich die Brauen zusammen, um ihr zu zeigen, dass wir im Streit sind und dass es bei diesem Thema kein Entweder-oder gibt, auch wenn sie meine Mutter ist.

Sie setzt sich neben mich aufs Bett.

Meine Mutter (nach einem Seufzen): »Wir haben es wohl beide etwas übertrieben.«

Ich sage nichts.

Meine Mutter: »Ich habe nachgedacht und ... ich werde dich auf die Schule deiner Wahl gehen lassen.«

Ich sehe sie sprachlos an.

Meine Mutter: »Freust du dich nicht?«

Ich: »Doch, aber ...«

Meine Mutter: »Ich will dich nicht von deiner Freundin trennen. Aber ...«

Ich springe ihr in den Arm und schreie:

»Danke, danke, danke, daaaaaaaaanke!«

Meine Mutter: »Warte, ich war noch nicht fertig. Du musst mir versprechen, dich vorbildlich zu verhalten.«

Ich: »Versprochen!«

Meine Mutter: »Ich will nicht, dass dein neuer Direktor jede Woche bei mir anruft, verstanden?«

Ich: »Aber ...«

Meine Mutter: »Kein Aber.«

Ich: »Ja, aber ... wenn ich mal Opfer von, sagen wir mal, einer Ungerechtigkeit werde?«

Meine Mutter: »Vor-bild-lich. Haben wir uns verstanden?«

Ich: »Ja, ja …«

Meine Mutter: »Und bessere Noten als in den letzten beiden Jahren. Ich will, dass du dich anstrengst.«

Ich: »O.k.«

Meine Mutter: »Gut. Ich rufe morgen bei der Schule an und melde dich an.«

Sie steht auf und geht zur Tür.

Ich: »Mama?«

Sie dreht sich um und sagt:

»Ja?«

Ich: »Danke …«

Meine Mutter: »Bitte.«

Sie geht weiter zur Tür.

Ich: »Mama?«

Sie dreht sich um und sagt:

»Ja?«

Ich: »Tut mir leid, was ich gesagt habe …«

Meine Mutter: »Es tut mir auch leid, was ich vorhin über deine Noten gesagt habe. Das habe ich nur gesagt, weil ich weiß, dass du es besser kannst.«

Ich: »Ich weiß …«

Sie macht einen weiteren Schritt auf die Tür zu.

Ich: »Mama?«

Sie dreht sich ein weiteres Mal um und sagt:

»Ja, Amélie?«

Ich: »Ich hab dich lieb … Du hast mir gefehlt, diesen Sommer …«

Meine Mutter: »Ich dich auch, mein Fl…, meine Große.«
Sie öffnet die Tür und ich sage:
»Mama?«
Sie dreht sich um und lacht.
Ich: »Warum hast du deine Meinung geändert?«
Meine Mutter: »François hat gesagt, dass öffentliche Schulen wirklich genauso gut sind wie Privatschulen. Und … ich will dich nicht von deiner besten Freundin trennen. O.k.? Ich bin vielleicht ein bisschen müde wegen der Reise und der Rückkehr zur Arbeit und so weiter. Ich denke nicht mehr klar. Ich war vielleicht zu schnell.« (Sie kommt und gibt mir einen Kuss auf die Stirn.) »Na los, und jetzt schlaf.«

Tätärätäää! (Trompetenstoß, während mein Kinn bis zum Boden aufklappt, gelähmt von Erstaunen.)

Donnerstag, 24. August

Sonntag habe ich die Schachtel mit den alten Spielsachen genommen, die ich in den Kleiderschrank gestellt hatte, und sie meiner Mutter gegeben, damit sie sie an einen Wohltätigkeitsverein weitergibt. Plötzlich habe ich mich bescheuert gefühlt, dass ich mich so von einem total fiktiven und unmöglichen Trickfilm habe beeinflussen lassen! (Ich habe mich trotzdem bei den Spielsachen in der Kiste entschuldigt, nur für den Fall einer winzigen Mini-Chance, dass meine Spielsachen vielleicht doch ein Bewusstsein haben und traurig sind.)

Dann habe ich Kats Ratschlag befolgt und etwas in ihrem Kamin verbrannt, das ich mit Nicolas verbinde (ein Papier von seinem Melonenkaugummi).

Nach diesem Ritual haben wir Tommy angerufen, um ihm zu sagen, dass wir bald auf seine Schule gehen, und er schien sich zu freuen, denn obwohl er nicht gerade der übersprudelnde Typ ist, hat er ein »Ist ja cool« gesagt, das von Herzen kam.

Außerdem haben Kat und ich unsere Uhren so gestellt, dass sie jeden Tag um 11:11 klingeln, damit wir uns wünschen können, dass wir in eine Klasse kommen. Ich wünsche mir außerdem, dass ich weder in Nicolas' Klasse komme noch in die seiner Freundin, aber das ist nicht zwingend, falls die Kräfte der 11 Uhr 11 nur für einen Wunsch ausreichen (der Wunsch, mit Kat in eine Klasse zu kommen, hat Priorität, man kann nie genau genug sein, das weiß ich spätestens seit der »Schokoberg/Torte-Geschichte« und der »Meinetwegen-kann-meine-Schule-schließen-wenn-ich-dafür-nicht-beim-Kotzen-gesehen-wurde-Geschichte«.)

Und, um dem Schicksal einen kleinen Wink zu geben, habe ich meine Mutter gebeten, bei der neuen Schule anzurufen und zu fragen, ob es möglich sei – vielleicht, wenn sie nett sind, aber wir wollen sie auch nicht nerven, wir fragen einfach nur –, ob sie uns in eine Klasse stecken können, Kat und mich, weil es ja schon traumatisch genug ist, wenn die eigene Schule schließt usw. Nach mehreren »Bitte, bitte, ich mache auch alles, was du willst« hat meine Mutter eingewilligt. Ich stand neben ihr, als sie angerufen hat, und habe beide Daumen gedrückt. Während sie redete, flüsterte ich ihr Argumente zu, um sie zu überzeugen: »Sag ihnen, dass wir schon ganz lange befreundet sind. Sag ihnen, dass wir nicht im Unterricht stören werden. Sag ihnen, dass es traumatisch ist, die Schule zu wechseln.« Meine Mutter gab mir ein Zeichen, den Mund zu halten, weil sie die Person am anderen Ende nur schlecht verstehen konnte. Als sie auflegte, fragte ich: »Was haben sie gesagt? Was haben sie gesagt?«
Meine Mutter: »Das wird alles vom Computer eingeteilt. Sie werden sehen, was sie tun können.«

Später haben Kat und ich in einem Anfall von Großzügigkeit beschlossen, Julianne zu vergeben, die den ganzen Tag allein mit Caprice in ihrem Zimmer gehockt hatte. Wir haben ihr aber gleich gesagt, dass wir gerne weiter unsere Geheimnisse haben wollen, und das mit einem Händedruck besiegelt. Wir schließen Frieden mit ihr, weil 1. Kat sie jeden Tag sehen muss und es anstrengend fand, nur noch mit »Terrorist« angeredet zu werden, 2. ich jeden Tag bei Kat bin und es anstrengend finde, den gleichen Spitznamen zu tragen, und wir 3. dachten, in Sachen »Karma« und so könnte es vielleicht helfen, dass unser Wunsch in Erfüllung geht.

Freitag, 25. August

Kat und ich sitzen vor ihrem Haus beim Briefkasten und warten auf den Briefträger.

15:23
Der Briefträger hat die Post gebracht. Als wir gesehen haben, dass ein Brief von der Schule dabei war, hat Kat ihn nicht gleich geöffnet, sondern wir sind zu mir gerannt, um meinen Brief zu holen und beide gleichzeitig aufzumachen.

16:16
Kat und ich hüpfen und springen! Wir haben ALLE KURSE GEMEINSAM! JUHUUUUUUUUU!!!!!!!!!!
»Was schreit ihr beide denn so?«
Wir hören auf zu springen und sehen Tommy kommen.
Kat und ich: »Tommyyyyyyyyyyy!!!!!!!!!!«

Wir springen um ihn herum, fangen wieder an zu schreien und zeigen ihm unseren Stundenplan.
»AAAAAAHHHHH! WIR HABEN ALLE KURSE GEMEINSAM!!!!!!!!!!!!«
Er springt und klatscht ebenfalls in die Hände, um uns nachzumachen (und sich über uns lustig zu machen, glaube ich, aber vielleicht ist er auch wirklich aufgeregt, ich will ja auch keine totale Paranoia schieben). Dann nimmt er Kats Stundenplan, wirft einen Blick darauf und sagt: »Hmmmm … ich bin nicht in eurer Gruppe. Oh! Ihr habt Monsieur Letourneau in Geschichte. Ihr werdet sehen, alle Mädchen sind in ihn verknallt.«
Ich: »Wann bist du angekommen?«
Tommy: »Gerade eben, vor zehn Minuten. Ich habe euch schon von weitem kreischen gehört!«
Kat und ich schauen uns an und lachen mit Tommy. Jetzt, nach einem ganzen Sommer ohne ihn, merke ich, dass ich, auch wenn er mich manchmal nervt, echt froh bin, dass er mein Freund ist und gleich nebenan wohnt. Ich sage es ihm und er erwidert: »Oh Mann, Laf, krieg deine Hormone mal wieder in den Griff!« (Womit zumindest der Teil bestätigt wäre, dass er mich nervt.)

20:00
Ich bin total aufgekratzt!
Seit Kat und Tommy weg sind, spiele ich Luftgitarre in meinem Zimmer und höre das letzte Album von Billy Talent in der Endlosschleife, sehr laut. (O.k., sehr laut ist relativ, meine Mutter war nämlich schon dreimal da und

hat mich gebeten, die Musik leiser zu stellen.) Ich habe mir einen ziemlich »rockigen« Tanz dazu ausgedacht, mein Bett ist die Bühne und der Boden die Menge. Manchmal springe ich von meinem Bett, um auf der unsichtbaren Menge zu surfen.
Auch wenn die Musik eher, sagen wir mal, dynamisch ist, habe ich das Gefühl, dass sie meine Nerven beruhigt.

20:23

Etwas außer Atem strecke ich mich auf dem Bett aus und schaue das Foto an, das meine Mutter von Tommy, Kat und mir vor der Party zu Beginn der Sommerferien gemacht hat. Ich stelle fest, dass ich komischerweise ziemlich glücklich mit meinem Schicksal bin.
Aber gut. Meine Großmutter hatte recht (auch wenn ihre Metapher total bescheuert war). Wenn die kleinen Enten in den Süden ziehen, ziehe ich in eine andere Schule. Während ich das Foto betrachte, denke ich nach und komme zu dem Schluss, dass manche Dinge immer gleich bleiben. Kat wird weiterhin reiten, weil sie Pferde mag, Tommy wird sie weiterhin essen, meine Mutter wird finden, dass mein Zimmer zu dreckig ist, und ich, egal was ich mache, werde immer Schokolade mögen (nur zum Vergnügen) … Also, kurz gesagt, die Erde wird sich weiterdrehen.
Aber tief im Inneren habe ich das deutliche Gefühl, dass sich alles ändern wird.

Ben Redelings

HSV-Album

Unvergessliche Sprüche,
Fotos, Anekdoten

VERLAG DIE WERKSTATT

HSV
ADIG
Mehdi Mahdavikia

HSV Live
www.hsv.de
OFFIZIELLES ARENA- UND VEREINSMAGAZIN DES HSV
DIE ROTHOSEN
BESUCH AUS GALLIEN
HSV : EA GUINGAMP
LEIDENSCHAFT VERBINDET
Emirates
HSH NORDBANK ARENA
HSV

LIVE
NR. 09-11/12
HSV – Borussia Dortmund
22.01.2012
15.30 Uhr
DER BLICK
NACH VORN
Fly
Emirates
diedruckerei.de

ICH BIN DA, WENN
HAMBURG HILFE BRAUCHT

„IMMERSCHLAU
gibt Dir den Kick!"
Fly
Emirates
NEU
IN HH
IMMERSCHLAU
NACHHILFE

HSV live
AKTUELL
Das offizielle Stadion- und Vereinsmagazin des HSV
Nr. 15
Mai 1993
Preis DM 2,-
C 11101 D
Eric, Jurl und „Wutti" wollen die Revanche!
Die große HSV-Aktion: „Rettet den Rothenbaum!"
HSV – 1. FC Saarbrücken
Sonnabend, 15.5.1993, 15.30 Uhr
SHARP
PARTNER DES HSV
HOLSTEN
TJAEREBORG

1957
GERHARD BAHR
Gruppen-Entscheidungen · Endspiel
24. Juni 1957
50